Herbert Rosendorfer

Der Mann mit den goldenen Ohren

Herbert Rosendorfer

Der Mann mit den goldenen Ohren

Ein Italienroman

Kiepenheuer & Witsch

Abbildungen im Buch mit freundlicher Genehmigung von Hubert Schelle, aus: HUBERT SCHELLE: *Antochtone Architektur. Das zeichnerische Werk Kuno Krisslers.* Edition Hupe im Verlag Schwebefähre, München 2006.

1. Auflage 2009

Umschlaggestaltung: Rudolf Linn, Köln
Umschlagmotiv: © Raffaele Celentano/laif
Autorenfoto: © Julia Andreae
Gesetzt aus der Stempel Garamond
Satz: Buch-Werkstatt GmbH, Bad Aibling
Druck und Bindearbeiten: GGP Media GmbH, Pößneck
ISBN 978-3-462-04077-7

Hubert Th. Scherreiks
in alter Freundschaft
gewidmet

Nicht das Sternengeschoß ist
mächtiger, kein Flammenpfeil
Als Aphrodites Geschoß, wenn es Eros'
sichere Hand,
Des Sohnes des Zeus, schnellt.

Euripides »Hyppolitos«

I

Irgendwann erschlage ich ihn noch. Ich stelle mir vor, er dreht sich um, damit ich nicht sehe, wieviel er in seiner unordentlichen Kassenschublade hat, befürchtend, ich könne daraus schließen, wieviel mehr er von den Touristen für meine Arbeiten nimmt, wenn er schon welche verkauft, was selten genug der Fall ist, und ich nehme diese widerliche Bronzeplastik seiner Lieblingsbildhauerin, einer absolut talententbehrenden Deutschen namens Ehrtrud Kolbranz-Schüttling, und haue sie ihm über den Schädel. Die Bronzeplastik würde sich dazu eignen, weil sie erstens schwer ist und zweitens scharfkantig und zackig. Was mich vom Mord abhält, sind nicht ethische Motive, das Gewissen oder die Sündhaftigkeit der Tat (obwohl ich so kaltherzig bin zu behaupten, ein Mord an Luca Veracci ist nichts Sündhaftes, wenn ich mich vielleicht auch nicht dazu versteige, ihn als gute Tat zu bezeichnen, mit der ein Pfadfinder seine Tagespflicht erfüllt hätte) – nein, von der Tat hält mich nur der Zustand der italienischen Gefängnisse ab, denn in ein solches käme ich ja wohl dann. Auf der Insel haben sie kein eigentliches Gefängnis, nur einen Kotter in der Carabinieri-Station, in dem aber die Frau des Maresciallo ihr Bügelzimmer eingerichtet hat. Ich würde mit dem Hubschrauber, vermute ich, in die Provinzhauptstadt aufs Festland geflogen. Schon das Strafe genug: ein Hubschrauberflug. Wenn der Motor aussetzt, fällt ein Hubschrauber herunter wie ein Stein. Ein Flugzeug kann wenigstens noch weitersegeln, die Chance dazu besteht. Ein Hubschrauber nicht. Und das Gefängnis dort in der Provinzhauptstadt dürfte eine dichtgedrängte Hölle sein. Man weiß, daß jede italienische Regierung, sie sei, wie sie wolle, gezwungen ist, auch den dürftigsten Anlaß wahrzunehmen, um eine Amnestie zu verfügen. Nicht aus Menschlichkeit, sondern, um die Gefängnisse insassisch auszudünnen. Die letzte Amnestie erfolgte, glaube ich, anläßlich des hundertsten Jahrestages des Erfrierens einer italienischen Polarexpedition. Oder der Erfindung der Sackkarre. Aber Mörder, selbst Mörder von Galeristen und Kunsthändlern, fallen regelmäßig nicht unter die Amnestie.

Also werde ich ihn nicht erschlagen, auch nicht erwürgen oder ihm sonst eine Behandlung angedeihen lassen, die ihm eigentlich gebührt, denn er ist als Galerist für mich immerhin besser als gar nichts, außerdem der einzige auf der Insel, und wer weiß, ob nicht noch ein größerer Gauner nachfolgt. Ab und zu verkauft er ja doch ein Bild an einen Touristen. Früher, noch vor drei Jahren, war alles anders. Da hat es sechzehn Galeristen und Kunsthändler auf Zompara gegeben. Sie sind alle weg, nachdem die Sache mit Kasparian sozusagen zu Ende war, und damit der Tourismus, jedenfalls der große solche. Jetzt kommen nur noch Deutsche in kurzärmeligen Hemden mit einem Photoapparat vor dem Bauch, die die Reise in Ravensburg pauschal gebucht haben und sich in den bloßen Sand legen, weil sie zu geizig sind, um einen Liegestuhl zu mieten. »Ravensburg«: Ich habe nichts gegen Ravensburg, ich nehme es nur als Beispiel. Ich könnte auch Osterwied oder womöglich Rudolstadt sagen, mir ist nur Ravensburg eingefallen, weil Caesar dort geboren ist. Nein, nicht Gaius Julius, sondern Heribert Caesar, von dem noch die Rede sein wird, denn er hat mich darauf gebracht, dies alles hier und die Geschichte mit Kasparian und der Insel niederzuschreiben. In Wirklichkeit heißt er – ich meine Caesar, nicht Kasparian – Albert Zürner, aber das hört er nicht gern. Auch nicht, daß er nur in Ravensburg geboren ist und nicht in Paris, zum Beispiel, oder wenigstens in Bad Homburg vor der Höhe. Ich glaube auch nicht, daß er weiß, daß ich von Zürner und Ravensburg weiß. Er hat nur einmal unten bei Amanda seinen überirdisch eleganten Kamelhaarmantel hängen lassen (als wir hingingen, war es frisch, als wir das Lokal verließen, war es inzwischen warm geworden), und im Mantel war sein Paß. Amanda hat mir den Mantel gegeben, ich solle ihn dem Professore bringen, weil der ja auch oben wohne, wie ich. Ich weiß, daß man so etwas nicht tut, aber ich habe in seinem Paß nachgeschaut. Immerhin ist *Heribert Caesar* als Künstlername eingetragen. Die Gefahr, daß Caesar dies hier liest, ist gering, obwohl, wie gesagt, das alles auf seine Anregung hin niedergeschrieben wird. Caesar liest nichts, was nach 1945 verfaßt wurde. »Alles was nach 1945 verfaßt wurde, und das gilt nicht nur für die deutsche Literatur, ist Schrott. Mit *ganz* wenigen Ausnahmen.«

Selbstverständlich zählen *seine* Werke zu den Ausnahmen, die braucht er aber nicht zu lesen, weil er sie ja selber geschrieben hat und vermutlich also kennt. Daß er dies hier zu den Ausnahmen zählt, ist unwahrscheinlich. Ich kann über ihn also hier schreiben, was ich will – obwohl, ich schätze ihn. *So* ist es nicht. Ich bewundere ihn sogar in mancher Hinsicht. Er ist der eleganteste Mensch, den ich kenne, und zwar nicht nur sozusagen äußerlich (seinen überirdischen Kamelhaarmantel, maßgeschneidert!, habe ich schon erwähnt), sondern auch innerlich. Er hat Redewendungen von brillantenem Glanz. Er hat ein Gesicht, als trüge er ein Monokel, trägt aber keins. Er hat einen Hut von einer aristokratischen Schäbigkeit, die aber den Glanz der Krone eines abgedankten Herrschers ausstrahlt. Sozusagen die Ruine einer Kostbarkeit. Ich vermute, daß der

Hut als neuer mehr gekostet hat als etwa das kleine Auto, mit dem Amanda auf der Insel herumfährt. Der wahre Wert des Hutes ist im Inneren, im Futter verborgen: das Etikett des Herstellers. Es handelt sich dabei allermindestens um den königlich-englischen Hoflieferanten, womöglich aber um einen finnischen Huthersteller, ein Geheimtipp der eleganten Welt, der nur drei Exemplare pro Jahr fertigt. Etwas in die Richtung.

»Der Hut«, sagt Caesar, »hat inzwischen Wunden. Was sonst. Er hat alle Heimsuchungen miterlebt, die der feindliche Weltgeist als über mein Haupt zu schütten für angebracht gefunden hat.«

Caesar verachtet die Menschen, aber er behandelt sie mit der feinsten Rücksichtnahme.

II

Arri Kasparian kam das erste Mal auf die Insel, da lebte ich, wenn ich mich recht erinnere, seit sieben Jahren hier. Nicht nur das mickrige Inselblättchen vermerkte dieses Ereignis, sondern sogar der *Messaggero.* Als ich, Felix Mahr, das erste Mal auf die Insel kam, vermerkte das nichts und niemand. Auch sonst unterschied sich Kasparians Ankunft von meiner erheblich. Ich meine nicht meine endgültige Übersiedlung hierher, ich rede von meinem allerersten Aufenthalt auf Zompara, das liegt viele, viele Jahre zurück.

Ich war viermal verheiratet. Vier Mal zu viel. Vier Mal geschieden. Kein Mal zu wenig. Meine erste Frau hieß Annelore, war etwas älter als ich und die einzige Tochter aus besserem Hause. Wenige Wochen, nachdem ich – damals erst mit 21 – volljährig geworden war und meine Eltern es mir nicht mehr verbieten konnten (also, um dies vorwegzunehmen, die beiden Leute, die als meine Eltern galten, ob zu Recht, ist bis heute ungeklärt), fuhr ich mit Annelore in Urlaub. Wir waren noch nicht verheiratet, allerdings *verlobt,* sogar mit richtiger Verlobungsfeier, die mir höchst unangenehm gewesen war. Ich hatte bis dahin noch nie das Meer gesehen, überhaupt war mein touristischer Horizont eng begrenzt, reichte über Berchtesgaden im Süden und Osten und im Norden und Westen über Dinkelscherben bei Augsburg (wo eine Großmutter ins Altersheim gepfercht worden war) nicht hinaus. Ich hatte gehofft, daß der Herr des besseren Hauses, aus dem Annelore stammte, die Reisekosten übernehmen würde, aber das bessere Haus war gleichzeitig ein sparsames Haus. Anders ausgedrückt: Der Alte war von grünem Geiz beseelt. Er rückte ganze fünfzig Mark heraus, nicht *ganz* wenig damals, aber selbstverständlich längst nicht genug. Zum Glück hatte ich eine wohlmeinende Tante, die mir das Geld lieh. So fuhren wir nach Zompara. Eigentlich wollte ich nach Capri, denn ich hatte eben Axel Munthes *Das Buch von San Michele* gelesen, aber nachdem ich die Prospekte studiert hatte, war klar, daß Capri unsere Finanzkraft weit überstieg. So wichen wir nach Zompara aus, das damals noch nicht einmal im fremdenverkehrlichen Aufstieg begriffen war. Es gab nur ein Hotel, das kein Hotel war, sondern ein einfaches Gasthaus und *Gloria di Garibaldi* hieß. Selbstverständlich behaupteten auch die Zomparesen (auf zomparesisch: Sz'compé), daß Garibaldi auf Zompara geweilt habe. So wie in ganz Italien kein Ort zu finden ist, und sei es das kleinste Drecknest, in dem es nicht eine Via Cavour gibt, so gibt es keinen Schrittbreit italienischer Erde, den nicht Garibaldi mit seinem Fuße geheiligt und – wie böse Zungen behaupten – ein uneheliches Kind hinterlassen hätte. Es heißt, hätte Garibaldi bei der Eroberung Siziliens seine Kuckuckseier mitgeführt, wäre es nicht der *Zug der Tausend,* sondern der *Zug der Zehntausend* gewesen. Der alte Meßdiener Peregrino, der voriges Jahr gestorben ist, hat sogar behauptet, Garibaldi sei auf Zompara *geboren.*

»Er war so alt«, sagte die schöne Wirtin Amanda, »daß er sagen hätte können, er weiß es, denn er war dabei.«

Annelore wäre mit Capri einverstanden gewesen. Annelore war auch mit Zompara einverstanden. Sie war immer mit allem einverstanden und wollte nichts als schlank und schön sein und bewundert werden und war der Meinung, es habe immer einer da zu sein, der für sie sorge. Damals war ich es. Ich verehrte sie kniefällig. Ich versuchte, ihre Liebe dadurch zu erringen, daß ich sie mehr und stärker bewunderte als alle anderen Verehrer. Ich errang ihre Liebe. Erst danach bemerkte ich, daß es mit der allgemeinen Bewunderung nicht soweit her war. Aber da war es zu spät. Sie kümmerte sich um nichts, nicht um die Fahrkarten, nicht um die Abfahrtszeiten. Da sie, auf ihre Schlankheit achtend, kaum etwas aß, brauchte sie sich auch nicht um Fragen der kulinarischen Verpflegung während der langen Fahrt zu kümmern. Ich hatte sie, so sah ich es später, dabei wie einen Koffer. Stellte ich sie irgendwohin, blieb sie stehen und beschäftigte sich damit, schön zu sein. Bis ich sie wieder abholte. Ich fügte mich allem. Günstig war, daß sie allerdings keine Launen hatte, da ihr Gefühlspendel nicht ausschlug, weder nach dieser noch nach jener Seite. Und außerdem war sie stark kurzsichtig, war zu eitel, eine Brille zu tragen, und Haftschalen gab es damals noch nicht. So stand sie also am Kai, während ich die Schiffsbiglietten löste und dabei das erste Mal das Meer sah, und war schön und wartete darauf, daß ich sie auf die Fähre schob.

Der Aufenthalt auf Zompara war eine Katastrophe. Zwar malte ich fleißig, aber die übrige Zeit war von quälender Langeweile. Freilich: Annelore konnte einfach dasitzen und nichts tun, nicht einmal denken. Nur fort ließ sie mich nicht. Sie klebte an mir. Besser gesagt, sie erwartete wortlos und selbstverständlich, daß ich an ihr klebe. Und ich klebte, verliebt wie ich war, und wir saßen – ich gähnend – in dem, was der Wirt der *Gloria di Garibaldi* als »Lounge« bezeichnete, oder, noch schlimmer, im resopalstilistisch eingerichteten Zimmer. Wobei der Begriff *einrichten* nicht wirklich zutraf. Der Wirt hatte wahrscheinlich andernorts nicht benötigte Möbel hier abgestellt. Es waren daher vier große, stark unterschiedliche Schränke im Zimmer, aber nur ein Stuhl. Bad und WC waren auf der anderen Seite des Flurs. Das WC war so angeordnet, daß man – es gibt so unvergeßliche Dinge im Leben – immer mit einem Fuß den Türgriff hochdrücken mußte, denn die Tür war nicht sperrbar. Ich erspare dem Leser die Schilderung der, wenn der Ausdruck gestattet ist, notwendigen Verdauungsakrobatik, zumal das WC-Becken ziemlich weit von der Tür entfernt angebracht war. Oder überlasse es dem Leser, daß er hier eine Pause macht und sich die Kalamitäten selber ausmalt. Ich wünsche keinem Leser, daß er solche Kalamitäten erleidet, nicht einmal einem, der eventuell dieses Buch gestohlen hat.

Man bedenke, daß damals, in den frühen fünfziger Jahren, die geschlechtliche Sprunghaftigkeit unter jungen Leuten noch nicht so ausgeprägt war wie heute. Zwar hatte Annelore, wie ich eben in den zwei Wochen in Zompara festzustellen glaubte, schon gewisse Erfahrungen in dieser Hinsicht. Ich nicht. Ich hatte nur seelenraumgreifende Phantasien. Annelore war die erste Frau, die ich nackt sah. Auch da war sie sozusagen unbekümmert, schlief nackt, rannte nackt über den Flur ins Bad. Zog sich am Strand nackt aus, bevor sie in den Badeanzug schlüpfte. Und, ob man es glaubt oder nicht, ich lag zwei Wochen in einem Bett, das die Italiener Matrimoniale nennen, neben ihr, neben der nackten Annelore, und ich *erkannte* sie nicht.

Später einmal, da waren wir schon verheiratet, kam die Rede darauf, und sie sagte: ja, sie habe sich damals sehr gewundert. »Warum hast du nichts gesagt?« fragte ich. »Ich dachte«, sagte sie, *»du* sagst etwas.« War es die Tragik dieser Ehe, daß *sie* immer darauf wartete, daß *ich* etwas sagte?

Dies also war mein erster Aufenthalt auf der Insel Zompara, die, das ist allerdings etwas übertrieben gesagt, mein Schicksal werden sollte, sofern man es als Schicksal betrachtet, daß ich nunmehr seit über zwanzig Jahren hier lebe und nicht vorhabe, in meinem restlichen Leben wegzuziehen.

Etwa zehn Jahre später kam ich das zweite und sozusagen vorletzte Mal auf die Insel. Dem Leser ist klar, was ich damit meine? Das letzte Mal, hoffe ich, kam ich damals vor über zwanzig Jahren (genau: 24 Jahren) mit meinem nicht sehr umfangreichen Umzugsgut hierher, mit dem Auto bis in die Provinzhauptstadt, wo ich das Auto verkaufte, und dann per Fähre auf die Insel. Was tu ich mit einem Auto auf der Insel, wo ich alles, was ich brauche, zu Fuß in längstens einer Viertelstunde erreiche? (Allerdings habe ich mir schon ein paarmal überlegt, nein: kein Fahrrad, dafür sind die Wege zu steil, sondern einen Esel zu kaufen.) Will ich, was selten genug ist, auf die andere Inselseite, wo die verlassenen, langsam verfallenden Hotelkästen und Ferienhäuser stehen, so nehme ich den Omnibus, oder Amanda kutschiert mich mit ihrer *Primula* dorthin.

Das vorletzte Mal also, daß ich die Insel betrat, war ich oder waren wir, Annelore und ich, finanziell erheblich besser ausgestattet. Wir waren verheiratet und hatten zwei Kinder, zwei Mädchen, damals drei und sechs Jahre alt: Linda und Lewina. Die finanziell bessere Ausstattung verdankten wir nicht meinen Erfolgen als Maler, sondern dem Geiz des Alten, also Annelores Vater. Ja, dem schon erwähnten grünen Geiz, wohlgemerkt, nicht der Großzügigkeit.

Ich schiebe eine Bemerkung ein, die mir wohl nicht zur Ehre gereicht; ich war als Maler nicht erfolgreich. Ich war so trotzig, den Trend in den fünfziger Jahren zu verachten, und malte saubere Landschaften – Südliches mit viereckigen weißen Häusern und Zypressen. Ich gestehe, daß die schwarz-grünen Flammen der Zypressen an Van Gogh erinnerten. Es ist schwierig, Zypressen zu malen, ohne daß einem Van Gogh im Wege steht. Bei Sonnenblumen ist es noch schlimmer, aber davon ließ ich zum Glück die Finger. Es gibt eben Helden der Vorzeit, die dies oder jenes abschließend behandelt haben, und dann sollten die Posterioren ihr Haupt demütig beugen und Ruhe geben. Aber zurück zum alten Knüpriß, Annelores Vater.

Er wollte den Installateurlohn einsparen und bohrte selber. Er bohrte auf eine Starkstromleitung. Der Bohrer lief noch, als die Mutter Annelores ihn fand. Der Stromschlag, ergab die Obduktion, wäre nicht tödlich gewesen, tödlich war der Sturz von der über zwei Meter hohen Leiter mit dem Kopf auf die Kante einer alten, unschönen und wurmstichigen Truhe aus der Nachkriegszeit, die Annelores Mutter immer schon zum Sperrmüll geben wollte. Der Alte aber hatte darauf bestanden, daß man sie behalte, weil man nicht wisse, ob man sie nicht noch einmal brauchen könne.

Annelore und ihre Mutter erbten je die Hälfte des nicht unbeträchtlichen Vermögens.

Ich kann nicht genau sagen, warum ich für die ersten Ferien im Wohlstand ausgerechnet Zompara wählte. Nun hätten wir uns Capri leisten können. (Annelore wählte selbstverständlich gar nichts. Sie kofferte, wenn ich diesen Ausdruck erfinden darf, immer noch, auch als Ehefrau und Mutter.) Wegen Amanda? Die schöne Amanda hatte es mir sicher nicht angetan, denn als ich das erste Mal auf der Insel war, wurde eben erst Amandas spätere Mutter geboren. Warum dann? Die Erinnerungen an den ersten Aufenthalt waren, wie der Leser dem oben Gesagten entnehmen kann, nicht dazu angetan, die Insel wiedersehen zu wollen. Der Versuch, ob es diesmal besser gehe? Wohl kaum. Die Ehe war längst am unteren Ende der schiefen Bahn angekommen. War es, jetzt greife ich in die literarischen Harfensaiten, das Walten ebenjenes, oben schon bemühten Schicksals, das, ohne daß ich es wußte, daran ging, mich für immer auf die Insel zu ziehen? Wenn ja, mußte es noch zwanzig Jahre warten. Aber erwähntes Schicksal und dessen Walten prägten mir die Insel diesmal in schönerem

Licht ins Gedächtnis. Ich beschäftigte mich mit den Kindern, ergötzte mich an der sechsjährigen Linda, die sehr rasch erkannte, daß sie durch bloßes Nennen der Zimmernummer in der Hotelbar die sofortige Herbeibringung eines Eisbechers oder einer Aranciata erwirkte, die sie dann mit elegant übergeschlagenen Beinen in dem viel zu großen Sessel sitzend aß oder schlürfte. Ich machte mit den Kindern Eselsritte, baute Sandburgen, spielte unendliche Mensch-ärgere-dich-nicht-Partien, wobei Linda auch für Lewina mitwürfelte, die so tat, als verstehe sie das Spiel schon. Und was dergleichen mehr ist.

Frau Annelore Mahr-Knüpriß saß inzwischen am Strand und war – war immer noch schön? Auch sie war natürlich zehn Jahre älter geworden; innerlich zehn und äußerlich, behaupte ich, zwanzig Jahre. Sie, die früher Wert auf Chic gelegt, die, in erwähnter Unbekümmertheit, hochgewagt Erotisches getragen – oder sogar nicht(s) getragen – hatte, befleißigte sich jetzt textilisch biederer Spießigkeit in Braun und Dunkelgrau und verstieg sich sogar zu Strickkleidern. Am Strand trug sie einen Badeanzug in einer Farbe, die bei der Klerikalausstattungs-Firma *Camarelli* in Rom »colore vescovo« heißt, und von einem Schnitt, der mich verwundern ließ, daß nicht die Gemeindeverwaltung eingriff: wegen Verunstaltung des Gesamtbildes durch Zurschaustellung von Textilantiquitäten aus Kaisers Zeiten. Das einzig Lebendige an der Ehe waren die relativ regelmäßigen Auseinandersetzungen, bei denen Annelore schimpfen und kreischen konnte. Sie ärgerte sich dabei, weil sie als Frau, sagte sie, mit ihrer hohen Stimme im Nachteil, und vor allem, weil ich, so ihre Meinung, ungeeignet zum ernsthaften Streit sei. Ich sagte nämlich immer nur: »Du hast recht«, oder »Ja, ich bin ein Schwein«. Es endete fast immer damit, daß sie das Haus verließ, sich sozusagen in die kalte, fremde Welt werfend, ohne Mantel im Winter, im Sommer ohne

Schuhe, nach dem Prinzip: »Recht geschieht es dem Vater, wenn mir die Hände abfrieren, was kauft er mir keine Handschuhe.«

Soll ich ganz ehrlich sein? »Ehrlichkeit ist nur literarisch vertretbar«, sagt Heribert Caesar, »im wirklichen Leben ist Lügen angesagt.« Also ehrlich: Der Grund für manche dieser Auseinandersetzungen war mein zwar nur gelegentliches, aber manchmal weiter gespanntes Interesse für andere Frauen. Nichts davon. »Der Kavalier schweigt auch, wenn er längst nicht mehr genießt«, sagt Caesar.

Aus der nebenbei erwähnten Hotelbar, in die sich meine Tochter Linda setzen konnte, schließt der aufmerksame Leser sofort, daß sich der touristische, gastronomische Zustand der Insel geändert hat, obwohl sich Arri Kasparian, der skrupelabstinente Kommerzmogul, Waffenschieber, Reeder und Drogengrossist, noch lange nicht für die Insel interessierte. Es war – mit irgendwelchen europäischen Geldspritzen für unterentwickelte Regionen – eine Straße, wenngleich noch unbefestigt, zur anderen Seite der Insel gebaut worden, wo die schönen Strände sind. Der Hafen war ausgebaut worden und sollte noch weiter ausgebaut werden. Das eine Fährschiff, die *Massimo d'Azeglio*, war sogar schon ein Tragflügelboot. Und es gab ein kleines Hotel, noch durchaus nach menschlichem Stil erbaut. Die *Gloria di Garibaldi* hieß jetzt *Al Sole* und nannte sich Restaurant, das zwar über keinerlei Sterne in irgendeinem Gourmet-Führer verfügte, wo man sich aber immerhin bemühte, saubere weiße Tischtücher aufzulegen.

Auf der Rückreise trat das nicht unerwartete tatsächliche (noch nicht das juristische) Ende meiner ersten Ehe ein. Ich wollte, den Kindern zuliebe, die lange Fahrt nicht an einem Tag machen und hatte beschlossen, in Verona zu übernachten, nicht bedenkend, daß zu der Zeit die Opernfestspiele in der Arena tobten. Ich absolvierte, den *Guide Michelin* in der Hand, eine Herbergssuche, wobei ich von vier roten Häuschen auf drei, zwei, ja letztlich auf ein Häuschen herunterrutschte, bis ich in einer Frühstückspension, deren Namen ich selbstverständlich längst vergessen habe, er könnte *Sanguinaccio* gelautet haben, für uns vier ein Zimmer bekam. Bereits beim Abendessen kam es zum Streit. Diesmal verdächtigte mich Annelore zu Unrecht. Es war in der Zeit keine Eheabwegigkeit meinerseits vorhanden. Schon gar nicht hatte ich auf der Insel dergleichen Bande geknüpft, dies nicht einmal versucht. Dennoch greinte Annelore. Im Zimmer dann, ungeachtet der erstaunten Kinder, ging sie zum Kreischen über. Vergangene Verfehlungen, die nicht von der Hand zu weisen waren, wurden seitlich neben den aktuellen Verdächtigungen aufgetürmt, worauf ich sagte: »Du hast recht, ich bin ein Schwein, und ich möchte jetzt schlafen.«

Daraufhin passierte das Übliche. Annelore klappte ihre Seele zu und verließ – wie sie war, ohne Handtasche, zwar nicht im Nachthemd, aber nur in Rock und Bluse (braungrau) – das Zimmer und die Frühstückspension. Es war zwei Uhr in der Nacht.

»Geht Mammi zum Arzt?« fragte Linda.

»Wahrscheinlich«, sagte ich, »schlaf' jetzt.« Lewina schlief längst trotz des Lärms.

Normalerweise kehrte Annelore in solchen Fällen nach einigen Stunden zurück und tat so, als sei nichts gewesen. In jener Nacht in Verona und in ihrer zornigen Seelenverschlossenheit bedachte sie aber nicht, daß man die Familienpension nachts zwar verlassen und die Tür von innen öffnen konnte, von außen aber nicht. Einen Nachtportier oder zumindest eine Nachtglocke gab es nicht. Es war keine Tücke von mir, daß ich sie dennoch gehen ließ, denn ich merkte diese Falle erst am nächsten Morgen.

Darüber, was Annelore, kurzsichtig, ohne Geld, ohne

Ausweis, ohne alles, in der Nacht tat und wie und wann sie wieder nach München kam, gibt es zwei unterschiedliche Versionen, die ich an geeigneter Stelle berichten werde. Als sie in der Früh noch nicht wieder da war, ging ich mit den Kindern zum kärglichen Frühstück. Wenigstens machte die Padrona für die Kleinen einen Kakao. Danach war Annelore noch immer nicht da. Ich ließ die Kinder kurz in der freundlichen Aufsicht der Wirtstochter und ging das Auto aus einer Tiefgarage drei Straßen weiter holen. »Ist Mammi immer noch beim Arzt?« fragte Linda. »Wahrscheinlich«, sagte ich. Ich wartete noch eine Stunde. Dann verständigte ich die Carabinieri, das heißt, ich versuchte es. Mein Italienisch war damals noch nicht so weit, daß ich einen derart komplizierten Sachverhalt hätte darlegen können. Es blieb also ohne Folgen. So verpackte ich die Kinder auf die Rücksitze und fuhr ab.

»Bleibt Mammi hier im Krankenhaus?« fragte Linda.

»Wahrscheinlich«, sagte ich.

III

Caesar war wieder auf der Insel. (*Jetzt,* meine ich, während ich dies schreibe.) Mit einer neuen Frau oder Freundin. Noch nie ist Caesar ohne eine neue Frau oder Freundin auf die Insel gekommen. Seine Frauen und Freundinnen sind stets von allererster Qualität. Nicht Schickimicki, nicht Prominien, Stars, Starlets oder so schnellverderbliches Zeug, kein Naddl-Moddl, sondern wirkliche Klasse. Meist reich, schön sowieso. Heribert Caesar ist wohlgemerkt, ich glaube, ich habe das noch nicht erwähnt, zehn Jahre älter als ich. Dennoch: Er ist von unerschöpflichem, wenngleich höchst dezentem Geschlechtsinteresse erfüllt. Ich kann mich daran erinnern, daß wir einmal, es war in der Turbulenz-Zeit, wie ich die Jahre zwischen dem Auftauchen und dem Verschwinden Kasparians nenne, in Amandas Trattoria saßen, und am Tisch nebenan saß Milva, die große, berühmte, rothaarige Milva, die einzige, der ich mit meinem ausgeprägten Ausschließlichkeitsanspruch für sogenannte Ernste Musik gestatte, mir zu gefallen. Nicht nur durch das, was sie singt.

Schon das spricht für La Milva, daß sie, flankiert von zwei stark mit Schmuck behangenen Junggreisen, nicht eins der *Miramonti, Blue Sea* oder *Las Vegas* besuchte (ganz zu schweigen von einer der kulinarischen Fast-Food-Höllen, deren Bezeichnung der berühmte Münchner Wirt Süßmayer von *fast…* also nicht ganz »Food« ableitet, oder *Gold Dragon,* denn die Chinesen hatten sich fast noch schneller auf die Insel gedrängt als die anderen alle). Nein, La Milva war in der *Trattoria Vittoria*, die seit Vittorias leider zu frühem Tod Amanda führte und die deswegen allgemein »bei Amanda« heißt.

Jedenfalls: Ständig schaute La Milva nicht zu mir herüber, das hätte ich nicht erwartet, ich bin alles andere als ein maskulines Oilpainting, wohl aber, obwohl sie ihre Galane dabeihatte, stets nur zu Caesar, dem über achtzig Jahre alten Caesar, der offenbar für weibliche Sympathie-Antennen eine bereits ins Mystische spielende Anziehungskraft hat. Und der Gipfel der Sache: Caesar würdigte dieser offensichtlichen weiblichen Huldigung – einer Milva! – keinerlei Aufmerksamkeit, und als ich ihn, nachdem La Milva mit ihren pavianischen Hominiden Amandas Lokal verlassen hatte, darauf hinwies, sagte Caesar nur: »Ach, da schau her. Der Abend wird für mich in unauslöschlicher Erinnerung bleiben. Wer ist Milva?«

Selbstverständlich war auch La Milva in der Turbulenz-Zeit gelegentlich auf Zompara. Sie mußte ja. Jeder, der dazugehörte (und vor allem jeder, der dazugehören wollte), mußte mindestens einmal im Jahr auf Zompara sein. Der Leser erinnert sich vielleicht, entsprechende Berichte in der *Bunten* oder sonst einem Knall-Blatt gelesen zu haben. Übrigens Caesar nicht; erstens gehörte Caesar nicht *dazu*. Zwar war er unter Literaten – mit Recht, wie ich meine – einigermaßen angesehen, aber Promi im jetsetischen Rummel-Sinn war er nicht. Und zweitens war er schon oft auf Zompara gewesen, ehe die Anwesenheit Kasparians die Turbulenz-Zeit hervorrief, und er kommt auch jetzt, danach, wieder. Übrigens: Das »sogenannte« vor dem Epitheton *Ernste* vor dem Begriff *Musik* ist keineswegs abwertend gemeint. Das *sogenannt* bezieht sich nur darauf, daß die *sogenannte* Ernste Musik, wie der Musikfreund weiß, durchaus heiter, fröhlich, lustig und sogar unernst sein kann. Ich stampfe den Unterschied zwischen *E-* und *U-Musik* mit Entschiedenheit bejahend auf den Boden. Ich verstehe in den Abkürzungen zwar etwas anderes. E-Musik und U-Musik: *echte* Musik und *unechte,* wobei bei dieser der Terminus *Musik* eigentlich nicht angebracht ist. Das was die JaulnickelInnen von sich geben, sind lediglich akustische Phänomene, die jene für Musik halten. (Ich verwende bei JaulnickelInnen, wie man, hoffe ich, bemerkt, die furzdumme Mittelmajuskel, die ich sonst selbstverständlich vermeide, verwende sie hier nur, um meine Abscheu vor jener sogenannten Musik zu verdeutlichen.)

Und noch etwas: Amandas Trattoria war auch in der Rummel- und Kasparian-Zeit im gewissen Sinn ein Ruhepol. Ich weiß nicht, ob das alles zu dem Roman dazugehört, den ich auf Anregung Caesars schreibe, zum Beispiel das mit Amandas Trattoria und der Milva. Ich bin unsicher. Eigentlich wollte ich ihm die paar Seiten, die ich bisher zusammengebracht habe, erst nicht zeigen. (Aber ist es überhaupt herabwürdigend, was ich über ihn geschrieben habe? Ist es nicht eher eine, wenn auch nur schwer erkennbare Huldigung?) »Du wirst nicht erwarten«, sagte er jedoch, »daß ich wegen deines ohne Zweifel weltbewegenden Elaborates die Lektüre des Briefwechsels zwischen Arthur Schnitzler und Olga Waisnix unterbreche?« Ich gehe also das Risiko ein und erwähne, obwohl es vielleicht nicht zum Roman gehört und die Handlung, die sich ja auf Kasparian konzentrieren sollte, unterbricht, wie das mit Amandas Trattoria war. Vittoria hieß Amandas Mutter. Ob ich den Familiennamen jemals gewußt habe, weiß ich nicht. Wenn ja, habe ich ihn vergessen. Die Trattoria heißt auch *Vittoria* oder *Da Vittoria,* denn Vittorias Vater, also Amandas Großvater – den ich nicht mehr gekannt habe –, hat die Trattoria gegründet und nach seiner Tochter benannt, wobei das, vermute ich, ein zu hochgestochenes Wort ist:

gegründet. Er hat halt die Wirtschaft da unten am alten Hafen, der damals noch der neue Hafen war, aufgemacht und Pasta und Fleisch und Fisch gekocht und auf den paar wackeligen Tischen serviert. Später hat ihm die Brauerei *Pironi* neue Tische und Stühle und die Kaffeefirma *Illy* eine Theke für die Bar spendiert, wie es so üblich ist. Dafür wird nur *Pironi* ausgeschenkt, ein Bier, das – dies sagt ein Bayer – als solches kaum kenntlich ist, und der Espresso nur mittels *Illy*-Bohnen hergestellt, was allerdings sozusagen der Rolls-Royce unter den Kaffeesorten ist. Es ist auch damals, erzählte mir Vittoria, doch tatsächlich ein Emissär von der Firma *Illy* aus Triest gekommen und hat, bevor der Vertrag abgeschlossen wurde, die Lokalität begutachtet, denn die Firma *Illy* sieht darauf, daß ihre Kaffeejuwelen nicht an unwürdigen Orten verwendet werden.

Es ist nicht hymnisch genug zu besingen, daß die *Trattoria Vittoria* auch in der Turbulenz- und Promi-Zeit der Insel im Großen und Ganzen blieb, was sie war. Dazu half die Lage, denn mit Öffnung des Neuen Hafens rückte, Städte und Orte haben ja auch ihre Bewegungen, der Ort Zompara, die Hauptstadt der Insel, wenn man so will, ein wenig zur Seite des Neuen Hafens hin, und die Gasse am alten Hafen (sie, *Corso Cavour,* na ja, war etwa fünf Meter breit), in der die Trattoria lag, etwas in den Windschatten. Und außerdem mußte es ja neben den bald erblühenden Verköstigungs-Institutionen mit dreisprachigen Speiskarten in Schweinsleder und meterhohen Pfeffermühlen einen Ort geben, wo auch die zahlenmäßig zurückgequetschten Einheimischen hingehen konnten.

*

Ich könnte Amanda fragen: Wann ist deine Mutter gestorben? Aber Caesar riet mir: »Keine Recherchen. Türme keine

Lexika neben deinem Manuskript auf. Lasse es aus deinem Organ, das dir der Weltgeist hinter deinen grau werdenden Brauen dediziert hat, so herausfließen, wie es herausfließen will ...« Also frage ich nicht. Aber die Erinnerung befrage ich, und die sagt, daß Vittoria einige Jahre nach dem ersten Auftreten Kasparians starb. Leukämie oder so etwas. Sie war keine fünfzig Jahre alt und immer noch eine nicht hübsche, sondern schöne Frau. (Amanda muß es ja irgendwoher haben.)

Es war schon zur Turbulenz-Zeit, längst war ich Bewohner der Insel, sogar von den Zomparesen größtenteils akzeptiert, zählte nicht zu den Touristen. Es war also keine Anbiederung oder Anmaßung, daß ich, wenn auch selbstredend weiter hinten im Kondukt, nach den Angehörigen und engeren Familienfreunden im Leichenzug mitging. Es hatte etwas Anrührendes, dieser Leichenzug. Vittoria war beliebt gewesen. Ihr Mann, ein Schlawiner irgendwo aus dem Friaulischen her, kein Mensch belastete seine Erinnerung damit, wie er geheißen, hatte sie verlassen, als Amanda noch ein Schulkind war. Man trug ihr (wie sonst nicht in Italien) nicht nach. Auch nicht, daß sie danach einige Liebhaber hatte, zur Vorsicht allerdings nie einen Mann von der Insel. Mit Hochachtung bemerkte man, daß sie nach dem Tod ihres Vaters resolut die Wirtschaft weiterführte, »tüchtig wie ein richtiger Wirt« (so der alte Gobbo, der Hirt, das Orakel der Insel). Sie starb nach nur ganz kurzer Krankheit. Ich glaube, daß es keine vierzehn Tage dauerte, nachdem die ersten seltsamen Flecken in ihrem Gesicht und auf den Händen aufgetaucht waren. Der alte Inseldoktor, ein Männlein, das stets einen altmodischen grünen Jagdanzug trug, obwohl niemand je gesehen hat, daß er auf die Jagd ging (was sollte man auf Zompara auch groß jagen außer Eidechsen), war ratlos. Die Inselbewohner sind kerngesund ihr Leben lang und sterben an Altersschwäche. Dottor' Bitroffi war sein medizinisches Leben lang allenfalls mit Grippe, Durchfall oder Platzwunden nach Raufereien konfrontiert. Mit den Flecken in Vittorias Gesicht und auf ihren Händen war er überfordert.

Es ist eigenartig: Der Rechtsanwalt, wenn er konsultiert wird, *muß* im Buch nachschauen, wenn er in den Augen des Klienten als kompetent erscheinen will, der Arzt *darf nicht* im Buch nachschauen, sonst hält ihn der Patient für unfähig. Woher kommt das? »Eins der vielen Rätsel«, sagt Heribert Caesar, »die der Weltgeist uns noch zur Lösung vorhält.« Also ging Dottor' Bitroffi in seine bereits etwas archäologisch wirkende Praxis und schaute hinter verschlossener Tür in seinen vergilbten Büchern nach. Und erschrak. Er glaubte nichts Geringeres als Aussatz diagnostizieren zu müssen. Damals hatten schon zwei deutsche Ärzte eine stahlglänzende, wohlweislich außerhalb des italienischen Gesundheitssystems angesiedelte Privatpraxis eröffnet. Dottor' Bitroffi wandte sich an sie, und der eine der beiden Deutschen ging mit Bitroffi zu Vittoria und sagte, er habe einige Jahre in den Tropen gearbeitet, er habe Aussatz gesehen, der schaue anders aus. Man kam überein, Vittoria ins Krankenhaus der Provinzhauptstadt zu überweisen, zumal die Flecken noch auffälliger geworden waren und Vittoria zunehmend unter bleierner Müdigkeit und Kopfschmerzen litt. Im Provinzspital wußte man auch nicht weiter, und Vittoria wurde in ein Krankenhaus in Neapel verlegt. Ich besuchte sie dort.

Sofort nach diesem Besuch und noch von sorgenvollen Gedanken über Vittorias Zustand erfüllt, trat ich, obwohl, wie erwähnt, kein Auto mehr besitzend, dem ADAC bei und schloß eine Rückhol-Versicherung im Krankheitsfall nach Deutschland ab. Es ist dann der einzige und womöglich letzte Fall, daß ich mich dorthin bewege (bewegen lasse). Ich hoffe, mit meiner Schilderung des italienischen

Gesundheitswesens diese Nation, die die Wiege des modernen Humanismus ist, die Mutter der Künste und überhaupt der Hort menschlicher Freundlichkeit nicht zu beleidigen. Es war fürchterlich. Sie lagen zu sechst im Zimmer, dabei hatte Vittoria noch Glück, daß sie nicht auf dem Flur lag. Einzelzimmer gab es nur wenige, so wurde mir gesagt, und da kommen nur die schwerst Ansteckenden und die Sterbenden hinein. Wenn man also in ein Einzelzimmer kommt, sagte mir ein überaus freundlicher und gesprächiger Arzt, wisse man, welches Stündlein geschlagen hat. Dabei muß man gerechterweise sagen, daß die ärztliche Versorgung an sich vorzüglich ist. Nicht umsonst haben die medizinischen Fakultäten von Padua und Salerno Traditionen begründet, die bis heute fortwirken. Aber die Pflege ... der Patient muß seine eigene Bettwäsche mitbringen. Klo und Dusche am Flur. Das Pflegepersonal stammt aus Polen oder Slowenien oder im Härtefall aus Marokko, ist zwar gutmütig und vielleicht nicht einmal unwillig, aber es hapert, wie sich denken läßt, mit der Verständigung. Die italienische Küche ist nach meinem Dafürhalten nicht nur die beste der Welt, sondern die einzig genießbare. Ich höre die Franzosen aufheulen. Hilft nichts. Ich bleibe bei meiner Behauptung. Ich bin nicht zuletzt des Essens wegen nach Italien gezogen. Dem spricht die Verpflegung in den Krankenhäusern Hohn. So wie übrigens auch, unverständlicherweise, in den italienischen Speisewägen.

Es wird – in den Krankenhäusern – erwartet, daß Angehörige im Turnus die Pflege, soweit sie nicht medizinischer Art ist, übernehmen. Leichtere Eingriffe, wie Blinddarmoperationen, werden ebenfalls den Angehörigen überlassen. Italien ist ein Land engen Familienzusammenhalts, und da sind derartige Liebesdienste selbstverständlich.

Nein, das mit den Blinddarmoperationen stimmt natürlich nicht, leider aber das Schlimmste: In den Abteilungen mit den Augenkranken wird naturgemäß am meisten gestohlen, aber auch in anderen Abteilungen ist es tunlichst so, daß der Patient kein Geld und keine Wertsachen, kein Handy, keine Uhr mitnimmt. Es gibt Banden, die darauf spezialisiert sind, Krankenhäuser auszurauben. Es sind selbst in Verbrecherkreisen verachtete Banden, denn nichts ist leichter, als einem frischoperiert Dahindämmernden die Brieftasche wegzunehmen. Manchmal fällt auch Gewalt vor. Ärzte und Pfleger werden gefesselt oder in Schach gehalten, dann die Wertsachen der Patienten abgeräumt. Nicht selten die wertvolleren medizinischen Geräte auch. Einmal, das war in unserem Provinzkrankenhaus, hatte es die Bande auf ein ganz neues, hochmodernes Beatmungsgerät im Wert von so und so viel hunderttausend Euro (oder waren es noch Millionen Lire?) abgesehen. Es hing ein alter Mann dran. Ein Arzt schrie bittend: »Vorsicht! Der alte Mann –« »Wie alt ist er?« fragte der Bandit. »Über neunzig«, sagte der Arzt. »Dann hat er lang genug gelebt«, sagte der Bandit, zog den Stöpsel heraus, es machte »Blopp«, der Patient machte »Fff-tt«, und das Gerät tauchte später auf dem Schwarzmarkt auf. Das Krankenhaus konnte es relativ günstig zurückkaufen.

»Und was ist aus Ihrer Anzeige geworden?« fragte ich den Arzt, der mir das erzählte.

»Nichts, weil wir es nicht angezeigt haben. Werden uns hüten …«

Das Leben kann schon lustig sein in Italien.

*

Als ich Vittoria das zweite Mal besuchte, sah man schon, daß es zu Ende ging. Sie hätte sehr viele Bluttransfusionen gebraucht, aber den Handel mit Blutkonserven überwacht die Camorra. Entweder war der Klinikchef mit den Schutzgeldzahlungen im Rückstand, oder er gehörte der falschen Partei an, jedenfalls wurde das Krankenhaus nur zögerlich mit Blutkonserven beliefert, und Vittoria, die keine Privatpatientin war, stand in der Liste weit unten. Und wenig später kam sie ins Einzelzimmer …

Die Camorra, wie die Verbrechermaschinerie in Neapel heißt, die Mafia in Sizilien, die N'drangheta in Calabrien sind die Ventile der Unmenschlichkeit in der Menschlichkeit Italiens. Sie sind unausrottbar, weil sie sich wie nicht operierbarer Krebs in alle, auch die lebenswichtigen Organe eingefressen haben. Wollte man sie herausschneiden, müßte man die ganzen Organe mit herausschneiden. Es gäbe nur einen Weg, sagte der pensionierte Monsignore, ein Freund Caesars (des Atheisten!), der ab und zu die Insel besucht: Es gäbe nur einen Weg, Mafia und Camorra und N'drangheta zu beseitigen, *einen* Weg, der sogar sicher wirksam wäre. Die Mafiosi und so weiter sind nicht nur fromm, sondern bigott bis zum Aberglauben. Vor jedem Mord geht der Mafioso in die Kirche und betet ums Gelingen zu seinem Lieblingsheiligen, vorzugsweise zur Madonna, die in Italien sowieso mehr gilt als alle drei von der Dreifaltigkeit.

»Wenn der Papst«, so der Monsignore, »laut und öffentlich verkünden würde, daß jedes Gebet eines Mafioso sich automatisch *gegen* ihn richtet, daß alle Heiligen sozusagen von allerhöchster Stelle angewiesen sind, dem Mafioso Hilfe zu versagen, wäre es sofort *aus* mit den Gaunern. Ich verstehe auch nicht, warum der Papst das nicht tut.«

*

Die tote Vittoria wurde auf die Insel zurückgebracht. Die Schickität und Mickität, die sich damals schon breitgemacht hatte, kümmerte sich selbstverständlich nicht darum, auch nicht das Neugiergesindel mit rotgebrannten Schenkeln, das im Kielwasser der Promis schwamm, worüber die Wirte, Hoteliers und Geschäftsleute, übrigens meist nicht von der Insel, sondern von drüben herübergekommen, nicht unglücklich waren, versteht sich.

Der Friedhof von Zompara liegt oben am Berg. Der Weg dorthin geht nahe an meinem Haus vorbei. Aufgebahrt wurde Vittoria in der Kirche unten. Dort war auch der Trauergottesdienst. Ich ging nicht hin, denn ein italienischer Gottesdienst in einer Provinzkirche (und selbst oft in Kathedralen) ist, um ein Wort von Caesars Lieblingsschriftsteller Fontane umzudrehen, förmlich zum Protestantischwerden: Geistlose Predigten aus rhetorischen Floskeln zusammengeflickt, geplärrte Kirchenlieder, die Männer im »Sankt Außenrum« Zigaretten rauchend, echt ist nur der Aberglaube an fragwürdige Reliquien und Zauberzeichen ... Als Protestant hat man den Eindruck, die italienischen Katholiken, um den Papst geschart, sind dermaßen im Mittelpunkt des Christentums, daß sie das *Glauben* beruhigt den anderen überlassen können. Bei ihnen, in Italien, wird der Glaube nur verwaltet.

Aber das Begräbnis Vittorias war großartig! Der Sarg wurde von der Kirche aus heraufgetragen. Die Gebete wurden zum Glück nur gemurmelt, es war ein trüber Tag, alle, die eigentlich nicht auf die Insel gehören, erholten sich noch in den Betten der Luxus- und anderen Suiten vom Highlife in der Nacht vorher. Aber sehr viele Insulaner folgten dem Sarg, obwohl ein unangenehmer Wind wehte, Nachwirkung des Sturmes, der in der Nacht über die Insel gefegt war. Schwarze Wolken, in Fetzen gerissen, wirbelten vor dem grau-gelben Himmel nach Osten. Nur ganz draußen am Horizont wurde ein Streifen Blau langsam immer breiter.

Ein pittoreskes Bild, Vorwurf für einen Genremaler des

19. Jahrhunderts: der Ministrant, der krampfhaft das Weihrauchfaß vom Wind wegdrehte, die Sargträger, die ihre Hüte festhielten, der Pfarrer, dem es das Meßgewand knatternd zur Seite wehte, die alten Frauen, die optisch nur aus schwarzen Schleierdrapierungen bestanden –

Ich blieb, bis die Zeremonie vorbei war, ließ den Pfarrer und seine Ministranten gehen, die Sargträger, alle Leute. Der Wind ließ schon während der Gebete und Segnungen nach. Als man das Grab provisorisch zuschüttete, war es schon fast windstill. Das nun breite Band des heiteren Himmels reichte schon bis weit hinauf. Die Totengräber steckten ihre Schaufeln in die Erde, zündeten sich Zigaretten an und gingen in die nächste Bar hinunter.

Da brach die Sonne durch. Ich hob die Hände, breitete sie aus und grüßte den *Sol Invictus.* Ich empfahl ihm die Seele Vittorias, deren Bild, von mir einst gemalt, ich mit einem schwarzen Band übers Eck versehen hatte. Sie hat wenig an auf dem Bild. Sehr wenig.

IV

Der Mond scheint, wenn er scheint, überall auf Zompara, aber besonders schön scheint er, sagen die Zomparesi, in der Mondscheinbucht, der *Baja di Chiaraluna.* Früher, als ich das erste Mal auf der Insel war, hieß sie noch schlicht *Be'Sciaffé,* was – aus dem Inseldialekt frei übersetzt – soviel wie am Gesäß der Welt bedeutet, denn damals war dieser westliche Teil so gut wie unbewohnt, auch schwer zugänglich, weil es die Straße noch nicht gab, nur eine Mulatiera, einen Eselspfad, auf dem die Hirten die Ziegenherden zu den dortigen dürftigen und dornigen Weiden trieben. Bei den alten Weibern weiblichen und männlichen Geschlechts hieß sie aber *Ba' viscie,* die Bucht der Sünde, denn ein Großteil der unehelichen Kinder der Insel und der heimlichen Kuckuckseier verdanken nächtlichen Bootsfahrten in dieser Bucht ihr Leben. Man muß sich dabei vergegenwärtigen, daß es auf der kahlen und felsigen Insel kaum trauliche Haine und dergleichen gibt und daß die streunenden Hunde – von denen ich im Lauf meiner Jahre bestimmt ein Dutzend, die in meinem Garten wilderten, erschossen habe – eine ständige unberechenbare Gefahr oder zumindest eine Störung der Intimität sind. So blieben nur das Boot, das Wasser und die Bucht. Auch ich habe einige schöne Erinnerungen daran.

Als der Fremdenverkehr aufkam, benannte das neu gebildete Tourismus-Konsortium die *Baia di vizi* in *Mondscheinbucht* um und schreckte nicht vor der Behauptung zurück, sie sei der *Blauen Grotte* von Capri vergleichbar. Es stimmt schon, daß das Wasser in der *Mondscheinbucht* besonders blau ist oder war, solang es nicht von dem Dreck verunreinigt wurde, den die Motorboote machten, und daß es vielleicht jetzt, da die Motorboote und Motorbootler weniger geworden sind, wieder so blau wird; und es stimmt auch, daß es hochromantisch ist, wenn sich das Mondlicht in der von den schwarzen Bergen umrahmten Bucht in den tief- oder schwarzblauen Wellen spiegelt. (»So spitzig ist der Mond ... ob ich mich verletze, wenn ich ins Wasser springe?« sagte einmal Vittoria.) An die *Blaue Grotte* kommt die *Mondscheinbucht* selbstverständlich nicht heran, nicht einmal auf den außerordentlich geschickt arrangierten Photographien, die das Konsortium auf die erste Seite der Prospekte drucken ließ. (Die Photographien stammten vom Pfarrer, Don Alfredo Difossa, einem leidenschaftlichen und guten Photographen, dem ein eigenes Kapitel an einer Nahtstelle des Geschehens gewidmet werden muß.)

Aber: Von der Bucht dort nahm der Aufstieg der Insel, wenn man den Rummel als solchen betrachten will, seinen Anfang und aber auch im gewissen Sinn sein Ende oder jedenfalls den Beginn davon.

Es war ausgerechnet der Tag des heiligen Erlembaldo (lateinisch Herlembaldus), des Patrons der Insel, ich arbeitete an einem Bild meines – Wagnerianer nicht erfreuenden – *Tannhäuser*-Zyklus im Atelier meines Hauses, als der junge Gino, der Sohn des alten Gino, der die Bar mit der besten Grappa unten hat (er brennt sie selber, schwarz, nur für Stammgäste), mit seinem Freund vom *Passo Cojota* genannten Einschnitt des Höhenzuges herunterkam, der die beiden Seiten der Insel trennt, die staubige, damals noch unbefestigte Straße entlang, den kleinen Umweg zu meinem Haus machte und schrie: »Professore! Una nave! Una nave meravigliosa!«

Ich bemerke dazu dreierlei: Erstens weiß ich nicht und habe es nie erfahren können, warum dieser Einschnitt, den man mit einigem guten Willen als Paß bezeichnen kann, *Passo Cojota* heißt; zweitens werde ich zwar von den Leuten auf Zompara »Professore« genannt, weil jeder, der im Ruf steht, mehr als ein Buch im Haus zu haben, »Professore« genannt wird, es sei denn, er ist Geistlicher, dann ist er selbstverständlich »Don Sowieso« oder sogar »Monsignore«, und es sei denn, er ist »Dottore« (also Arzt) oder »Avvocato«. Ein vornehmer Mensch dagegen, mit weißen Umschlagmanschetten, der nicht den Anschein erweckt, er habe mehr als ein Buch im Haus, wird »Marchese« genannt. Ich also »Professore«. Und drittens: Der junge Gino ist begeisterter Mountainbiker und hatte ein Jahr zuvor zum Geburtstag ein Fahrrad bekommen, mit dem er sozusagen senkrecht die Wand hinauffahren konnte. Anders hätte er den *Passo Cojota* fahrradisch nicht bewältigen können.

»Und was für ein wunderbares Schiff? In der *Ba' viscie?«* (Ich fühlte und fühle mich berechtigt, gestützt durch das gewisse Ansehen, das ich auf der Insel genieße, die Dialektausdrücke zu benützen, soweit sie mir geläufig sind.)

»Ein ... ein ... ein unglaubliches Schiff. Eine Yacht. Aber eine unglaubliche Yacht.«

»Die ist dort vorbeigefahren?«

»Nein. Sie ankert dort. Ganz weiß.«

»Eine Segelyacht? Wieviel Masten?«

»Nein, keine Segelyacht. Mehr ein Schiff, ein Luxusschiff. *So* groß! Hat sogar einen Hubschrauber hinten drauf.«

»Und ankert dort?«

»Ja. Doch. Sage ich doch die ganze Zeit.«

»Weißt du was, Gino, laß die Yacht dort ankern, sie wird wieder wegfahren, und laß mich weiterarbeiten. Gut so?«

»Ciao, Professore«, sagte er, schwang sich auf das Mountainbike und überließ es und sich der Schwerkraft in den Ort hinunter.

Am nächsten Tag kam er wieder, diesmal von unten. Die ganze Insel sei in Aufregung, sagte er. Sein Vater sei schon mit dem Jeep vom Notar unterwegs. Ob ich mitfahren wolle.

Ich gestehe, daß mich die Sache schon am Vortag nicht in Ruhe gelassen hatte. Der junge Gino fuhr zur Straße hinauf, ich ging ihm nach, kehrte um, holte den Feldstecher und ging jetzt rascher. Der Jeep mit dem alten Gino und drei anderen Männern aus dem Ort wartete mit laufendem Motor. Ich zwängte mich dazu.

Die Yacht war noch da. Allerdings ein bemerkenswertes Schiff. Ruhig lag es in der um diese Tageszeit weißglänzenden Bucht. Tatsächlich stand ein Hubschrauber auf einer erhöhten Plattform des Hinterdecks. Über ein anderes Deck war ein hellgelbes Sonnensegel gespannt, unter dem, soweit zu erkennen, Liegestühle und Tische, auch Korbstühle standen. Ich nahm den Feldstecher. So war ich der erste Mensch auf der Insel, der den schicksalbringenden Kasparian aus der Nähe sah. Er, von dem ich noch nicht wußte, daß er Kasparian war, saß in einem der Korbstühle, und eben brachte ein weißgekleideter Diener auf einem Tablett ein Getränk.

»Da sitzt einer an Deck«, sagte ich und reichte den Feldstecher an den alten Gino weiter, »wenn dem die Yacht gehört, ist er kein Sozialhilfeempfänger.«

Der Feldstecher ging reihum, zuletzt bekam ihn der junge Gino.

»Er hat«, sagte Gino durchs Glas blickend, »goldene Ohren.«

Ich nahm noch einmal den Feldstecher. Tatsächlich. Der Alte da drüben, denn er war alt, das sah man, saß mit dem Hinterkopf direkt gegen die Sonne, die seine auffallend großen Ohren, sogenannte Segelohren, golden durchleuchtete.

*

Den jungen Gino faszinierte von da an die Wunderyacht noch mehr als sein Fahren mit dem Mountainbike. Er lieh sich am nächsten und auch am übernächsten Tag den Feldstecher aus und saß stundenlang auf einem Stein an der Mondscheinbucht, lugte hinüber, wußte zu berichten, daß wenigstens drei verschiedene Stewards die Herrschaften bedienten und daß außer dem Mann mit den goldenen Ohren noch zwei Damen an Bord waren, eine alte und eine junge. Das Schiff hieß, das hatten wir am ersten Tag schon ausmachen können, *Atalante* und fuhr unter costaricanischer Flagge, das heißt, fuhr im Augenblick nicht, sondern ankerte hier vor Zompara.

Entweder war der junge Gino zufällig (kein großer Zufall) dort am Ufer oder aber man hatte vom Schiff aus bemerkt, daß er die ganze Zeit dieses beobachtete, jedenfalls wurde drüben ein Motorboot zu Wasser gelassen, mit dem einer der Stewards zum Ufer fuhr und dem jungen Gino, der sich verdrücken wollte, sichtbar freundlich zuwinkte. In einer Sprache, die Gino nicht verstand, fragte der Steward etwas. Nur irgendwas von *ingles* verstand er, worauf er dem Steward zunickte und ihn den schweißtreibenden Weg hinauf zum *Passo Cojota* und wieder hinunter zu mir führte, in der – richtigen – Annahme, ich könne englisch. Der Steward fragte sehr höflich, ob auf der Insel eine Möglichkeit bestehe, mit einem Hubschrauber zu landen. Das war damals noch nicht der Fall, und ich bedauerte also …

»Hm«, sagte der Steward, nahm seine Schirmmütze mit

der Goldschrift *Atalante* ab und wischte sich die Frühglatze.

»Ich nehme an«, sagte ich, »Ihr Chef will an Land?«

»Korrekt«, sagte er, »drüben der Hafen ist zu flach für den Tiefgang der *Atalante.*«

»Da wird er entweder mit dem Motorboot um die Insel so oder so herumfahren müssen ...«

»Das dauert zwei Stunden«, sagte der Steward, »und Mr. Kasparian ist sehr ungeduldig.«

»... oder ich schaue, daß sein Vater«, ich deutete auf Gino, »den Jeep des Notars ausleiht, der dann unten am Ufer warten könnte, Mr. ... wie war der Name?«

»Kasparian.«

»... fährt mit dem Motorboot herüber und man bringt ihn in den Ort. Das dauert alles in allem eine halbe Stunde. Ich kann mir zwar nicht vorstellen, was ein Mann, dem so eine Yacht gehört, in Zompara zu finden hofft.«

»Ich auch nicht, ehrlich gesagt, aber Mr. Kasparian ist sehr eigenwillig. Und Sie wären wirklich bereit dazu, das alles zu arrangieren?«

»Ohne weiteres«, sagte ich.

»Ich nehme an«, sagte der Steward, »Sie sind kein, wie soll ich sagen, Ureinwohner der Insel?«

»Nein«, sagte ich, »ich bin ein deutscher Maler, aber ich lebe schon mehrere Jahre hier.«

»Und Ihr Name, wenn ich fragen darf?«

»Mahr. Felix Mahr.«

»Mr. Mahr, mein Chef wird sich erkenntlich zeigen. Wird es möglich sein, den Jeep für heute nachmittags, sagen wir, 17 Uhr, bereitzuhalten? Es müßte, bitte ich, pünktlich sein. Mister Kasparian ist, wie gesagt, eine ungeduldige Natur.«

»No problem, wie wir Lateiner zu sagen pflegen.«

Seine Miene bekam einen Schlag in die Schräge. »Wie bitte? Wer ist Lateiner?«

»Vergessen Sie's. Ein kleiner Scherz. Der Jeep wird um 16 Uhr 55 am Ufer stehen.«

*

Die restliche Geschichte des Tages erfuhr ich nur indirekt, von Amanda und dem alten Gino und anderen. Kasparian, der ausgerüstet gewesen sei wie für eine Wüstenexpedition (so schlimm war Zompara damals nun auch wieder nicht mehr), sei, begleitet von einem seiner Stewards oder Diener oder Butler, im Dorf herumgegangen, habe kaum ein Wort mit irgend jemandem gesprochen, habe alle Häuser aufmerksam angeschaut, dann am Hafen den Kai, dann habe er sich in eine Bar gesetzt, nicht in die von Gino, sondern in die andere weiter vorn, und habe durch seinen Steward oder Diener oder Butler ein Sandwich mit Mortadella und ein *Gingerino* bestellen lassen. Der Steward oder Diener oder Butler habe ein Glas Rotwein getrunken.

»Die Kirche«, sagte mir Amanda später am Abend, als ich dort zum Essen war, »hat er nicht besichtigt. Ist ja auch nicht weit her damit.« (Das stimmt. Die Kirche ist eine hilflose Barockimitation unterer Gebührenklasse aus dem späten 19. Jahrhundert. Die ganz alte Kirche, eher eine Kapelle, ist leer und verfällt hinter den Mülltonnen des inzwischen geschlossenen Hotels *Piccadilly,* des ersten, das damals gebaut wurde. Schnell – schnell, und so sieht es auch aus.) »Aber«, fuhr Amanda fort, »Don Difossa, der selbstverständlich auch von dem erregenden Besuch erfahren hatte, stand hinter der Kirchentür, wie zufällig, um dem Fremden die Kirche zu zeigen. Aber der ging nur vorbei. Ob er sie überhaupt mit einem Blick streifte? Schwer zu sagen.«

Pfarrer Don Alfredo Difossa, der inzwischen auch schon gestorben ist, war ein höchst bemerkenswerter Mann, nicht nur, weil er, wie schon erwähnt, ein begeisterter Photograph war und seine Kamera – böse Zungen munkelten: selbst während der Messe, unter der Casula – ständig dabeihatte.

»Don Difossa war schwer enttäuscht. Er hat dann aber gemeint: ›Kasparian? dann ist er vielleicht griechisch-orthodox. Oder –‹ Er redete nicht weiter. Er meinte: Jude.«

Nicht nur in Deutschland ist die gute Meinung verbreitet, daß nichts, ich bitte Sie!, daß nichts dagegen zu sagen ist, wenn einer Jude ist. Aber allein die Tatsache, daß nichts dagegen zu sagen ist, sagt vielleicht nicht alles, aber vieles. Ich glaube übrigens nicht, daß der vielbelesene Don Difossa Antisemit war. Daß er den bewußten Satz nicht vollendet hat, war wohl eher Vorsicht. Er wollte dieses Wort, diesen Stein nicht ins Wasser der allgemeinen Meinung werfen, damit es – er – nicht Wellen und Kreise schlägt beziehungsweise zieht. Notabene war Kasparian weder griechisch-orthodoxen Glaubens noch Jude. Er war (und ist noch, auch wenn die Insel aus seinem Gesichtskreis und, Gott sei's geklagt, er aus dem der Inselbewohner entschwunden ist) Armenier, heißt eigentlich nicht Arri, offenbar eine Sonderform von Harry, sondern Mesrop, was er vielleicht als unschön empfindet, und gehört, wenn überhaupt, der monophysitischen armenischen Kirche an, die sowohl die Griechen als auch die römischen Katholiken verabscheut. Ich glaube aber nicht, daß Mesrop oder »Arri« Kasparian Interesse für die Feinheiten des Monophysitismus hat, der sogenannten vorchalkedonischen Glaubenslehre, und daß er tiefer in die Unterscheidungen zwischen Real- und Verbalmonophysitismus eingedrungen ist und daß er, während er sich auf dem Deck seiner *Atalante* unter dem Sonnensegel einen *drink* servieren läßt, überlegt, ob Christus die reale Vermischung von Gottheit und Menschheit zu einer dritten -heit (ευς) ist oder in Menschheit verwandelte Gottheit oder in Gottheit verwandelte Menschheit. Ich glaube, daß er da an anderes denkt. An gar nichts. Oder an die Börsenkurse.

Die Kirche hat Kasparian dann später doch besucht, und Don Difossa hat gern den monophysitischen Scheck entgegengenommen, der ihm gestattete, nicht nur – dringend notwendig – das Kirchendach zu erneuern, sondern auch einen »superschönen« (so der alte Meßdiener Peregrino) neuen Traghimmel für die Fronleichnamsprozession anzuschaffen.

Welche Größenordnungen da schon am Anfang im Spiel waren, wobei man selbstverständlich noch nicht wußte, daß es überhaupt ein Anfang war, zeigt die Höhe des Trinkgeldes in der Bar unten, über das der Barista allerdings eisernes Stillschweigen breitete, nur kichernd pfiff und gleichzeitig die Hand aus dem Gelenk schüttelte. Der Steward oder Diener oder Butler drückte dem alten Gino, nachdem er die Gäste wieder zur Mondscheinbucht und dem dort wartenden Motorboot gefahren hatte, »als Ersatz für's Benzin« einen Betrag in die Hand, der beinah den Wert des alten Jeep erreichte.

»Aha«, sagte Caesar, als ich ihm das alles erzählte, er kam, selbstverständlich mit einer neuen Dame, etwa vierzehn Tage nach dieser ersten Kasparian-Episode wieder einmal auf die Insel, »aha, also ein neureicher Nabob. Ererbter Reichtum knausert.«

Auch mich, der ja die Möglichkeit zu dieser *stipvisit* geschaffen hatte, vergaß Kasparian nicht. Am nächsten Tag, einen Tag, bevor die Yacht wieder ablegte, kam ein schon als Herr zu bezeichnender Ober-Steward, in marinischer Uniform mit Goldtressen, kam von unten, vom Ort herauf, mußte also mit dem Motorboot die lange Fahrt um die Insel herum gemacht haben, was immerhin bequemer ist, als den heißen, staubigen Weg über den *Passo Cojota* zurückzulegen, und hinter ihm kam ein Boy, der eine Kiste mit zwölf Flaschen *Veuve Cliquot* trug, die mir, so der Ober-Steward, Mr. Kasparian dediziere mit Dank für die Bemühungen.

Es wäre mir lieber gewesen, er hätte mir ein Bild abgekauft.

*

Es vergingen etwa vier Wochen. Dann kam einer, der war Konsul. Ich mußte an die Anekdote mit dem alten Krupp denken. Vor über hundert Jahren, da kam angeblich einer zu Krupp und redete ihn mit »Herr Generaldirektor« an. Darauf sagte Krupp: »Mein Herr, ich *bin* nicht Generaldirektor, ich *habe* einen Generaldirektor.« Kasparian war nicht Konsul, er hatte einen Konsul (hatte womöglich mehrere Konsuln). Einem seiner Obergeschäftsführer hatte er wohl den Konsultitel der Republik Knurrhahnien gekauft.

Entweder glaubte Mr. Kasparian, mir als einem hier ansässigen Ausländer mehr vertrauen zu können als den Einheimischen, oder aber meine im Grunde bescheidene Hilfe bei seinem Landgang war ihm in Erinnerung geblieben, jedenfalls ließ sich der Konsul zu mir führen. Er hieß Burlap (englisch ausgesprochen), wenn ich seinen Namen richtig verstanden habe: »Consul Burlap, Cecil Burlap«, ein etwas handgewebter Typ, aber höflich. Er war mit der Fähre herübergekommen, hatte nach einem Taxi gefragt (das erfuhr ich später von Amanda), das es aber damals auf Zompara noch nicht gab, und hatte sich dann ächzend auf den Weg zu mir gemacht, den ihn irgendjemand unten gewiesen hatte.

Mr. Kasparian, sagte der Konsul, suche ein ruhiges, geräumiges Haus auf der Insel, in dem er einige Wochen verbringen wolle. Es müsse die Möglichkeit bestehen, gewisse Veränderungen »temporär« vornehmen zu können, solcherart, die der Bequemlichkeit dienen, »und auch gewisse andere«.

Ich vermutete schon richtig ...

Ob ich etwas wisse? Geld spiele selbstredend keine Rolle. Wohl aber: bald.

Heribert Caesar lebte ja nicht, wie ich, auf der Insel, er besuchte sie nur, und zwar in unregelmäßigen Abständen, aber gewiß mehrmals im Jahr, und das auch schon länger, als ich auf der Insel siedle. Caesar wohnt immer im gastfreundlichen Haus Horadams. Trotz seiner, Caesars, ausgesprochener Liebe zu großen Hotels mit weithintönenden Namen zog er Horadams Haus selbst in der Turbulenz- und Kasparian-Zeit vor, als es auf der Insel annähernd solche Hotels gab. Horadam war ein anderer deutscher Künstler, der damals auch schon lang auf der Insel lebte, länger als ich. Mit ihm war Caesar enger befreundet als mit mir, was mir nicht ganz verständlich war – nicht aus Eifersucht, die es ja auch bei Freundschaften gibt, und nicht, weil ich mich für den Bessermenschen halte, sondern weil das, was Horadam macht, und wie er ist, so gar nicht zu Caesars Hochnasistik und Exklusivklassik paßt. Horadam macht Sachen in Richtung »Leih mir deinen Schlappschuh« (multimediale Installation), ist einer der unzähligen Beuys-Schüler und gilt in der Kunstwelt viel. Er hat also ein viel größeres Haus als ich, in schönerer Lage. Nahebei hat sich ein Schriftsteller angesiedelt, Lankenwitz heißt er, und seine Auflagezahlen imponieren zwar Caesar, was der aber nicht zugibt. Er hält Lankenwitzens Werke für würdig, »... dereinst in die Senkgrube der Literaturwissenschaft gespült zu werden«, und bezeichnete ihn mehrfach »– als den weitaus zweitbedeutendsten Autor der deutschen Gegenwartsliteratur«. Lankenwitz' Anwesen war womöglich noch luxuriöser als das Horadams, und er war immer nur, verteilt aufs Jahr, vielleicht vier, fünf Monate auf der Insel. Horadam, oder besser gesagt, dessen Haushälterin versorgte und bewachte auch Lankenwitz' Haus in dessen Abwesenheit.

Ich verwies also den Konsul auf diese Möglichkeiten und erbot mich, mit ihm zu Horadam hinüberzugehen. Es war nur eine Viertelstunde Weges. (Wahrscheinlich ist der handgewebte Konsul sein Leben lang nicht mehr so weit zu Fuß gegangen, höchstens in seiner vorkonsularischen Zeit.)

Horadam arbeitete. Das heißt, er saß nahezu nackt in seinem Garten, streckte seine kartoffelgroßen Zehen in die Sonne und hatte eine Flasche Bier in der Hand. Er dachte wohl über eine neue Installation nach. (Vielleicht: »Der Horizont des Fleckfiebers« oder »Verwundung Schrägstiel Kuhflade.«) Horadam ist im Grunde ein herzensguter und lustiger Mensch, und daß er seine Kunsthervorbringungen ernst nimmt, bezweifle ich. Er zog, als ich mit dem Konsul auftauchte, einen Kimono an, pfiff nach seiner Haushälterin, die uns Prosecco brachte, und wählte dann hintereinander mehrere ausländische Telephonnummern, die er aus einem Büchlein ablas. Bei der letzten erreichte er den Lankenwitz in Berlin. Noch am Telephon verhandelte der Konsul mit ihm, und so setzte der Mogul Kasparian bald danach seinen Fuß in die Lankenwitzsche Tür, respektive auf die Insel. »Das geht nicht gut«, soll Gobbo, der alte Hirte, gemurmelt haben. Aber vielleicht hat man das nur im Nachhinein erfunden. Was die temporär notwendigen Um- und Einbauten betraf, hatte ich recht. Sie dienten dem Schutz vor Entführungen. Aus – wahrscheinlich berechtigter – Angst davor hielt sich Kasparian meist auf seiner Yacht und gern auf gut zu überblickenden und zu überwachenden kleinen Inseln auf.

Von Horadams Haus führte ein kurzer steiler Weg, fast eher eine Stiege, in den Ort hinunter. Der Konsul versicherte, ihn allein zu finden, bedankte sich und ging.

»Bleibst du noch auf ein Bier?« fragte Horadam.

»Bevor du es wegschüttest.« Horadam hatte immer einen Vorrat *Pilsner Urquell* im Haus.Er ließ es sich per Luftfracht kommen, damals. Später gab es dieses Bier und alle anderen Sorten auch auf der Insel. Heute leider nicht mehr.

»Hat er dir«, fragte Horadam, »ein Bild abgekauft?«

»Nein«, sagte ich.

»Aber er hat doch gesehen, daß du Maler bist?«

Ich nickte.

»Eben. Und die metaphysische Urphilosophie aller Maler ist: Bilder zu verkaufen. Du hast es falsch gemacht. Du hättest ihm als allererstes ein Bild unter die Nase halten sollen. Als Bedingung.«

Ich habe, habe ich das Gefühl, nicht nur dies in meinem Leben falsch gemacht.

V

Ich weiß das, was ich jetzt schreibe, selbstverständlich nur aus Erzählungen. (»Schreibe alles auf, was dir einfällt, damit das Buch dick wird. Es ist komisch, die Leute kaufen ungern dünne Bücher. Weiß der Teufel, warum?« So Caesar.) Die Klinik, in der ich geboren wurde, habe ich allerdings noch selber gesehen. Sie ist längst abgerissen worden, mit Recht.

Es müssen chaotische Zustände in dieser Klinik geherrscht haben. Ob das allein darauf zurückzuführen war, daß man die Weltwirtschaftskrise noch nicht überwunden hatte, bezweifle ich. Es lag wohl eher daran, daß der Chef ein großer Chaot war, der Oberarzt ein noch größerer, die Schwestern ständig wechselten, weil keiner das Chaos lang aushielt und so fort. Wohl waren auch gewisse Finanzgebarungen der Frau des Chefarztes mit schuld an dem Wirrwar. So wurde ich (wahrscheinlich) verwechselt. Als meine Mutter nach vier Tagen entnervt um Entlassung bat, obwohl sie eine Woche hätte bleiben sollen, gab man ihr – es war Winter – ein stark eingewickeltes Kind mit, an dem sie daheim feststellte, daß es ein Mädchen war. Sie konnte sich aber genau daran erinnern, einen Knaben geboren zu haben.

Mein (mein?) Vater eilte mit dem Fehlkind zurück in die Klinik und beschwerte sich. Daraufhin ging die Suche los. Es lagen – für die Zahl verbürge ich mich nicht – zwölf Wöchnerinnen in der Klinik, also elf jetzt nur noch, und also auch, da der Erinnerung der Oberschwester nach keine Zwillinge oder gar Nochmehrlinge zu verzeichnen gewesen waren, elf Neugeborene, mit der Reklamation zwölf.

Die Mutter, der man das Kind, das Mädchen also, gab, lag schon weinend da und hielt ein ihr fälschlich zugeordnetes Kind der Schwester entgegen. Aber auch das reklamierte Kind wies meine (meine?) Mutter als nicht ihr eigenes zurück. Man suchte weiter. Bei einer Mutter, die schlief, fand man zwei, in dem einen glaubte dann jene Weinende ihres zu erkennen, es wurde aber von ihrer Zimmergenossin ebenfalls beansprucht. Der große Lärm schüttelte den Chefarzt aus seinem Büro. Mein (mein?) Vater erzählte später, er habe gesehen, daß er mit einem Assistenten *Schiffe versenken* gespielt hatte. Der Chefarzt brüllte etwas von einem Saustall, der ein anderer werden müsse. So geschah es letzten Endes auch, denn es wurden alle Säuglinge eingesammelt und alle Wöchnerinnen aus den Betten geholt. Sie mußten jeweils ihr Kind heraussuchen, und das übriggebliebene, das immerhin männlichen Geschlechts war, nämlich ich, wurde, energisch sich weiteres Querulieren verbittend, dem Vater in die Hand gedrückt oder vielmehr in den Arm.

Vielleicht bin ich gar nicht, wenn man so sagen kann, *ich*? Vielleicht bin ich einerseits natürlich ich, aber anderseits eigentlich ein anderer? Vielleicht bin ich der Sohn eines großartigen Kasparian und weiß es nicht? Als ich das alles erfuhr, nicht von meinen Eltern, sondern von meiner Tante, von jener, die mir das Geld für die illegitime Hochzeitsreise lieh, war es zu spät, in der Klinik nachzuforschen, denn die war, wie gesagt, abgerissen worden, die Unterlagen vernichtet. Nur daß ich keinen Kasparian zum Vater haben kann, darüber belehrte mich die Tante, denn ein Kasparian, selbst ein kleinerer solcher, würde seine Frau nie im Leben in so eine Klinik zum Entbinden gegeben haben, höchstens eine Konkubine zum heimlichen Entbinden eines Bastards, und davon hätte ich ja auch nichts.

Sollte ich, das kann man ja inzwischen, ein Blutgruppen-Gutachten, einen (sagt man?) Elternschaftstest machen lassen? Das könnte höchstens erbringen, daß ich nicht das Kind meiner Eltern bin, nicht aber, wer wirklich meine Eltern (vielleicht) sind. Ich lasse es auf sich beruhen. Aber manchmal malte ich mir doch meinen anderen Lebenslauf aus. Caesar sagt: »Das ist ein interessanter literarischer Vorwurf. Schreib's.« Aber das ist mir zu umständlich. Das müßte ich erfinden. Ich bleibe lieber dabei, das aufzuschreiben, was ich wirklich erlebt und mitangesehen habe und was mir berichtet wurde.

Und daß ich, selbst nur als Seitenkind, aus der Yacht *Atalante* ausgestiegen und mit all den anderen Kasparianern in das Wohlleben des Lankenwitz-Hauses untergebracht worden wäre, glaube ich, ehrlich gesagt nicht.

VI

»Du mußt die Kapitel deines Buches ungefähr alle gleich lang machen. Das erfordert die stilistische Statik.«

Ja, das kann so ein brillanter Schreiber wie Heribert Caesar. Für das vorige Kapitel, das wahrscheinlich also zu kurz ist, ist es zu spät.

»Und die dynamischen Proportionen«, sagte Caesar, »die lernst du am besten bei Shakespeare, auch wenn du keine Theaterstücke schreibst.«

Caesar ist wieder einmal auf der Insel. Birgid heißt sie diesmal. *Birgid* mit weichem d. Caesar sieht darauf, daß sogar die Namen seiner Begleiterinnen außergewöhnlich sind, die Begleiterinnen selber sowieso. In den ganzen Jahren habe ich nicht erlebt, daß eine dabei war, die nicht von Haus aus reich oder anderweitig reich verheiratet oder Millionenerbin war. Am liebsten ist ihm, wenn die Damen den irisierenden Personenstand *getrennt lebend* haben oder ihn zumindest für die Zeit des gemeinsamen Aufenthalts auf der Insel beherzigen. »Frauen«, pflegt Caesar zu sagen, »kosten den Mann Kraft und Nerven, kosten Anstrengungen der erotischen Phantasie – schau drauf, daß sie dich nicht auch Geld kosten.« Nicht ungern rekrutiert Caesar seine Edelinnen aus den Kreisen der Aristokratie. Es waren schon drei Baroninnen dabei, eine französische Marquise, die sogar mit einem mittelalterlichen Papst verwandt war, zwei, drei Gräfinnen, einmal sogar eine Herzogin und alle von tadelloser Außenfassade.

»Dynamische Proportionen«, sagte Caesar – wir waren bei Amanda gesessen und hatten ihre frugale Spezialität gegessen: Hummer mit Spaghetti, klingt eigenartig, ist aber zu empfehlen, jetzt waren wir auf dem Weg zu Horadams Haus – »dynamische Proportionen bedeutet, und das kannst du eben bei Shakespeare studieren, daß langsame und schnelle Szenen, daß laute und leise Szenen, mehr noch langsam – laute, langsam – leise, schnell – laute, schnell – leise, dazu lange und kurze in genau abgewogener Form einander abwechseln. Und der Anfang! Wie wichtig ist der Anfang. Es empfiehlt sich immer, mit einem Krach anzufangen, einem Knall, Schrei, Schuß oder etwas in der Richtung. Lernst du auch bei Shakespeare.«

»Habe ich«, sagte ich.

»Und?«

»Ich habe damit angefangen, daß ich am liebsten den Luca Veracci umbrächte.«

»Besser wäre es, du hättest ihn umgebracht. Warum übrigens?«

»Er weigert sich, meine neuen Bilder auszustellen. Meinen erotischen Gummibärchen-Zyklus. Statt dessen stellt er die aus unordentlichen Stacheln bestehenden Bronzeskulpturen der Kolbranz-Schüttling aus.«

Caesar ist, ich habe das schon gesagt, zehn Jahre älter als ich. Ein Greis also eigentlich. Ich kenne ihn seit dreißig Jahren, und er ist mit jedem Jahr schöner geworden. Vielleicht ist *schön* nicht der ganz richtige Ausdruck. Er ist nicht und war nie ein geleckter Schönling aus Jünglingsmarmor, seine Schönheit preßte sich von innen heraus mittels der Gußform von Bedeutung. Dabei wirkt er nicht nur bedeutend, er *ist* es. Mit den Jahren ist er immer faltiger geworden, faltig wie ein Krokodil, er wird einem Insekt immer ähnlicher, einem interessanten, gefährlichen, ja giftigen Insekt. Ein Panzer von Geist, von *Witz* im Sinn des achtzehnten Jahrhunderts, schützt sein Inneres. Ich kenne ihn lang genug, um auch um die Beschaffenheit seines Inneren zu wissen, aber dies zu verraten, erschiene mir zu indiskret. Es ist schwierig, ihn zu mögen. Es ist noch schwieriger, ihn nicht zu mögen.

Ich beende hiermit den Hymnus auf Heribert Caesar, der mir auch beigebracht hat, daß *die Hymnen* maskulin – Plural sind, und nicht, wie ein allerdings alter Irrtum feminin – Plural, sodaß der Singular Hymnus heißt und nicht Hymne, weil von lateinisch Hymnus und griechisch Ιμνσς kommend.

»Du solltest«, sagte er, »schon gleich am Anfang irgend etwas darstellen, das dem Leser sagt: Das alles kann nicht gutgehen.«

»Habe ich«, sagte ich, »und es stimmt auch, was ich geschrieben habe, denn der alte Gobbo, du erinnerst dich, der Hirte, der dann beim Bau des Hotels *Splendid Seas* vom umgefallenen Kran erschlagen wurde –«

»– weil er auch unbefugt dort in der Nacht an der Baustelle herumklettern zu müssen glaubte. Man munkelt auch, er habe aus Zorn über alles dieses elektrische Leitungen auf Baustellen durchgeschnitten.«

»Er hat ganz am Anfang genau das gesagt, in Ginos Bar: Das kann nicht gutgehen. Für ihn selber hat das ja nun sehr bald gestimmt.«

»Das allein genügt nicht. Du mußt das noch ferne Donnergrollen schildern, das denen, die Ohren haben zu hören, das Unheil ankündigt, und den schwarzen Streifen am Horizont, der denen, die Augen haben zu sehen, das Walten der Nemesis verrät.«

»Aber er hat nur den einen Satz gesagt oder vielmehr gemurmelt, hat seinen *Averna* ausgetrunken und ist, seinen üblichen Bocksgestank hinterlassend, wieder gegangen. So hat es mir der alte Gino erzählt.«

»Du hast nie Lessings *Hamburgische Dramaturgie* gelesen? Nein. Wer hat das schon. Ist auch, offen gestanden, zu vier Fünftel langweilig, weil die Auslassungen des Früh- und Vordenkers längst im Papierkorb der sogenannten Weltliteratur versunkene Theaterstücke irgendwelcher obsoleten Autoren betreffen. Aber das restliche Fünftel gilt immer noch. Im Zusammenhang mit, glaube ich, nagle mich aber nicht fest, des jüngeren Corneilles, Thomas Corneilles Tragödie *Le Comte d'Essex* kommt Lessing auf den Unterschied von historischer und dramaturgischer Wahrheit zu sprechen. Zwar vernichtet er – wahrscheinlich mit Recht – Thomas Corneilles Drama, aber er verteidigt generell das Recht des Dichters, von der historischen Wahrheit abzuweichen. Wobei er gar nicht erst, dies nebenbei, auf jene berühmte, heikle Frage des Pilatus eingeht. Je stärker wir nach historischer Wahrheit schürfen, desto ungenauer wird sie. Die Quellen lügen oder sind gefälscht, die Memoiren der Zeitgenossen lassen die Balken biegen, die Historiker könnten genauso gut die Geschichte, über die sie schreiben, erfinden. Aber daß Maria Stuart und Elisabeth von England einander nie begegnet sind, dürfte wohl historisch sein. Seltsam – gerade auf dieses Drama Schillers, das Lessing nicht mehr gekannt haben konnte, trifft das von ihm Postulierte zu, im Zusammenhang mit dem *Comte d'Essex,* was ja den gleichen Stoff behandelt. Schiller, der Historiker, hat sehr wohl gewußt, daß Maria und Elisabeth einander nie begegnet sind. Er hat trotzdem die Szene geschrieben – wäre schade um die Zeile gewesen: ›Der Himmel hat für dich entschieden, Schwester‹ – und er hatte im höheren dramatischen Sinn recht. Ich hebe das Glas. Unser Freund Horadam hat uns eingeschenkt, was des Schillerschen Genius würdig ist. Zu Schillers Ehren!«

Wir saßen in Horadams großem, bis zur Kahlheit stilisiertem Wohnsaal. Caesar hob das Glas Moët-Chandon. Wir auch –

»Alle historischen Ereignisse sind bei Licht betrachtet undramatisch, weil aus zu vielen kleinen und größeren Quellen gespeist, und wenn man bei der historischen Wahrheit bleiben wollte, verlöre man sich im Dickicht langweiliger Details. Die Wucht des Augenblickes ergibt sich nur aus der Raffung. Man kann auch sagen: Daß bei Schiller Maria und Elisabeth einander begegnen, ist die höhere Realität. Wenn sich die geschichtlichen Abläufe nicht dieser bedient haben, ist es ihre Verantwortung.«

So schlug also Caesar eine Szene vor, die sich nicht ereignet hat.

Als man den Kasparian, dessen ganze Bedeutung man auf der Insel zwar ahnte (schon aufgrund der unübersehbaren Yacht; selbst wenn er die nur gechartert gehabt hätte, wäre er als vielfacher Millionär einzustufen gewesen), aber noch nicht wirklich kannte, und seinen Steward oder Diener oder Butler im Jeep des Notars wieder hinüber zur Mondscheinbucht brachte, begleiteten ihn in ängstlichem und respektvollem Abstand einige Zomparesen auf ihren verrosteten Motorini, die, weil womöglich zwei oder gar drei aufsaßen, überladen waren, sowie ein weiterer, ebenfalls überladener Jeep (der des Hafenkommandanten) und der ratternde dreirädrige *Pioggia* des Gemüsehändlers. Alles in allem waren es ein Dutzend Leute, die sich in gehöriger Entfernung aufstellten, um zuzuschauen, wie der Steward oder Diener oder Butler unter Mithilfe eines anderen Dieners oder Matrosen, der inzwischen das Boot bewacht hatte, den Mogul durchs seichte Wasser bis zum Boot trugen, worauf mit großem Krach der Motor angelassen wurde und das Boot bugaufschäumend eine elegante Kurve schlug, weiße Gischt hinterließ und hinüber zur Yacht sauste.

Und: der Mogul winkte, ganz leicht, müde – königlich und handrückisch, worauf die Menge am Ufer, wenn man bei einem guten Dutzend überhaupt von Menge sprechen kann, in begeisterte Rufe ausbrach und »Evviva!« und so fort schrie, was Kasparian wohl gar nicht mehr hörte.

Unbemerkt war von hinten der Hirte Gobbo hinzugetreten.

»Ihr Deppen!« rollte es schwer, tief und gewaltig aus ihm heraus, »was brüllt ihr dem Ölgötzen nach!« (Wobei *Öl*götze, wenn man von der unhöflichen Konnotation »Götze« absieht, in Kasparians Fall allerdings zutraf.) Gobbos Rede roch, sozusagen wie er, nach Bock und Ziege, in abgründigem Inseldialekt, den aber die anderen freilich verstanden. Und Gobbo schilderte, immer lauter werdend und furchtbare Zornwörter gebrauchend, was bevorsteht, wenn so ein Nabob sich der Insel bemächtige. Zwar, so predigte Gobbo, werde das gleißende, aber trügerische Gold auf die Insel fließen, überflüssiger Tand werde vom Festland herüberschwappen mit zahllosen Markomannen und Quaden, deren Weiber sich nackt an den Stränden räkeln werden. Wohlstand? Wohlstand? Was heißt schon Wohlstand, wenn die leeren Champagnerflaschen die Mulde hinter dem Ort ausfüllen werden. Wohlstand? Ja, Beton und Stahl werden die unschuldigen Gründe der Insel beschweren, die davon womöglich, weil das ganze Architekturgerümpel zu schwer wird, zusammenbricht und untergeht, und wenn nicht, umso schlimmer, denn die Anderen!, die Anderen!, werden die Ellbögen gebrauchen und uns!, uns!, die »Sz'compé«, gnadenlos zur Seite, wenn nicht überhaupt ins Meer drücken und drängen.

Ja! Und der alte Gobbo hob seinen Hirtenstab in die Höhe und reckte sich und sein Bart sträubte sich nach allen Seiten, ja freilich!, die Zomparesen, die sich besonders schlau dünken, werden goldene Brosamen aufklauben, werden vom Gleiß des Reichtums umwickelt werden und werden schreien: »Das goldene Zeitalter ist angebrochen!«

»Aber wie dünn ist das Seil«, drohte er, »auf dem ihr tanzen werdet. Eine neue Laune des Nabobs, er verläßt die Insel, und das Seil bricht, und ihr, ihr Tore und Deppen, purzelt noch tiefer hinab als vorher.«

Und er drehte sich um, schwenkte noch ein paarmal seinen knorrigen Stecken in Richtung der Yacht und verschwand dann, einen Schweif Bocksgeruch in die Abendluft kringelnd, in die sinkende Sonne hinein über den Hügel zu seiner Herde.

»So ungefähr«, sagte Caesar. Daß die Geschichte erlogen ist, zeigt schon, daß Gobbo nicht in die sinkende Sonne hinein verschwinden konnte, weil die Sonne auf der anderen Seite, im Westen natürlich, hinter der Yacht untergeht. Und außerdem verließ Kasparian die Insel – ich hörte es, denn der Jeep fuhr ja unweit meines Hauses vorbei – gegen sieben Uhr, und da steht am Tage des heiligen Emiliano die Sonne noch hoch am Himmel.

»Dennoch«, sagte Caesar, »wenn schon die stumpfe Realität diese Szene zu gestalten versäumt hat, mußt du ihr auf die Sprünge helfen. Und außerdem: Er hat ja recht gehabt, der alte Gobbo.«

VII

Die Lebensumstände in meinem Elternhaus waren bescheiden. Mein Vater (wenn er dies gewesen sein sollte), Hans Mahr, war Buchhalter in einer Fabrik für Glühbirnen und dergleichen. Von ihm weiß ich, dies nur nebenbei, daß längst Glühbirnen erfunden sind, die nie kaputtgehen. Das Patent hat die Firma meines Vaters aufgekauft. Das hat viel Geld gekostet, und der Erfinder, dessen Namen niemand kennt, lebt davon zwar nicht nabobisch wie Kasparian, aber doch in erheblichen Fettpolstern. Warum die Firma diese Summe springen hat lassen, kann man sich denken. Als ich dies einmal Caesar erzählte, sagte er den Spruch auf, den er oft im Mund führt: »Man höre die Säge, mit der wir den Weltast abschneiden, auf dem wir sitzen.« Und er erzählte – »für die Richtigkeit kann ich mich nicht verbürgen, aber wer ans Schlechte im Menschen glaubt, ist gegen die schlimmsten Heimsuchungen gefeit« –, daß er erfahren habe, es gebe längst ein Patent auf einen Vergaser in Automotoren, der den Benzinverbrauch um neunzig Prozent senken könne. Das Patent haben die Ölfirmen aufgekauft. Unverantwortlich, weil man damit dem Mohammedaner-Geschmeiß den Hals um eben die neunzig Prozent zudrücken könnte. »Man stelle sich die Welt vor, wie friedlich mit zusammengeknülltem Islam – aber der Profit! Der Profit!«

Mein Vater führte ein sparsames Leben und war zufrieden. Nur mit seinem Familiennamen nicht. Wenn er sich am Telephon mit »Mahr« meldete, meinte der Anrufer oft, er habe sich nur geräuspert. Erst in späteren Jahren kam er drauf, sich mit »Hier spricht Mahr« zu melden. (Ich, hier auf der Insel, bediene mich des in Italien gängigen »Pronto?« Man bemerke das eigentlich bei dem Ausruf »pronto« nicht angebrachte Fragezeichen, aber in der Realität eignet ja dem italienischen Telephon-»Pronto« eine leicht mitschwingende fragende Note.)

Wir bewohnten ein unter Aufbietung aller Kräfte und mithilfe daumenschraubender Sparsamkeit erschwungenes Siedlerhäuschen mit Gärtchen (die Freude meines Vaters) in einem Vorort. Die Sparsamkeit war schon auch dadurch erfordert, daß wir vier Kinder waren, denen, meinten die braven Eltern, wenigstens eine gute Ausbildung auf den Weg gegeben werden sollte. Drei ältere Schwestern habe ich. (Zweifelsohne unverwechselte.) Eine wurde Krankenschwester, blieb unverheiratet, eine wurde Lehrerin, heiratete später nach Hamburg hinunter, eine betreibt heute noch, verwitwet, einen Laden für biologisch-dynamische Salatgurken und dergleichen in ebendem Vorort, in dem wir aufgewachsen sind. Alle vier machten wir das Abitur, wir hätten studieren dürfen. Die Krankenschwester und die Salatgurkistin wollten nicht. Die Lehrerin ja, schloß auch das Mathematik- und Physikstudium vorzüglich ab, ich, ja ich – ich war und bin zwar nicht das schwarze, aber doch das ziemlich dunkelgraue Schaf der Familie. Deswegen, um dies einzufügen, habe ich auch keinen Kontakt zu meinen Schwestern. Unsere (unsere?) Eltern sind längst tot. Ob ich Neffen und Nichten habe? – Ich weiß es nicht, glaube schon. Ich habe nie einen davon gesehen. »Warum«, sagt der zynische Caesar, »soll man Leute sympathisch finden, nur weil man mit ihnen verwandt ist.«

*

Ich weiß nicht, ob es das überhaupt gibt: Jurist aus Überzeugung, Berufung oder innerer Bestimmung, so wie beim Arzt aus ganzer Seele oder gar Priester. Wenn es das beim Juristen gibt, wäre ich kein solcher geworden. Es war die heute unvorstellbare Zeit, wo jeder, sofern einen das bestandene Abitur umstrahlte, studieren konnte, was er wollte. Kein Numerus clausus, keine Wartelisten, nichts dergleichen. Man ging einfach hin, zeigte das Abiturzeugnis und *inskribierte.* Die Frist für die Inskription endete an einem bestimmten Tag Ende Oktober. Der Vater war schon ungeduldig, wollte wissen, was ich zu studieren beabsichtige; ein nicht unerklärlicher Wunsch. Ich schob hinaus, erstens, weil ich selber noch nicht wußte, was ich studieren wollte (am liebsten wäre ich, davon später, auf die Kunstakademie gegangen, aber das wagte ich nicht zu äußern, wegen der zu erwartenden Aufschreie von »brotlose Kunst« und so fort), und zweitens, weil ich den unangenehmen Gang scheute. Immerhin machte ich mich nicht am allerletzten, sondern schon(!) am vorletzten Tag auf den Weg.

Im Vorortzug traf ich meinen Klassenkameraden Haberg Günter.

»Und?« fragte ich.

»Weiß noch nicht. Und du?«

»Hm«, sagte ich.

Am Ostbahnhof mußten wir in die Tram umsteigen.

»Weißt du's jetzt?« fragte er.

»Theologie nicht«, sagte ich.

»Die Chancen sollen aber gut sein.«

»Daß man Papst wird?«

»Das nicht direkt, aber –«

»Eben. *Aber.*«

Am *Stachus* mußten wir in die andere Trambahnlinie umsteigen, ich glaube mich zu erinnern, daß es die Linie 6 war.

»Ich schätze«, sagte er, »Volkswirtschaft. Obwohl, habe ich gehört, bei Pharmazie die hübschesten Studentinnen sein sollen.«

»Volkswirtschaft? Ist das nicht schrecklich langweilig?«

»Aber wenig anspruchsvoll. Und kurz.«

Wir kamen an die Universität. Nach einigem Suchen fanden wir den Raum für die Immatrikulationen. Es gab für jede Fachrichtung einen Schalter. Offenbar hatten viele zukünftige Kommilitonen den Weg hierher bis zuletzt aufgeschoben. Sie standen in Schlangen.

»Weißt du was«, sagte Haberg Günter, »ich stell' mich einfach bei der kürzesten Schlange an.« Haberg Günter ist heute – inzwischen emeritiert – Professor für Ägyptologie.

Ich stellte mich, obwohl es eine der längeren war, hinten an die Schlange vor dem Schalter *Jurisprudenz.* Ich hatte gehört, um Jura zu studieren, brauche man keine Begabung, und eine, wie bei mir, auf anderes gerichtete Begabung störe nicht. Aber sie störte bei mir letzten Endes doch.

Ich war nicht eigentlich ein nachlässiger Student. Im Gegenteil, ich stürzte mich tatsächlich in das Studium. Es war ja alles neu, alles freier als auf der Schule, vor allem anders und aufregend. Schon daß man sich den Stundenplan mit gewissen Einschränkungen selber zusammenstellen konnte, daß man auch Vorlesungen und Übungen und Seminare in anderen Fakultäten belegen konnte, sogar mußte. *Studium generale* hieß das. Mindestens einstündig pro Semester fachfremd. Selbstverständlich belegte ich kunstgeschichtliche Vorlesungen, mehr als ich gemußt hätte. Bei so einer Gelegenheit konnte ich das erste Mal Einblick in die verborgenen Tiefen der Wissenschaften gewinnen. Es war nämlich so, daß im Hörsaal – ich nenne eine beliebige Zahl, die wirkliche weiß ich nicht mehr – N° 101 um 11 Uhr c. t. (auch diese Uhrzeit ist beliebig) der damals hochberühmte

Hans Sedlmayr eine Vorlesung über *Michelangelo als Maler* hielt. Man muß wissen, daß Sedlmayrs Vortragsweise brillant und geistreich war, lebendig und witzig und demzufolge der Zulauf groß, nicht nur von Studenten und Studentinnen des Faches Kunstgeschichte. Da es schwer war, einen Sitzplatz zu bekommen (es war einer der kleineren Hörsäle), kamen die StudentInnen (!) drauf, schon die vorangehende Vorlesung zu besuchen und dann sitzenzubleiben, bis Sedlmayr anfing. Auch ich machte bald von dieser Unsitte Gebrauch. Die der Sedlmayrschen vorangehende Vorlesung hielt ein ehemals auch hochberühmter Professor, der aber außerordentlich langweilig über griechische Vasenmalerei dozierte. In angestaubtem Gleichmaß ließ er Bild auf Bild in den Dia-Projektor stecken, zeigte gnadenlos Vase auf Vase, und es ist wahrscheinlich ungerecht und barbarisch von mir, wenn ich sage, das einzige, was ich aus dieser sozusagen unfreiwilligen Vorlesung mitnahm, war, daß die Griechen entweder zu viele Vasen bemalt haben oder daß zu wenige kaputt gegangen sind.

Dem Vasendozenten blieb nicht verborgen, warum so ungewohnt viele Hörer in seiner öden Vorlesung saßen, das heißt eben: Nicht-Hörer. Wenn sie sich nur langweilten und gähnten, ging das noch an, aber manche schrieben irgendwas oder lasen ein Buch, was der Vasenist schon mit Mißmut beäugte. Einen, der Zeitung las, fauchte er an und warf ihn hinaus, und als einer die Frechheit hatte, fünf Minuten vor Schluß und dazu nicht gerade leise den Hörsaal zu betreten, explodierte der Professor. Er schrie, daß die Vasen, wären sie denn in corpore im Hörsaal gewesen, sicher zersprungen wären. Er schrie, daß er schon wisse, warum sie alle hier säßen. Nicht aus Interesse für die Vasen. Er wisse schon! Das Interesse für die Vasen werde systematisch unterminiert. Unter! miniert! Er wisse schon, von wem. Von Leuten, die keinen Dunst von Vasen haben. Er nenne keinen Namen ... Er holte dann zu einer glühenden Verteidigung der Vasenwissenschaft aus, schraubte seine Argumentation in eine Höhe, die in der Kunst außer Vasen nichts mehr bestehen ließ, verschluckte sich mehrmals, und dann, weil das letzte Dia zu lang drin war, brannte der Projektor mit einem Knall durch.

Es sei das weitaus beste Kolleg über Vasen gewesen, das er je gehört habe, sagte mir dann ein echter Hörer.

Aber auch die juristischen Vorlesungen waren, wenigstens zum Teil, nicht ohne Unterhaltungswert. Wie alle Anfänger war ich übereifrig. Beim Zusammenstellen des Stundenplanes nützte ich jede Lücke aus. In eine solche paßte die einstündige Vorlesung *Einführung ins englische Privatrecht* von Professor Ferid. Ich nenne ihn mit Namen, denn er war – ist längst gestorben – ein bemerkenswerter Mann von Witz und Verstand. Aber in der genannten Vorlesung war ich völlig fehl am Platz, denn die (wenigen) anderen Studenten waren fortgeschrittenen Semesters und hatten zum Verständnis des englischen Privatrechts schon als Basis die Kenntnis des deutschen solchen. Ich saß also gewissermaßen mit weißem Gürtel unter lauter Trägern des schwarzen – karatisch gesprochen. Dennoch, muß ich sagen, so wenig ich, mehr oder weniger absichtlich, von der Jurisprudenz behalten hatte, vom englischen Privatrecht habe ich heute noch eine Ahnung.

Kaum Gefallen fand ich an den mit Biertischwitzen garnierten Vorlesungen im Strafrecht, das Einschläferndste aber waren die Vorlesungen eines uralten Professors, eines Fossils des Zivilprozeßrechts, der eine Aleppobeule an der Stirn trug und leise murmelnd nicht um *c. t.*, sondern noch fünf Minuten später mit kurzen Altmännerschritten ans Pult schlurfte, weitermurmelte und murmelnd um zehn vor der ganzen Stunde wieder hinausging. Daß bei dieser Vorlesung im Lauf des Semesters ein starker Hörerschwund auftrat, ist nicht verwunderlich. Aber ein *Wisser* – es gibt immer und überall die *Wisser*, die die wahren Zusammenhänge durchblicken – sagte mir: »Sie … (ja: damals sagten die Studenten, wenn sie nicht miteinander befreundet waren, *Sie* zueinander, ein Abzeichen des Erwachsenseins) Sie brauchen den Anödinger nicht anhören, Sie brauchen nur sein Buch kaufen, er tut eh' nichts als draus vorlesen.«

»Oha«, sagte ich und wurde so ein wenig *Wisser*, »daher der Name Vorlesung.«

Aber einmal, erstaunlich, war der Saal voll. »Heute kommt der Witz«, sagten die älteren Semester. Seit Jahren war der Verlauf der Vorlesung dieses Nestors und Methusalems des Zivilprozeßrechts unverändert, nur an einem bestimmten vorhersehbaren Tag kam der Witz. Der einzige Witz wohl, der des Methusalems Mund je entflogen war. Ich weiß nicht mehr, wie der Witz ging, aber mir ist unvergessen, daß der Professor selbst den Witz aus der verstaubten Truhe fischte. Er begann: »Es sagte einmal Gaius zu Publius …« Wie gesagt, ich weiß nicht mehr, was Gaius zu Publius sagte, aber ich erinnere mich an das kaum merkliche Lächeln, mit dem er dafür dankte, daß die Studenten den Witz mit schier nicht enden wollendem Lachen belohnten.

Eine andere Sache war die mit dem Professor für ein randständiges Rechtsgebiet, der mit einer Eitelkeit imprägniert war, die im krassen Gegensatz zur Bedeutung seines Faches stand, welches zum Ärger dieses Professors nicht zu den obligatorischen Prüfungsfächern zählte. Er glich diese Mißachtung seitens der Fakultät und der Curriculi durch häufige Seitenhiebe auf die seiner konträren Meinung nach eigentlich inferioren anderen Fächer und vor allem durch eine Aufblähung seines Auftritts aus. Man kennt den Vorgang, wenn der Papst kommt: erst die Schweizergarde, dann ein paar feierliche Weltliche, dann mehrere schwarzseidene Monsignori, dann etliche violette Prälaten und Bischöfe, dann zwei Cardinäle in Scharlach und dann erst ... Nicht ganz so, aber schon irgendwie vergleichbar war der Auftritt jener Leuchte der so schmerzlich mißachteten Wissenschaft. Erst kam einer, ein Hilfs-Assistent, der wischte, wenn nötig, die Tafel ab und legte Kreide zurecht. Dann kam ein Halb-Assistent und brachte ein paar Bücher, die er Kante auf Kante neben das Pult legte. Dann kam ein Ganz-Assistent und knipste das Licht am Pult an. Dann kam der Ober-Assistent und brachte auf einem Kissen aus violettem Samt mit Goldquasten ... nein, stimmt nicht, aber sozusagen virtuell auf so einem Kissen brachte er das Vorlesungsmanuskript, und schließlich kam noch ein ganz verhuschter Klein-Assistent, ich kannte ihn, er war einer von denen, die ewig vor sich hin promovierten, der brachte ein Glas Wasser, stellte es unters Pult. Daß danach noch die Institutsputzfrau kam, um einen eventuell verschütteten Tropfen Wassers wegzuwischen, erfinde ich jetzt. Aber es hätte sein können.

Und danach erst schritt die Koryphäe herein und breitete die Perlen seiner wissenschaftlichen Erkenntnisse vor uns Säuen aus. Er sammelte sie nachher wieder ein, hatte ich den Eindruck, indem er mit einer Miene hinausschritt, die bedeutete: »Ihr habt gar nichts verstanden.« Und dann ereignete, ja, ereignete sich der Auftrittsvorgang in umgekehrter Reihenfolge mit der Variante, daß der Verhuschling auch beim Abgang als letzter fungierte.

Ja nun, da auch die Koryphäe später in meinem Leben eine gewisse Rolle spielen sollte und dann in dieser Geschichte, muß ich wohl oder übel seinen Namen nennen. Er hieß Pflieger, mit Vornamen Emil. Er war ein akademisches Auslaufmodell, denn nach seiner Emeritierung wurde der Lehrstuhl im Zug der damals grassierenden Sparsamkeit gestrichen. Außerdem war er am Hals empfindlich, nicht innen, sondern außen, und trug deshalb Hemden mit halsfernen Krägen. So ein Pflieger-Kragen wirkte schon leicht wie ein Pferdekummet, und der Knoten der Krawatte saß dadurch auf der Höhe des Brustbeins.

*

Solang ich nicht volljährig war, also bis zur Vollendung des 21. Lebensjahres, wagte ich nicht, das Jurastudium aufzugeben. Der Vater hätte getobt, die Mutter hätte ihre (ich zitiere Nestroy) Beklemmung mit Entzündung bekommen. Innerlich hatte ich mich aber längst von der Juristerei entfernt. Ich hatte mich heimlich zur Aufnahmeprüfung an der Kunstakademie angemeldet, hatte einige Arbeiten von mir vorgelegt, wie es damals die Vorschrift für den Gang der Dinge war, und war nicht nur zur Prüfung zugelassen worden, sondern hatte sie auch bestanden. Ich hatte eine ganze, dicke Mappe von Arbeiten vorlegen können, denn dagegen, daß ich in meiner Freizeit zeichnete und malte, konnten meine Eltern wenig einwenden, obwohl sie diese Tätigkeit mit scheelem Blick betrachteten. Ich muß zugeben, daß der Begriff *Freizeit* für mich und meine Zeiteinteilung unscharf war. Da ich für das Jurastudium zunehmend weniger Zeit aufwandte, hatte ich eigentlich nur noch Freizeit. Was heißt schon Freizeit? Wenn man die Freizeit als das betrachtet, was an Zeit übrigbleibt, wenn man das abzieht, was man an Zeit aufwendet, um zu tun, was man nicht gern tut, nämlich arbeiten, hat man als mathematischen Rest: die Freizeit. Aber ich – ich hatte und habe auch heute noch so gut wie nur Freizeit. Das Malen und Zeichnen und zeitweilig auch Modellieren hat mir immer Vergnügen gemacht, und das habe ich nie unter die Kategorie Arbeit eingereiht.

So schuf ich also in den Jahren zwischen dem Abitur

und der Volljährigkeit ein umfangreiches »Werk«, welches ich jetzt allerdings in stolzer Selbsterkenntnis in Anführungszeichen setze. Ich malte und zeichnete in alle künstlerischen Windrichtungen. Ich imitierte von den alten Meistern bis Picasso alles, was nicht sozusagen niet- und nagelfest war, das heißt, was meine technischen Fähigkeiten und meine Möglichkeiten nicht überschritt. Ich hatte ja kein Atelier. Recht viel mehr als Bleistift und Aquarell war in meiner Kammer im kleinbürgerlichen Siedlerheim meiner (angeblichen) Erzeuger nicht möglich. An Öl nicht zu denken. Nicht einmal eine Staffelei hatte ich. Aber der Eifer ersetzte alles.

Natürlich machte ich auch vor der damals stark grassierenden Stilrichtung des Schmierismus kunsthistorischer Unholde vom Schlage eines Jackson Pollock nicht Halt, und ich erfuhr später, daß grad so ein, wenn ich kurz das eigentlich dafür zu hoch gegriffene Wort verwenden darf, *Werk* den Ausschlag für mein Bestehen der Aufnahmeprüfung gegeben hatte. Dem Verpackismus allerdings hatte ich mich nicht zugewandt.

»Erzähl nur alles«, sagt mir Caesar immer, *»es klingt ein Lied in allen Dingen,* und irgendwie hängt das schon hinterher mit dem Inhalt deines Romans zusammen. Und wenn nicht, ziehe dich auf die von mir in einem langen, entbehrungsreichen Leben –« (oho, als ob der glückbegünstigte Caesar je etwas entbehrt hätte, außer dem, was er sowieso nicht wollte) »– erarbeitete Formel zurück: Es ist schwer genug, einen Roman zu schreiben; ihn hinterher auch noch interpretieren zu sollen, ist zu viel verlangt.«

Also erzähle ich die Geschichte vom Maler Franz K. und dem Verpackismus in der Hoffnung, daß sie irgendwie einen Mosaikstein in der Erzählung vom Mogul Kasparian und der Insel Zompara bilden wird.

Franz K., er ist lange tot, war einige Jahre älter als ich,

eins der ältesten Semester und, wenn man so sagen kann, längst ausgelernt. Und nicht nur das. Alle Professoren, ausnahmslos, hätten inzwischen von dem, was K. an altmeisterlicher Technik beherrschte, lernen können. Ein Virtuose des Pinsels, ein Zauberer. Er malte Ölbilder oder sogar Bilder in Eitempera in so kleinem Format, wie er selber klein war. Ein paar Zentimeter weniger, und er wäre ein Liliputaner gewesen. Aber ein Gigant an Feinheit seiner Malweise. Er war bescheiden bis zur Ängstlichkeit, aber seine Bilder sind eine ganze, *große* Welt, wenngleich eine *kleine*. Ich bin so glücklich, eines seiner Werke zu haben, es hängt hier bei mir im Haus in Zompara. Ich habe es über alle meine Umzüge, Ehescheidungen und sonstige Heimsuchungen hinübergerettet bis heute. K. hat es mir damals geschenkt, vielleicht als Dank dafür, daß ich mit ihm immer so geredet habe wie mit einem normalwüchsigen Menschen. Das Bild hat den Titel: »Blick von der Toteninsel auf den malenden Böcklin«. Es ist im Gegensatz zu den meisten Bildern K's nicht sehr figurenreich. Man sieht nur Böcklin in einem Ruderboot und ein paar lästige Fischerboote, deren Insassen mißtrauisch Böcklin zuschauen.

Andere Werke K's heißen: »Der babylonische Turm kurz vor dem Zusammensturz«, »Wallenstein an der Leiche Senis«, »Die leibliche Aufnahme des Bundeskanzlers in den Himmel«, »Clownwallfahrt nach Lourdes«, »Das Mysterium der blauen Kühe an der Talstation der Schatzalp-Bahn« und so fort. Die Titel der Bilder waren immer in winziger Schrift in die Darstellungen integriert. Auf dem Bild »Die heiligen Drei Könige verbieten einem Vierten mitzugehen« ist der Titel in die Satteldecke des einen Kamels eingestickt.

Überflüssig zu sagen, daß damals, in der Zeit der verblasenen Spätexpressionisten und der Farbschleuderisten, ein Franz K. nichts galt, und die Wut der Kunstmolche darauf, daß sie an Witz und Technik dem K. nicht das Wasser reichen konnten, sich in dem vernichtenden Wort: *reaktionär* entlud. Dennoch wagte er, hohnbelacht, ein Bild auf die *Documenta* zu schicken.

So sorgfältig und perfekt K. malte, so verpackte er auch sein Bild. Er nähte es mit grobem Faden in Sackleinwand, dann verpackte er es in eine von ihm maßgezimmerte flache Kiste.

Er bekam den Ersten Preis. Heulen und Zähneknirschen unter den Pollokanern. Was war geschehen? Der Leser ahnt es schon, und genauso war es, wie der Leser es ahnt. Die Ausstellungsleitung hatte nur die Kiste geöffnet, die Sackleinwand für das Kunstwerk gehalten und es an die Wand gehängt. Und preisgekrönt.

Ich verbürge mich für die Wahrheit dieser Geschichte, so wie auch für die, wenngleich mir nur aus zweiter, allerdings glaubwürdiger Hand bekannte Geschichte jenes Scharlatans, der zur Zeit, in der ich diesen Roman schreibe (ist es überhaupt ein *Roman?*), mit dem Gedanken spielt, den Mond einzuwickeln. Damals, in den frühen Fünfzigern, begnügte sich jener Erzvater des Verpackismus noch mit vergleichsweise sparsamen Gegenständen: einem Fahrrad, einem Kochtopf, einem elektrischen Rasierapparat, einem Dackel und so fort. Zur Kunstmesse in Basel wollte sein Galerist *Knife – Spoon – Fork – Wrapped* schicken. Der eidgenössische Zoll verlangte: »Auspacken!« Der Wrappist soll dies nur mittels Herzmassage überlebt haben.

*

Einen Teil, sogar einen nicht unerheblichen Teil, meiner Freizeit widmete ich dem, was ich scherzhaft *Minnedienst* nannte, nämlich meiner Freundin und späteren Ehefrau Annelore. Es war, ich sagte es ja schon, damals noch nicht die Zeit geschlechtlicher Unbekümmertheit. Und so umfaßte mein Minnedienst nicht viel mehr als Händchenhalten, wozu noch kam, daß dies, sofern nicht ein Spaziergang eintrat, in Annelores großbürgerlichem Elternhaus stattfand, man brav auf dem Sofa saß und das elterliche Sittenauge wachsam war. Manchmal wurde ich mit einer Einladung zum Fünf-Uhr-Tee beglückt, wobei mich der alte Knüpriß peinlicherweise nach Einzelheiten meines Jurastudiums ausfragte. Dennoch waren mir, trotz uneingestandener Langeweile, diese Stunden des Minnedienstes angesichts der Enge meines Elternhauses nicht unangenehm. Annelore genügte es meist, wenn ich Händchen hielt. Nur, wenn ich gehen wollte, wurde sie in bescheidenem Maß munter und fragte: »Gehst du schon? Bleibst du nicht noch ein bißchen? Oder liebst du mich nicht mehr?« Und über allem dräute die offizielle Verlobung, die dann auch kurz vor meinem zwanzigsten Geburtstag (Annelores vierundzwanzigster) hereinbrach. Ich verschwieg diese Verlobung meinen Eltern, versteckte den Ring, wenn ich daheim war. Daß meine Eltern bei der Verlobung nicht anwesend waren, begründete ich mit einer Weltreise, die zu unternehmen sie im Begriffe waren. Mit großer Mühe, genauer durch Vermittlung eines Freundes eines Bekannten eines Kommilitonen, gelang es mir, ein fingiertes Glückwunschtelegramm aus den USA hervorzubringen. Ich dehnte und dehnte die »Weltreise« meiner Eltern, aber nach einem halben Jahr wurde das unglaubwürdig, und ich kaufte mir eine schwarze Krawatte und erklärte, meine Eltern seien in der Südsee gestorben.

»Mein Beileid, Felix«, sagte Annelores Mutter, »dann werden wir Ihre Eltern ja nie kennenlernen?« (Man sagte einander *Sie,* allerdings zu mir mit Vornamen. Das *Du* war erst für die Zeit nach der Eheschließung vorgesehen.)

»Leider«, sagte ich.

»Sie werden Ihre Eltern wohl überführen lassen? Vergessen Sie nicht, uns von der Beerdigung zu verständigen.«

»Ja, sicher, das heißt nein. Das ist leider nicht möglich.«

»Warum nicht?«

Mir fiel nichts Besseres ein: »Sie fielen unter Kannibalen.«

Das ließ sich – übrigens auch Annelore gegenüber – lang aufrechterhalten. Annelore, von Natur aus nicht antriebsfreudig, zeigte nie Interesse, meine Eltern kennenzulernen. Ob sie das mit den Kannibalen glaubte, weiß ich nicht. Die Hochzeit warf dann jedoch Probleme auf. Zwar war mein Vater inzwischen tatsächlich gestorben, aber meine Mutter mußte wohl oder übel zur Trauung und dem Essen danach eingeladen werden. Zum Glück hielt der knickrige Knüpriß den Aufwand niedrig, was sich auch auf die Dauer des Ganzen auswirkte. Frau Knüpriß – nun Schwiegermutter: »Mutti« und »Du« – kaute nicht nur an dem zähen Zigeunerrostbraten, den der Alte pauschal für alle bestellt hatte, sondern auch an der Frage, die dann beim Dessert (Halbgefrorenes oder wahlweise Käse) aus ihr herausschlich: »Sagen Sie, Frau Mahr, wie ist das, haben die Kannibalen Sie nicht ganz aufgegessen?«

Meine Mutter verschluckte sich vor Schreck, zur Vorsicht aber hatte ich ihr vorher eingesagt, Frau Knüpriß sei »etwas merkwürdig – aber harmlos«, sei nur für die Hochzeitsfeier aus der geschlossenen Anstalt beurlaubt worden. Der Neu-Schwiegermutter flüsterte ich zu: »Es ist nicht ungefährlich, meine Mutter an den Vorfall zu erinnern.« Und später legten Knüprißens schon aus Geiz keinen Wert auf gesellschaftlichen Verkehr mit meiner Mutter.

*

Das war aber alles selbstverständlich erst nach jenem Tag, an dem ich meinen Eltern meinen – so lang wie möglich hinausgeschoben – von der erlangten Volljährigkeit gedeckten Beschluß verkündete, das Jurastudium aufzugeben und an die Kunstakademie zu gehen. Es gab das erwartete Geschrei. Mein Vater sagte, ich sei nur zu faul, um etwas zu lernen, und mir gehe es darum, die nackten Weiber zu sehen, die dort Modell stünden. Ich dagegen hielt einen großartigen Vortrag über den Wert und die Würde der Kunst. Aber ganz unrecht hatte mein Vater freilich nicht. Wir rangen uns zu einem Kompromiß durch. Ich durfte daheim wohnen bleiben, zuzüglich Halbpension (also Frühstück und Abendessen, mittags solle ich gefälligst auf mich selber schauen), die Wäsche würde gewaschen werden, auch Knöpfe angenäht. Im Übrigen aber war alle Zuwendung einschließlich der emotionalen gestrichen.

Die emotionalen Zuwendungen stellten sich in gelinderem Umfang mit der Zeit wieder ein. Und als meine Schuhe im nächsten Winter vom Eiswasser rissig geworden waren, kaufte mir der Vater dann doch neue. Ansonsten verschaffte ich mir, nicht nur in den Semesterferien, Gelegenheitsjobs – ich verwende trotz der Abneigung Caesars gegen flapsige Anglizismen dieses Wort, weil es wirklich nur verächtliche Jobs und keine anständigen Arbeiten waren –, aber schon bald lachte mir das Glück. Die Klasse, bei deren Professor ich mich bewarb und auch genommen wurde, bestand aus zwei Meisterschülern und einem Dutzend einfacher Schüler. Es war nämlich mit der bestandenen Aufnahmeprüfung allein nicht getan. Man mußte auch von einem Professor in dessen Klasse aufgenommen werden. Mit einem der Meisterschüler, er hieß Vorderer, freundete ich mich an, und der hatte, vom Professor vermittelt, den Auftrag, ein neu zu eröffnendes italienisches Lokal mit Vesuv, Colosseum, Gardasee, Marcuskirche und so fort großflächig auszumalen. Vorderer nahm mich als Helfer mit, und so lernte ich ziemlich viel von der Wandmalerei.

Ein paar Schüler aus meiner und aus anderen Klassen hatten eine Stammkneipe in einer Gegend, die nicht zu den ersten Adressen zählte. *Die Gondel* hieß die Kneipe, der Wirt hieß Blopp, weil er immer, wenn er eine Flasche aufmachte, zusätzlich zu dem Knall »Blopp« sagte. Wie er wirklich hieß, wußten wir nicht. Ich schloß mich diesem Kreis an und trank also mein Bier sehr häufig in der *Gondel.* Ein Bier, zu mehr reichte es meist nicht. Aber eines Tages ergab es sich, daß keiner von den anderen Lust oder Zeit hatte, in die *Gondel* zu gehen, und so ging ich allein hin und wurde zufällig Zeuge von Blopps Verhaftung und seinem Abtransport in der Grünen Minna.

»Servus, Blopp«, sagte ich betreten.

»Leck mich am Arsch«, sagte Blopp.

Auch der Eigentümer des Hauses war da und der neue Pächter. So kam ich zu meinem ersten eigenen Auftrag zum Ausmalen eines Lokals. In diesem Fall nicht mit italienischen Motiven, sondern mit Wendelstein, Sennerin und Almhütte, denn die *Gondel* hieß nunmehr *Enzianstüberl,* und zweimal in der Woche spielte dort jetzt ein Japaner mit Trachtenhut auf der Zither. Er wurde *Knödl* genannt, weil er einmal so unvorsichtig war zu erklären, das sei die ungefähre Übersetzung seines japanischen Namens, den sich ein Europäer nicht merken könne.

Die anderen Akademiestudenten, bisher Stammgäste, verliefen sich mit der Zeit und bezogen *Kratzer's Lobby* am Goetheplatz, das mir wegen des zwar weitverbreiteten, aber falschen englischen Apostroph-S, dem »Deppen-Apostroph« (so Caesar), unsympathisch war. Ich blieb allein im *Enzianstüberl* zurück und freundete mich mit Knödl an, der mir dankbar dafür war, daß ich ihn nie blöd anredete wie: »Haha, der einzige Knödl mit Schlitzaugen«.

Knödl spielte auch in anderen Lokalen, auf Hochzeiten, Taufen und Beerdigungen. (Ich hätte gern gesehen, daß Knödl bei meiner Hochzeit spielt. Er hätte es gratis gemacht, aber die Schwiegermutter in spe kreischte, nicht wegen einer Abneigung gegen Zitherklang, sondern gegen Japaner.) Er kannte sich in der Gasthaus-Szene gut aus, und so vermittelte er mir nach und nach manchen Maler-Auftrag. Es war damals die Zeit, in der zunehmend exotische Restaurants die, zugegeben, langweilig bekochten, verräucherten und lieblos geführten einheimischen Gasthäuser verdrängten. Die Jugoslawen waren die ersten, dann kamen Italiener, Chinesen (die meistens, sagte mir Knödl, nur so täten, als seien sie Chinesen, in Wirklichkeit handle es sich um Vietnamesen), dann Koreaner, Siamesen, Spanier, Portugiesen und so weiter und so fort. Ich malte manches *Zadar, El Torero, Golden Garden* oder *Tai Tung* aus und lebte nicht schlecht davon. Einmal war Knödl von einer Dame engagiert worden, die eine Galerie in Schwabing eröffnete. Er sollte zur Einweihung spielen. Bei der Besprechung des musikalischen Programms (die Dame wünschte Beethoven; Knödl schreckte vor nichts zurück) erfuhr Knödl von einem besonderen *Event*, das geplant war. Sieben Maler sollten während der Eröffnung gleichzeitig eine nackte Frau malen, die mitten in der Galerie auf einem Podest stehen sollte. Die sieben Bilder sollten dann quasi die erste Ausstellung der Galerie sein. Sie, die Galerie, nicht das Mädchen, die hieß Freda (der Leser wird gebeten, sich den Namen zu merken), nannte sich *Fifty-five* nach der Hausnummer – sehr originell – und bestand genau fifty-five Wochen …

Der Event fand statt und war, da die nackte Freda durch die Schaufenster gut zu sehen war, ein großer Erfolg auch außerhalb der Galerie. Die Polizei mußte die Menge immer wieder zum Weitergehen treiben.

Einer der sieben Maler, das heißt: eine Malerin, die die Aktion mit ihrer feministischen Gesinnung nicht vereinbaren konnte, sagte im letzten Augenblick ab, und Knödl, der Gute, wies die Galeristin auf mich hin. Ich war damals ohnedies mit lebensgroßen Akten auf Packpapier beschäftigt, eine kunstpädagogische Spezialität meines Professors, und überhaupt sprang ich gern ein und kam so zu meinem ersten Galeristen, vielmehr Galeristin. Sie verkaufte auch gut von meinen Bildern, so lang bis ihr nach den erwähnten 55 Wochen die Luft ausging. Aber immerhin war ich da schon ein wenig etabliert, und dann starb, wie ich oben schon erzählt hatte, mein Schwiegervater und ich geriet dadurch mittelbar in wohlig gewärmtes Fahrwasser.

VIII

Mit dem vorangegangenen, in seiner Länge unvertretbaren Kapitel habe ich vermutlich die Proportionen der Dramaturgie völlig durcheinandergebracht. Aber Caesar zuliebe, der das ohnedies nicht lesen wird, schreibe ich das alles nicht noch einmal: dramaturgisch entzerrt.

*

Es ist kaum zu glauben, wie schnell die Schickeria reagiert. »Dich wundert das?« fragte mich Caesar, der wieder einmal auf der Insel war. Diesmal mit einer Baronin, allerdings nur einer angeheirateten, aber immerhin, ihr Baron hatte sie für ihre Weltreise, die sie zum größten Teil auf der Insel mit Caesar verbrachte, wovon der Baron selbstverständlich nichts wußte, mit reichhaltiger Schatulle ausgestattet. – »Dich wundert das? Mich nicht. Die Schickeria oder Jetset oder Szene ist darauf angewiesen, ständig beschienen zu werden, also in der Nähe derer zu sein, auf die es ankommt. Und zwar schnell, bevor die anderen Schatten auf einen werfen.«

Noch war, wenn ich mich recht erinnere, von Tamara nicht die Rede. Tamara war, wie sich später herausstellte, der Unfall, der mich fünf Jahre nach meiner Übersiedlung auf die Insel ereilt hat. Der Unfall war die Folge eines leichtsinnigen Ausfluges von der Insel nicht bloß aufs Festland, dorthin fahre ich ja öfters, wenn ich etwas besorgen muß, was es auf der Insel nicht gibt, sondern auch zurück nach Deutschland. Ich habe geschworen, daß ich nie wieder meinen Fuß weiter nach Norden als allenfalls nach Rom setze. Nicht einmal als Leiche. Ich will hier auf Zompara beerdigt werden. (Abgesehen vom erwähnten Verbringungsfall ins deutsche Krankenhaus, sofern notwendig.) Wohlgemerkt: Es war kein Autounfall oder Sportunfall (wozu ich mangels Sportivität keine Gelegenheit hätte) und kein Jagdunfall (da gilt das gleiche), nein, Tamara *war* der Unfall.

Tamara war eine der ersten, die hinunterlief und drüben wieder hinauf zur von Lankenwitz an den Mogul vermieteten Villa, um den *Promi* anzugaffen. Er ließ sich aber nicht angaffen, er blieb unsichtbar im Haus. Vielleicht machte er Mondscheinspaziergänge, was damals noch ungestört möglich gewesen war, einigermaßen ungestört. Zwar hätten die Inselbewohner, sehr rasch das erste Gebot der Tourismusorientierten erkennend: Diskretion geübt. Nicht hören, was der Gast redet, nicht sehen, was der Gast tut, nur reden, wenn der Gast fragt. Das heißt: so tun, als ob. Dem Gast das Gefühl geben: als ob. Die Insulaner hätten keinen Mondscheinspaziergang indiskreditiert (ich bin stolz auf die Erfindung dieses Wortes, muß es nachher Caesar sagen; wird sich ärgern, daß es nicht ihm eingefallen ist), aber kaum war Kasparian auf der Insel, erschien schon eine nicht mehr ganz blütenbesteckte sogenannte Sängerin mit Gefolge und verkündete dem rasch nachfolgenden Läusepack, sprich: Gesellschaftsjournalisten, daß es *in* sei, sich auf Zompara von der »Arbeit« zu erholen. Sagte die Schnulzen-Krähe doch tatsächlich »Arbeit«. Mein Vater hatte nicht einmal für mein künstlerisches Tun diesen Ausdruck übrig. Und steigen Sie einmal auf ein Gerüst und malen ein Gewölbe aus –

Genug. Nach der sogenannten Sängerin kam schon wenige Tage später ein hochberühmter Talk-Meister. Ich bitte für den Kalauer um Entschuldigung, aber als ich ihn aus der Nähe sah, zufällig, er beglückte für einige Minuten und einen Espresso mit Schuß Whisky Ginos Bar, drängte sich mir der Begriff Talg-Meister auf.

Man hätte Lunte riechen können, als das alles anhielt, wenn auch bis in den Herbst hinein vorübergehend nachlassend, anhielt, auch nachdem Kasparian abgereist war. Dieselbe Lunte, daß sofort der Banco di Roma eine Filiale eröffnete und zu dem Zweck die alte Gerümpelhändlerin Teresa mit einer eher schäbigen Abfindung aus ihrem rußigen Laden drängte. Bisher gab es nur eine abortgroße Außenstelle der Provinz-Sparkasse neben dem einzigen öffentlichen Telephon am alten Hafen. Später dann baute der Banco di Roma ein großartiges Marmorhaus, und die alte Teresa hätte wieder einziehen können in ihren Laden. Aber da war sie schon gestorben.

Auch wir, also meine Frau Tamara und ich, wurden schon in der ersten Saison, wenn das bereits so genannt werden kann, vom kräftigen Glanz tangiert, denn eine Freundin einer Bekannten von Tamaras Schwester, eine Designerette für Dinge, die unter der betrügerischen Bezeichnung Möbel verkauft wurden, kroch bei uns für einige Tage unter. Die touristischen Möglichkeiten waren ja noch stark rudimentär auf Zompara. »– und man muß jede Beziehung ausnützen«, sagte Frau Muglieder-Hämmerlein, die Erfinderin des Bürstenstuhles, und ich ergänzte in Gedanken: »– wenn man dazugehören will.«

Wir nahmen von Frau Muglieder-Hämmerlein kein Geld für die Beherbergung, dafür schickte sie uns später ein durchdesigntes Weinregal, das unter Zertrümmerung von einem Dutzend besten Montalcino – ich weinte – zusammenbrach.

Von Frau Muglieder-Hämmerlein erfuhren wir auch, daß der »amtierende« Akkordeon-Weltmeister, ein Isländer, glaube ich, für nächstes Jahr bereits ein Akkordeon-Festival auf der Insel plane. Nun ist es mit dem Akkordeon so eine Sache, wie mit der Gitarre, dem Saxophon und der Blockflöte. Es schlägt auf das Instrument zurück, welche Musik darauf gespielt wird. Ich zittere schon für die Violine, seit der Schmalzist André Rieu und jener Nickel Sowieso sie betreiben. Aber vermutlich ist Paganinis Geist stark genug. Noch. Die Blockflöte, an sich von nicht reizlosem Klang, ist vom Instrument zur Weltanschauung mutiert. Was die Sternenferne anbetrifft, die die Akustik-Gangster von den Gitarrenkonzerten Vivaldis trennt, braucht es keiner Worte. Das Saxophon ist durch den Jazz verdorben, und das Akkordeon … – Der Erfinder, er hat wohl Hohner geheißen, hat nicht das gemeint, was erklingt, wenn die *Katzensteiner Hosenpinkler* die Alpen beglühen. Das Akkordeon kann ganz anders auch: Tango etwa. Obwohl der, fürchte ich, ohne daß unsere dafür nicht genug feingeschliffenen Ohren das erkennen, inzwischen auch schon zu etwas wie argentinischem Schuhplattler geworden ist. Meine dritte Frau, die esoterische, schwärmte für eine russische Musikmystikerin, die ganze Sonaten und Suiten und so weiter für Akkordeon solo schrieb und wohl noch schreibt. Erst schreckte ich zurück, voll des Verrufes, in den das Instrument geraten ist, aber dann mußte ich sagen: Hut ab. Eine Welt der Töne fließt. Es donnert das Jüngste Gericht, kreischend fährt die Säge in verurteilte Bäume, es säuselt Romeo unterm Balkon, es duftet der Ginster über der Heide, es flötet die Nachtigall, kurzum: ein romantisches Instrument, wenn es nicht in die sündigen Hände jener ruchlosen Alpengurgler fällt oder zum Schifferklavier erniedrigt wird.

Es kam dann übrigens doch nicht zu dem Akkordeonfestival (»Balgunivers« hätte es heißen sollen), denn inzwischen war es auf der Insel für den veranstaltenden Isländer schon zu teuer geworden. Das läßt sich unschwer ausrechnen, wenn man bedenkt, daß *Dolce & Gabana* im Jahr darauf in einer eigens errichteten Kulisse eine Sommernacht in eine rockpopplärmige *Zompara-Fashion-Gala* umbog. Tagelang stelzten langbeinige Modellinen über das noch katzenkopfische Pflaster des Ortes.

*

Diese Sternchen im Text liebe ich. Es wirkt auflockernd und professionell. In alten Büchern waren viel mehr solche Sternchen. Asterisken nannte man das. Es verbindet mit dem Leser, und da ich – als völlig unerfahrener Schreiber, der noch nie zum Gänsekiel gegriffen, die Locken nach hinten geworfen, die Augen zur Eingebung hinaufgewendet, mit der Hand leicht über die Stirn gestrichen hat, um dann dem, was ihm die Muse (welche ist das eigentlich? Die für den Roman zuständige?) zuhaucht, seine eilige Hand zu leihen – und da ich naiv dieses Buch, es ist mein erstes und wird auch mein letztes sein, als Gespräch mit dem Leser empfinde (und bedaure, daß der Leser nur stumm antworten kann), ist so ein Sternchen oder Asteriskos so etwas wie ein tiefer Seufzer und bedeutet: »Sprechen wir von was anderem.«

Ich liebe also diese Sternchen. Caesar hält sie für überflüssig, wenn man, wie man sollte, die dramaturgischen Proportionen wahrt. *Er* handhabt das in seinen Arbeiten, die ich ohne Bedenken als *Werke* betrachte, die dereinst zu *Gesammelten* solchen gerinnen werden, um letzten Endes in *Historisch-Kritischen Ausgaben* vor Anker zu gehen, *er* handhabt diese Proportionen selbstverständlich virtuos. *Ich* plaudere. Also seien mir meine gemütvollen Asteriskoi (so, meine ich, der korrekte Plural) verziehen. Nochmals ein Sternchen.

*

Die Ankunft Kasparians vollzog sich das erste Mal – »das erste Mal« wenn man von dem seinerzeitigen Kurzbesuch absieht – *merklich.* Später, als der Platz geschaffen wurde, wo der Hubschrauber landen konnte, *unmerklich,* denn der Hubschrauberlärm bedeutete nicht, daß Kasparian kam. Die Maschine konnte auch nur Familienangehörige, Bekannte, Freunde bringen oder überhaupt nur Versorgungsgüter der Luxusklasse für Kasparians Vizehaushalt auf Zompara. Das erste Mal aber, als Kasparian das Lankenwitzsche Haus bezog, mußte er wohl oder übel mit seiner Yacht (es war eine andere, sie hieß *Pantarei IV,* so einer wie Kasparian hat mindestens eine Zweityacht) im alten Hafen ankern, sich mit dem Beiboot übersetzen und die Begrüßung durch den Bürgermeister, der seinen schwarzen Anzug angezogen und die grün-weiß-rote Schärpe angelegt hatte, über sich ergehen lassen sowie die Vivat-Rufe praktisch der gesamten Inselbevölkerung (mit Ausnahme von mir), die sich auf die Nachricht von Kasparians Ankunft hin am Kai versammelt hatte. Der Mogul dankte, verteilte Bonbons und Kaugummi an die Kinder und ließ sich dann mit dem Jeep hinauf zur Villa des Lankenwitz chauffieren. Es war sein eigener Jeep, der eigens ein paar Tage zuvor per Frachtfähre herübergebracht worden war, ein nagelneuer Jeep, der fortan auf der Insel verblieb.

Dann war Kasparian, wie gesagt, nicht mehr zu sehen, und die Inselbewohner ließen ihn auch nach dem Vivat wohlweislich in Ruhe.

Nicht nur, daß der Jeep blieb und nach dem etwa zweiwöchigen Aufenthalt des Krösus in der Garage des damals noch einzigen Mechanikers eingemottet wurde, einem ölverschmierten Halbkellergewölbe mit herunterhängendem Rolladen, alarmierte die Zomparesen, sondern auch und vor allem, daß die sehr dezenten Fragen eines Kasparian-Sekretärs ruchbar wurden, die die Suche nach einem geeigneten Grundstück nahelegten. So dezent konnte dieser Sekretär gar nicht fragen, daß sich dies nicht wie ein Lauffeuer über die Insel verbreitete. Sofort stiegen die Grundstückspreise, und die aberwitzigsten Angebote wurden dem Sekretär unterbreitet. Nach den Preisen erkundigte sich der aber nur eher beiläufig. Offenbar spielte Geld bei dieser Sache für Kasparian auch keine Rolle. Die Lage des Grundstückes war wichtig. Der Sekretär war ein vorzüglich italienisch sprechender Amerikaner, ohne Zweifel italienischer Abstammung, er hieß Fawcett (ursprünglich wohl Facetti oder so ungefähr), der sich in seinem Erscheinungsbild nahtlos in das Ambiente jeder Bar einfügte. Offensichtlich war der Sekretär speziell für diesen Auftrag ausgewählt worden. Mr. Fawcett frequentierte denn auch die Bars des Ortes, stand zigaretterauchend am Tresen (damals durfte man in Italien in Bars noch rauchen), plauderte mit den Einheimischen und gab ab und zu eine Runde *Spitz* aus. Bei Gino lernte ich Mr. oder Signor Fawcett kennen, und auch mich fragte er eher beiläufig nach den Verhältnissen auf der Insel und so fort. Die vorherrschenden Windrichtungen schienen den Sekretär besonders zu interessieren. Nachdem sich Fawcett einige Tage lang umgehört hatte, ging er zum Bürgermeister. Den Inhalt seines Gespräches mit diesem erfuhr ich von Amanda in der *Vittoria,* wo ich, das habe ich wohl schon erwähnt, öfters zu Abend esse. Nach Abzug der Inkrustationen, die sich bei den verschiedenen Übermittlungen gebildet haben dürften, verlief das Gespräch so, daß Fawcett erklärte, ein bestimmtes Grundstück im Auge zu haben, dessen Erwerb vorbehaltlich der Genehmigung durch Mr. Kasparian persönlich (die Angelegenheit, wenngleich finanziell ein »peanut«, so Fawcett wörtlich, sei Chefsache) in die Wege geleitet werden solle. Mr. Kasparian erwarte, daß ihm bei Baugenehmigungen für ein Haus, das möglicherweise für Inselbegriffe ungewöhnlich ausfallen könnte, für eine Straße vom Ort dorthin und für einen Hubschrauberlandeplatz keine Schwierigkeiten bereitet werden würden. Mr. Kasparian liebe Schwierigkeiten »gar nicht«, betonte Mr. oder Signor Fawcett; aber er brauchte gar nicht groß zu betonen, der Bürgermeister hatte längst begriffen, welche Bedeutung das plötzliche, offenbar außerordentliche Interesse an der Insel für diese hatte. Er sagte pauschal nicht nur zu, daß keinerlei Behinderungen zu befürchten seien, sondern auch jede erdenkliche Hilfe. »Er darf einen Wolkenkratzer bauen«, habe, hieß es, der Bürgermeister gesagt. »Nein«, habe Mr. Fawcett geantwortet, »an einen Wolkenkratzer ist nicht gedacht.«

Fawcett ließ sich, das zu erledigen war die erste Hilfe, Meßblätter der Insel kopieren, Lagepläne des ins Auge gefaßten Grundstücks, und bat um Diskretion gegenüber dem gegenwärtigen Eigentümer. Offenbar war Fawcett doch durch vielleicht dreigenerationlichen Abschliff nicht mehr Italiener genug, um zu wissen, daß der Bürgermeister sofort, nachdem Fawcett gegangen war, zum Cellulare, dem Handy also, griff und jenen Eigentümer, einen gewissen Signor Toccovi, einen Installateur und Nebenerwerbslandwirt, anrief. Die Schätzungen über die Beteiligung des Bürgermeisters am Erlös bewegten sich zwischen zehn und vierzig Prozent.

Die Ergebnisse der Erkundigungen Fawcetts fanden offensichtlich die Zustimmung des Großmoguls, denn das Grundstück wurde – nach meiner Information ohne sehr großes Feilschen – von ihm gekauft und sogleich ein Architekt mit dem Bau einer Villa beauftragt sowie ein Tiefbauunternehmen aus Rom mit dem Bau der Zufahrtsstraße und des Hubschrauberlandeplatzes. Das Grundstück war bisher eine steinige Einöde gewesen. Im Nordosten der Insel ragt, mit schmalem Zugang, eine bergige Halbinsel ins Meer hinaus, die nach allen Seiten ziemlich steil abfällt.

Sie umfaßt halbmondartig auf der Westseite einen einsam aus dem Wasser ragenden Felskopf, und wegen dieses pittoresken geologischen Auswuchses (ich malte ihn oft, ein beliebtes Motiv bei den Touristen; von irgend etwas muß man ja leben) heißt die Halbinsel *Testadura,* im Inseldialekt *Texdidù.* Der Architekt, der so glücklich war, mit dem Auftrag betraut zu werden, stammte aus München, hieß Hubert Sch. und verwendete mit ausdrücklicher Zustimmung des Bauherrn (den er allerdings nie persönlich zu Gesicht bekommen hat) einen alten, sehr kühnen und wohl deswegen seinerzeit nie ausgeführten Plan seines Lehrers Kuno Krissler, des wohl genialsten Architekten des 20. Jahrhunderts. Ich durfte Krissler sogar noch persönlich kennenlernen, denn er war ein Freund meines Lehrers an der Akademie, ein freundlicher Mann, und sein Leben wäre einen eigenen Roman wert, den ich aber nicht schreiben werde, weil ich mit diesem hier schon Schwierigkeiten genug habe, was der Leser vielleicht bemerkt.

Um die Zeit, als mit dem Bau begonnen wurde, der sehr kompliziert war, wie man sich schon angesichts der Lage des Bauplatzes denken kann, kam ein Friseur der obersten Geräuschklasse auf die Insel, ein Haarmeister aus Hamburg, der nur Köpfe behandelte, die auf mindestens siebenstelligen Einkommensverhältnissen ruhten oder aber, dann sah er von der Siebenstelligkeit ab, gekrönt waren oder sich der Gunst *medialer* Aufmerksamkeit erfreuten. Das heißt, daß die Frisur nebst beihabendem Körperleib in den Spalten der *Bunten* oder ähnlicher Wonnetraktate sowie bei Talk(Talg?)-Schauen in gehöriger Regelmäßigkeit aufschien. Ich erinnere mich an eine, inzwischen wahrscheinlich aus den Spalten des Medialen in die grausamen Spalten des Vergessenheits-Orkus abgesunkene Dame namens Jenny Ürgend-Ürgendwiesen, die zu ihrer (kurzen) Zeit dafür berühmt war, daß sie berühmt war, die zu den Kundinnen des goldenen Lockendrechslers gehörte und deren Absturz dadurch manifest wurde, daß man sie im – ist *Salon* zu tief gegriffen? – im *Styliseum* des Meisters plötzlich (»Bedaure. Wie war der Name? Nie gehört.«) nicht mehr kannte.

Dieser Großmedial-Figaro sagte bei seinem ersten Interview, das er auf der Insel gab, daß es »originell« sei, hier Urlaub zu machen. Er sagte selbstverständlich: *relaxen.* Gelegentlich wird, habe ich festgestellt, schon statt dessen das Wort *wellnessen* gebraucht, das mich immer fatal an *bettnässen* erinnert. Es war also originell, auf Zompara zu wellnässen, und es wurde schon im Laufe von zwei Jahren so originell, daß die zahllosen Originellen einander auf die Füße traten. Und all das verdankte man, sofern das der richtige Ausdruck ist, dem Krösus Kasparian, der nun oft, jedoch unsichtbar, selbst für Promis und Hochkarätisten und -tistinnen, in seiner neuen Krissler-Villa als stiller Gott der Insel thronte.

*

Unvergeßlich ist mir der Auftritt des damals vielbeschrieenen Prinzen Spulfried von Wurmingen auf der Insel. Der Prinz war – vom Gotha-Standpunkt aus – zweifellos echt, stand sogar in einem roten Band (das wußte klarerweise Caesar) in der höchsten Abteilung. Unecht aber war seine damalige ständige Begleiterin, und zwar in dem Sinn, daß sie nur noch aus Ersatzteilen bestand. Ihr verflossener Ehemann war ein hochbesungener Schönheitschirurg und seine Frau quasi sein geschäftliches Aushängeschild. Nur noch eine ihrer beiden Kniescheiben, hieße es, sei angeborener Originalkörperteil gewesen. Ich wurde mit dem Paar, das mich selbstverständlich so wenig beachtete wie meine Bilder, deswegen näher konfrontiert, weil die *location* eines *shootings*

für eine Knallzeitschrift in Horadams schönem Haus stattfand, der dafür – »Blöd wärst du, wenn du es nicht machen würdest«, sagte nicht nur ich – den Gegenwert einer Palette *Veuve Cliquot* bekam. Ich war Zaungast und Zeuge dafür, daß der Prinz sich nicht entblödete, sich in ein Schaumbad in Horadams Marmorwanne zu setzen, eine Goldpapierkrone auf dem Kopf und eine Zigarre im Mund, während sich die ganzkörpergeliftete Society-Wachtel entblätterte. Das Ganze konnte man dann aufwendig-glanzbunt in der Zeitschrift bewundern.

Und wie es so geht: Inzwischen hat die geborgte Jugendlichkeit der Gespielin ihr Verfallsdatum erreicht, das Paar hat sich getrennt, das »mediale« Interesse verblühte, der davon bezogene Geldfluß versickerte, und Prinz Spulfried habe, das war jüngst zu lesen, den Hausmeisterposten einer *Spielothek* in Bad Hürzel an der Knauße angenommen.

IX

Lucca Veracci verkauft auch heute noch gelegentlich ein Bild von mir. Beliebt sind meine farblich verfremdeten Seestücke, meine eher melancholischen Stilleben und meine Ziegenbilder. Auch die Ziegen sind immer farblich verfremdet. Wenn nicht der verfluchte Franz Marc seine Pferde blau gemalt hätte, wären meine Ziegen originell. So aber ... Zum Glück kennen die Banausen Franz Marc nicht, und so kaufen sie meine Ziegen, meine grünen, nebst dem orangenen Gobbo. Ab und zu. Selten genug, aber immerhin kann ich davon leben. Hie und da male ich auch die Ziegen orange und den Gobbo grün. Ach ja, was tut man nicht alles. Vielleicht hätte ich doch weiter Jura studieren sollen, statt auf die Akademie zu gehen. Es ist ja alles, Gott sei's geklagt, schon gemalt worden, und du kannst nicht nur keine Sonnenblumen mehr malen, wie schon erwähnt, weil die dir der Van Gogh, der Teufel soll ihn holen, unterm Hintern weggezogen hat, keine Wasserlilien ... und meine Stilleben? »Gut, sehr gut«, sagte Caesar, »reicht fast an Morandi heran.« Und wiegte wohlwollend den Kopf hin und her. Morandi! Und auch nur *fast!* Ich hätte ihn erschlagen können, aber er hatte ja recht. Du kannst kein Bild mehr malen, ohne daß es nicht »fast« an eines von ... ich will nicht schon wieder fluchen ... X oder den Y heranreicht. Nein. Nein, soll ihn natürlich nicht der Teufel holen oder besser gesagt: geholt haben, den Van Gogh. Ich bewundere ihn ja auf den Knien. Schaue ich in einen meiner Kunstbände aus meiner bescheidenen Bibliothek, zum Beispiel den über Van Gogh, dann wird mir ganz schlecht.

Ich gehe dann zu Horadam. Der hat solche Probleme nicht. Der sitzt fast nackt auf seiner Terrasse, streckt seine kartoffelgroßen Zehen in die Sonne und zwitschert ein *Pilsner Urquell.* Oder mehrere. Er ruht in sich, und er sagt das, was ich eh schon weiß:

»Felix«, sagt er, »es ist alles schon gemalt worden. Die Wirklichkeit um dich herum gibt nichts mehr her. *Ich* bin weg davon. Ich mache keine Abbildungen, keine Ab-Bilder, bilde nicht ab, was es eh in der Realität zu sehen gibt. Und meist besser zu sehen gibt. Ich mache was, das es bis dahin noch nicht gegeben hat. Originärer Schaffensvorgang. Echte Schöpfung neuer Realität.«

»Gottähnlich«, spottete ich.

»Na ja«, sagte Horadam. So ganz ernst nimmt er sich selber nicht, obwohl ich mir dabei nicht immer so sicher bin. »Magst du noch ein Urquell?«

Neulich hat die Pinza, Horadams Haushälterin, wenn man so sagen kann, eine zahnlückige Alte, die zweimal die Woche heraufkommt und das Haus in – übrigens vorzüglicher, da sieht Horadam drauf – Ordnung hält, beim Bügeln eins seiner Hemden angesengt. Die Pinza hatte fürchterliche Angst, aber Horadam beruhigte sie sofort, nahm ihr das Bügeleisen aus der Hand, schrie: »Genialitätisch!« und versengte das Hemd noch mehr, bis es nur noch ein unförmiges braunes Knäuel mit Knöpfen war. Ich sage Ihnen: Es lag keine zwei Wochen in Varaccis Schaufenster unter dem Titel: *Ohne Titel XIV,* da kaufte es einer für vier Millionen Lire. (Das war noch zur Lire- und zur Knall- und Kasparian-Zeit.)

Und außerdem war da die Mühle. Horadams Ahnen waren generationenlang Müller. Sie hatten eine große, eine sehr große Mühle, vielleicht sogar mehrere. Die stehen immer noch irgendwo herum, ich glaube im Westfälischen, und dafür, daß dort nicht mehr gemahlen wird, kriegt Horadam von der EU oder wem so einen Batzen Geld lebenslänglich, daß er in Ruhe auf Zompara leben und über sein nächstes Objekt *Ohne Titel* nachdenken kann. Und wenn ihm keins einfällt, macht es auch nichts, denn das Mühlengeld fließt trotzdem.

Dabei kann er zeichnen. Caesar, der ja sehr lang schon mit ihm befreundet ist, hat eine Zeichnung, eine liegende Kuh darstellend, signiert »Horadam«. Virtuos gezeichnet; Bleistiftzeichnung, ist eh das Höchste, was es gibt in der bildenden Kunst. Er kann es also. »Aber was soll's«, sagt er, »wo alles schon gezeichnet ist. *Liegende Kuh,* sagst du? Signiert? Muß eine Fälschung sein.«

Aber so berühmt, daß er schon gefälscht würde, ist er doch wieder nicht. Ich erst recht nicht.

*

Einmal saßen wir zusammen, es war schon Ende Oktober, bei uns eher noch der Spätsommer als der Herbst, auf Horadams Terrasse. Statt *Pilsner Urquell* gab es Champagner. Das bewirkte Frau Thesas Anwesenheit. Das war im Jahr der Katastrophe, womit ich ausnahmsweise nicht die Euro-Einführung meine, sondern die Abwendung Kasparians von der Insel.

Ob Frau Thesa eine Gräfin war oder nur Baronin oder sogar nur edel ohne blaues Blut, weiß ich nicht. Kann sein und nicht sein auch, jedenfalls wurde sie von Caesar mit auf die Insel gebracht. Sie war die Frau eines bis zur Imbezilität geschrumpften Philosophen, eines Privatgelehrten und Hochmillionärs – sonst hätte er sich die private Gelehrsamkeit nicht leisten können. Doktor der Philosophie war er, Professor honoris causa, weil er der Fakultät ein neues Parkett spendiert hatte. Sein Hauptopus war das zweibändige Werk »Die Erziehung zur Unschuld«, von dem Frau Thesa jährlich zwei Dutzend kaufte, damit ihr Mann eine Honorarabrechnung vom Verlag bekommen konnte, worauf er so stolz war, als hätte er den Kategorischen Imperativ erfunden. Die Exemplare lagerte die Köchin im längst nicht mehr benützten Schwimmbad der großphilosophischen Herrschaftsvilla in Bogenhausen in München, astreiner Jugendstil. Ich kenne die Villa, denn sie ist in jeder Stilkunde abgebildet, die sich mit jener Zeit befaßt. Mit den Jahren füllten die heimlichen Käufe das Schwimmbecken fast bis zur Hälfte, immer sorgsam abgedeckt. Aber eines Tages – der Privatphilosoph hatte neben der Köchin nichts geringeres als einen Butler – wollte der neue Butler, der den alten abgelöst hatte und noch nicht in alles eingeweiht war, in Abwesenheit der Herrschaften (Kur in Bad Soden) mit seiner Freundin plantschen, hielt die ziegeldicht liegenden Bände für einen eigenwilligen Bodenbelag und ließ Wasser ein.

Es war ein Glück, erzählte Frau Thesa lachend auf Horadams Terrasse, daß das passierte, als sie mit dem Professor h. c. auf Kur weilte, denn die »Erziehung zur Unschuld« quoll wie der süße Brei im Märchen. Selbst dem verblödeten Alten wäre da was aufgefallen. Die neuronalen Sicherungen des neuen Butlers brannten durch, dann er selber.

Die treue Köchin ließ durch ein Entsorgungsunternehmen den philosophischen Brei wegfahren, und bald danach erübrigte sich der Kauf der Bücher, denn der Alte verblödete so weit, daß er die Abrechnungen ohnedies nicht mehr verstanden hätte.

»Er *hegelt* nur noch so vor sich hin«, sagte Frau Thesa.

Frau Thesa war erheblich jünger als ihr Professor h. c., aber nicht mehr das, was ich als taufrisch empfunden hätte. Aber sie sah noch sehr gut aus, sehr gepflegt. Sie mußte in ihrer Jugend eine Schönheit gewesen sein.

»Das ist nicht entscheidend, ob sie heute eine verblühte Rose ist«, sagte Caesar, »ich habe auch in den Tiefen meiner Jahre jenem Grundsatz gehuldigt: ma sua passion' predominante è la giovan' principante. Aber mit fortschreitendem Alter sind einem die Grenzen gesetzt. Und ich bin inzwischen draufgekommen, daß es so wie mit dem Wildgeflügel ist: Es muß etwas abgehangen sein.« Er sagte das selbstverständlich nicht in Gegenwart Thesas oder einer seiner Damen. »Die haben die lästigen Dummheiten schon hinter sich. Behalten nur die angenehmen.«

Es gab übrigens zwischen Caesar und Thesa Krach. Sicher einen sehr stark gepflegten Krach, und Caesar reiste allein ab. Thesa wurde dann, wenn man so sagen kann, von Horadam übernommen, bei dem sie einen weiteren Monat blieb. Es war nicht das erste Mal, daß so etwas vorfiel und daß, wie Caesar sich auszudrücken beliebte, er dem Horadam »die mühsame erotische Aquisitionsarbeit« abnehme.

Einmal, eben bei Frau Thesa, hätte auch ich die Möglichkeit gehabt, auf das amouröse Ringelspiel aufzuspringen. Frau Thesa seufzte mir nach Caesars Abgang zu, machte Rehaugen, aber ich überließ das abgehangene Wildbret gern dem Horadam und ging hinunter in den Ort, trank bei Gino einen Espresso und wandte mich dann hinüber zu dem Viertel, das im Lauf der Krachzeit entstanden war, der Gold- und Glanzzeit. Dort, wo die jetzt verlassenen Ferienwohnungen, nein: *Ferienlofts* ebenso in der Meerluft zerbröseln wie die Hotels und Ladenzeilen, von denen der Verputz bröckelt, an denen die Farbe verblaßt. Manche Scheibe war damals schon eingeschlagen, von manchem Dach hing das Blech. In den Löchern der Straße stand das Wasser von der letzten Überschwemmung (denn der stolze Damm war auch schon löchrig) und spiegelte den müden Himmel.

Und das alles zeichnete ich.

»Das wirst du schwerlich verkaufen«, hatte Caesar gesagt, kurz bevor er die Insel und Thesa verließ.

»Was soll ich sonst zeichnen? Sonnenblumen?« Und ich breitete meinen ganzen oben geschilderten »Frust« aus.

»Dann schreib etwas.«

»Schreiben? Ich?«

»Im Vertrauen gesagt«, meinte Caesar, »schreiben, also schriftstellern kann jeder. Es ist überhaupt nichts dabei, und es bedarf keines Talents. Zum Glück wissen das die anderen nicht, und wir Schriftsteller hüten uns, es zu verraten. Also schreib. Ist außerdem materialmäßig kostengünstiger.«

»Aber ist nicht auch schon alles geschrieben?«

»Im Prinzip ja. Aber was hier mit der Insel und dem Kasparian passiert ist, noch nicht. Das ist doch ein Stoff, den dir ein Gott gesandt hat.«

»Sol Invictus, der mir der liebste …?«

»Du hast doch erzählt, daß du mit dem Fernglas hinübergeschaut hast zur Yacht, an jenem ersten Tag, und den Mogul sitzen gesehen hast, von hinten beleuchtet von deinem *Sol Invictus.«*

»So ist es.«

»Da hast du doch auch schon den Titel des Buches.«

»Und der wäre?«

»Der Mann mit den goldenen Ohren.«

X

Nicht lange nach der Trennung von Annelore, die ich nie mehr wiedersah, nachdem sie das Zimmer in der Minderpension in Verona verlassen hatte, fuhr ich mit der Straßenbahn der Linie 27 vom Sendlinger Tor-Platz, wo ich nunmehr wohnte, stadtauswärts, um am Mariahilf-Platz ein gebrauchtes Auto anzuschauen, das in der Zeitung zum Verkauf inseriert war. Knödl, der Japaner, bei dem ich vorerst unterschlüpfte – das »vorerst« dauerte über ein Jahr –, hatte mich auf die Anzeige aufmerksam gemacht.

Wenn ich wiederum lyrisch oder vielleicht sogar dramatisch in die Saiten greifen darf: Die Straßenbahnlinie 27 wurde so zu meinem Schicksal.

Nein, das ist zu hoch gegriffen oder zu tief in die Saiten. Aber eine gewisse Weichenstellung war es doch, für einige Jahre zumindest.

Ich hatte kein Auto mehr. Es ist nicht tragisch, kein Auto zu haben, das wußte ich aus meiner Jugend, deren schleißiges finanzielles Unterfutter dem Leser schon geschildert wurde. Kein Auto *mehr* zu haben, ist zwar auch nicht tragisch (ich weiß von Caesar, daß man den Begriff *Tragik* nicht überstrapazieren soll), wohl aber unangenehm. Ich hatte kein Auto mehr, weil der schöne Renault genauso Annelore gehörte wie unsere Wohnung, eine Eigentumswohnung im noblen Neuhausen, und auch deren Einrichtung vom Fußabstreifer bis zur Wanduhr. Mir gehörten sozusagen nur meine Unterhosen, pars pro toto. Allerdings war ich damals mit den beiden Mädchen in diese Wohnung zurückgekehrt und war vor allem neugierig, was nun vorfallen werde. Was sollte ich tun? Ich machte eine Vermißtenanzeige, vorn auf der Polizeiwache in der Renata-Straße. Die Szene ist mir lebhaft im Gedächtnis geblieben.

»Ja. Was kann ich für Sie tun?«

»Meine Frau ist verschwunden.«

»Gratuliere.«

(Nein, das sagte der Beamte nicht. Vielleicht dachte er sich's, je nachdem wie es mit *seiner* Ehe stand.)

»Ihre Frau ist verschwunden. So.«

»Ja.«

»Seit wann?«

»Seit sie das Zimmer in der Pension *Sanguinaccio* verlassen hat. Um zwei Uhr in der Nacht. Vorgestern.«

»Aha. In welcher Pension?«

»Für den Namen kann ich mich nicht verbürgen –«

»Sie wissen nicht, wie Ihre Frau heißt?« Seine Miene zerrte sich um die Nase zusammen.

»Doch, doch. Meine Frau heißt Annelore Mahr, geborene Knüpriß. An den Namen der Pension kann ich mich nicht erinnern. Auch nicht an die Straße. An die Stadt schon: Verona.«

»Wiewas?«

»Verona.«

»Das ist in Italien, oder?«

»Ja. In Italien.«

Das Kinn des Beamten begann zu malmen. Dann schrie er nach hinten: »Gustl!«

Von hinten: »Ja?«

»San mir zuständig, wenn eine in Verona drunt verschwunden is?«

»Wo?«

»Ve – ro – na.«

Der andere Beamte, Gustl, kam nach vorn. Er war höherrangig und übernahm nun die Verhandlung.

»Warum in Verona?«

»Weil wir grad in Verona waren – es war so ...«, und ich schilderte unter dezenter Benennung des Streitgegenstandes den Vorfall.

»Eine saublöde Situation«, sagte der Beamte Gustl.

»Freilich«, sagte ich, »weil sie völlig hilflos ist.«

»Ich meine nicht Ihre Frau, ich meine die Zuständigkeit. Ich vermute!« Er wandte sich mit erhobenem Zeigefinger an seinen unterrangigen Kollegen, womit dies nunmehr ein innerdienstlicher Vorgang war: »Ich vermute, daß da die italienische Polizei zuständig ist.«

»Die heißen Carabinieri«, sagte der jüngere Beamte.

»Richtig!«

»Und was jetzt?« fragte ich so höflich, daß es fast unterwürfig wirkte. Schließlich habe ich als im Grunde ängstlicher Mensch großen Respekt vor der Amtsgewalt.

(Eine Bemerkung außerhalb dieses Dialoges: Ja, ich bin ein ängstlicher Mensch, denn ich bin neugierig. Neugierig bin ich, weil ich Künstler bin. Ein Künstler lebt von seiner Neugier: Gier auf Neues. Außerdem ist der Künstler auf seine Beobachtungen angewiesen, der bildende Künstler sowieso, aber auch der Schriftsteller, im gewissen Sinn auch der Musiker. Die Angst ist die Kehrseite der Neugier. Der Neugierige erfährt viel und weiß also um die Fallen und Heimsuchungen. Der Dumme tappt hinein. Ich habe in meinem Leben hintereinander elf Katzen gehabt. Habe auch jetzt eine: *India,* kohlschwarz, nur die rechten Barthaare weiß. Die neugierigsten waren immer auch die ängstlichsten und die ängstlichsten die neugierigsten. Man kann auch sagen: die vorsichtigsten. Vielleicht bin auch ich eher vorsichtig als ängstlich, und wem muß man vorsichtiger begegnen als der Staatsmacht?)

»Füllen Sie einmal das Formular aus«, seufzte Gustl und schob mir ein Papier hin.

Ich füllte aus: Name (komisch: nicht wie üblich: Name und Vorname), Geburtstag und -ort, wenn bekannt (??), letzter Aufenthaltsort, wann entlaufen –

»Wie bitte?«

»Entschuldigung, das falsche Formular.« Er gab mir ein anderes. Ich füllte aus. Er nahm es mißmutig entgegen.

»Soll ich Ihnen was sagen?« sagte er, »die kommt von allein wieder.«

Nein, sie kam nicht von allein wieder. Sie kam überhaupt nicht wieder. Die Vermißtenanzeige ist ohne Ergebnis geblieben und vermutlich in der Polizeiakte verdorrt. Ich verständigte dann Annelores Mutter, und nach etwa zwei Wochen bekam ich einen Drohbrief von einem Rechtsanwalt.

*

Ich wollte eigentlich zumindest in groben Zügen die nun folgenden Ereignisse schildern, aber ich bringe es nicht fertig. Der Rechtsanwalt kam, wohl vorsichtshalber mit einem Gerichtsvollzieher und zwei Polizisten, um die Kinder zu holen. Allein diese Zeilen hinzuschreiben, zerreißt mir noch heute das Herz. Die Kleine gab mir ein winziges Schaukelpferd mit Reiter, der zu Weihnachten davor am Christbaum gehangen hat, und sagte: »Der heißt wie ich.«

* * *

Ich habe viel verloren, verlegt, vergessen, es ist mir viel abhanden gekommen, bedauert, betrauert, gleichgültig gelassen. Ich weiß fast nichts in meinem Haus, das alle meine Lebenskatastrophen überdauert hat, aber dieses winzige Schaukelpferd mit Reiter habe ich heute noch. Es sitzt hier rechts von mir auf meinem Tisch neben der Lampe, die ich jetzt anzünde, denn es ist dämmrig geworden, und ich werde bald hinübergehen zu Horadam, der – angezogen um diese Tageszeit – schon mit dem *Pilsner Urquell* auf mich wartet.

* * *

Der Rechtsanwalt fuhr auf Geheiß von Frau Annelore die ganz großen juristischen Haubitzen auf. Es mag ihn enttäuscht haben, daß ich mich nicht wehrte. Die Haubitzen halfen ihm auch nicht viel. Daß Annelore es war, die die Familie verlassen hatte, ließ sich nicht wegdiskutieren. Und auch ich war nicht ohne juristischen Beistand. Nicht mit vielen, aber doch einigen Kommilitonen von damals war ich in Verbindung geblieben (bin es noch; der biologisch bedingte Schwund ist allerdings merkbar geworden), und einer davon war inzwischen Rechtsanwalt, Lux hieß er, leider auch schon tot. Er beriet mich kostengünstig und uneigennützig, und ich wußte auch selber aus meinen rudimentären Erinnerungen an das Studium, daß man vom Gericht keine Gerechtigkeit, allenfalls ein Urteil zu erwarten hat.

Was aber hätte Gerechtigkeit in jenem Fall geheißen? War *ich* unschuldig an dem Ganzen? War ich nicht vielleicht ein Eheekel? War es nicht mir anzulasten, daß ich Annelore überhaupt geheiratet habe, wo ich mir denken hätte können, daß diese Ehe zum Scheitern verurteilt, noch bevor sie geschlossen war?

Daß ich die Kinder nicht zugesprochen bekommen würde, machte mir Lux überdeutlich klar. Daß die Wohnung und alles samt Auto et cetera von Annelores Erbteil bezahlt worden war, wollte ich nicht leugnen. Fort mit Schaden. So ließ ich mich (nach damaligem Recht) auf eine gütliche Ehescheidung auf gegenseitiges Verschulden ein und brauchte, außer für die Kinder, keinen Unterhalt zu zahlen.

Annelores Rechtsanwalt zog seine schweren Haubitzen zurück, weil er merkte, daß er auf Wolken schoß. Noch vor dem in der Scheidungsvereinbarung festgesetzten Termin räumte ich die Wohnung, das heißt, ich verließ sie unter Mitnahme dessen, was nur, wie ich meinte, mir allein gehöre: meine Utensilien fürs Malen und die erwähnten bildlich gesprochenen Unterhosen. Und ich zog zu Knödl.

»Sei nicht tlaulig, Felix, ich lelne dil dafül das Zithelspiel«, sagte Knödl, der Gute. Um ihn nicht zu enttäuschen, ließ ich es mir zeigen, machte aber später keinen Gebrauch mehr davon.

In der Scheidungsvereinbarung war ausgemacht, daß ich meine beiden Mädchen an bestimmten Tagen im Monat zu mir nehmen durfte. Auf mein Läuten öffnete immer, fertig angezogen, Linda, die Ältere, holte ihre Schwester und wir gingen. Annelore zeigte sich nie. Lieferte ich die Kinder ab, öffnete sich nur wie von Geisterhand die Tür. Aber nach etwa einem halben Jahr öffnete mir beim Abholen ein Mann. Ich glaubte, des Wahnsinns Beute zu sein, denn es war niemand anderer als das akademische Auslaufmodell, Prof. Pflieger, der mit dem Kummet-Hemdkragen.

Wenig später heiratete er Annelore. Und sie ihn, logisch. Bin ich zu boshaft, wenn ich schreibe: ich gönnte es den beiden?

*

Ich kaufte das alte Auto dann nicht, das ich am Mariahilf-Platz besichtigte, das heißt: besichtigen wollte, denn ich fuhr gar nicht bis zum Mariahilf-Platz, sondern stieg schon eine Haltestelle vorher, *Ohlmüllerstraße*, aus.

»Gell«, hatte sie gesagt, »Sie erkennen mich nicht, weil ich nicht nackt bin?«

Sie saß mir gegenüber, und ich bemerkte schon seit *Müllerstraße,* daß sie mir zulächelte, und ich war geschmeichelt. Es war Freda, das Aktmodell aus der Galerie *Fifty-five.* Sie wohnte zusammen mit einer Freundin in einer Altbauwohnung in der Ohlmüllerstraße, und als wir über die Reichenbachbrücke fuhren, fragte ich sie, ob ich sie zu einem Kaffee einladen dürfe, und als wir ausstiegen, war ich schon so verliebt, daß mir eines nichts mehr ausmachte: Sie war so viel größer als ich, denn als Annelore kleiner gewesen war, allerdings – das schätzte ich richtig – auch soviel jünger, als Annelore älter gewesen war.

Ich zog zu Freda, schwankte zwar kurz, ob ich mich nicht lieber ihrer Wohnungsgenossin Silvana zuwenden sollte, einer seltsamerweise schwarzhaarigen, sehr kleinen Schwedin, deren Figur von nahezu makellosen Proportionen war, was ich sehr bald punktgenau feststellen konnte, denn Silvana lief auch in meiner Gegenwart unbekümmert im Naturzustand von ihrem Zimmer ins gemeinsame Bad oder die Küche, so daß in dieser Hinsicht nichts verborgen blieb. Aber Silvana hatte einen festen Freund, einen Dozenten der Chemie, der damals in Kyoto eine Gastprofessur bestritt (sagt man so bei Gastprofessoren?) und dem sie betonisch treu war. Außerdem war die Beziehung zu Freda in kurzer Zeit so weit gediehen, daß es kein Zurück mehr gab und ich in meine zweite Ehe mündete.

Die Hochzeit war merkwürdig. Knödl, der eine Trauzeuge, erschien sage und schreibe im Frack am Standesamt. Freda trug abgewetzte Jeans und hatte einen mit der Zeit knielangen grauen Pullover, wie man manchmal so sagt: »gewählt«, denn sie wollte zwischen Trauung und festlichem (na ja ...) Mittagessen rasch zu ihrem Pferd nach Johanneskirchen hinaus. Silvana dagegen, die andere Trauzeugin, trug eins ihrer textilarmen Kleider, die in schlagendem Gegensatz zu ihrer unverbrüchlichen Treue zum fernen Chemiker standen. Und ich paßte mich der Braut an, indem ich mich dessen befleißigte, was man mit gutem Willen schlichte Eleganz nennen konnte. Als ich Knödl im Frack daherkommen sah, sagte ich nur: »Einen Moment«, rannte nach Hause und band mir wenigstens eine Krawatte um. Zum Glück lag das Standesamt München II am Mariahilf-Platz nur fünf Minuten von unserer Wohnung entfernt. Fünf Galoppier-Minuten. Als wir aufgerufen wurden, war ich noch außer Atem. Der Standesbeamte sagte zu mir: »Beruhigen Sie sich, so schlimm ist es auch wieder nicht.« Zunächst wollte er übrigens Knödl mit Freda verheiraten, weil der am feierlichsten gekleidet war. Überhaupt konnte der Beamte kaum ernst bleiben. Wir waren ja auch eine unfreiwillige Lachnummer: die ellenlange Freda, ich einen Kopf kleiner, die kleine schwedische Silvana mit Netzstrümpfen, der noch kleinere Knödl im Frack …

Selbstverständlich ließ es sich Knödl nicht nehmen, beim anschließenden Hochzeitsessen im Wagner-Bräu diesmal die musikalische Umrahmung zu gestalten. Bei der früheren Hochzeit mit Annelore hatte er ja nicht spielen dürfen. Er hatte seine Auftritte inzwischen verfeinert. Er stülpte sich jetzt ein Gestell aus dickem Draht über den Kopf, das ihm ermöglichte, gleichzeitig auf einer Mundharmonika zu blasen. Im gewissen Sinn unbekümmert: so im Frack mit Trachtenhut. Ich erinnere mich an den *Sterzinger Andachtsjodler,* den sich Knödl bemühte, überirdisch schön zu gestalten. Der gute Knödl. Er wurde im Jahr darauf von einem Lastwagen überfahren. Ich war der einzige bei der Beerdigung.

XI

Sie war nicht von der Insel, sie kam vom Festland herüber. Sie hieß – und heißt wohl noch – Caterina. Ob ich je ihren Familiennamen gewußt habe, weiß ich nicht. Sie bediente bei Gino in der Bar. Caterina kam, als Gino im Zug des Kasparian-Soges drüben, wo die neuen Hotels entstanden, eine zweite, eine größere, in blauem Glas funkelnde Bar mit Gelateria aufmachte. Während er und der junge Gino drüben den zunehmenden Betrieb aufrecht hielten, wurde hier herüben eine Hilfskraft notwendig. Woher Gino das junge Mädchen hatte, weiß ich nicht, möglicherweise war sie eine entfernte Verwandte.

Caterina: die Nemesis der Insel. Ist das zu hoch gegriffen? Ich glaube nicht. Und niemand ahnte das, als das junge Mädchen – noch im alten Hafen, der neue war aber schon im Bau – mit ihrem kleinen Koffer vom Tragflügelboot stieg. Klein, hellblond und schlank, zierlich, aber fest, mit einem freundlichen, hübschen Gesicht und einer netten Prise Frechheit. Dunkelblaue Augen, die Haare hinten zu einem wippenden Schopf aufgesteckt. Ich war zufällig am alten Hafen, als das Boot ankam, und ich bin inzwischen und mit den Jahren schon soviel Zomparese, daß ich stehenblieb, wie es sich sozusagen gehört, um zu sehen, wer alles kommt. Auch wenn erfahrungsgemäß fast nie jemand Besonderes kommt – gekommen ist, bis die Flut eintrat. Dann natürlich kamen die Besonderen, drüben am neuen Hafen, und dort standen dann im Fall der prominenten

Fälle nicht die Zomparesen, sondern die herumwieselnden Paparazzi.

Ich wußte selbstverständlich nicht, wer die junge Frau war, die da aus dem Boot stieg, und warum sie nach Zompara kam, aber sie fiel mir auf mit ihrem kleinen Koffer aus Gobelin-Stoff und ihrem wippenden Haarschopf, und sie schenkte mir – so sagt man wohl – das schönste Lächeln. Mir, der ich ihr Vater, der ich ihr Großvater sein könnte.

Um es vorwegzunehmen: Nein, es gab keine Liebe zwischen Caterina und mir, nicht ansatzweise. Freilich – ich wende auf mich das Wort an, das Caesar immer von seinem Lieblingsautor zitiert, von Roda Roda, seiner Meinung nach auch einer der bodenlos unterschätzten. »Ich habe Glück bei den Frauen«, habe Roda Roda geschrieben, »ich verliebe mich in jede.« Wäre es nicht bei der klaren und deutlichen Sympathie geblieben, vielleicht sogar ein wenig Bewunderung für meine Arbeiten, die Caterina frisch und unbekümmert zur Schau stellte – aber nicht *mehr* –, so hätte ich nicht für mich garantieren können. Auch mit siebzig ist man noch für Dummheiten gut. (Wie und warum Caterina meine Arbeiten kennenlernte, wird man gleich erfahren.) So aber siegte die Vernunft – nein, es hat gar keines Sieges bedurft. Die unbewußt wirkende Vernunft ließ mich Caterinas Zuneigung nicht durch tölpische Annäherungsversuche eines Greises aufs Spiel setzen.

Abgesehen davon wäre es mir äußerst peinlich gewesen, mich in die Schar der krähenden und dumme Sprüche absondernden Jung-Zomparesen einzugliedern, die sehr bald Ginos Bar überfüllten, nachdem Caterina dort bediente. Soviel ich bemerkte, gelangte keiner von den Krähern zu nennenswerten Erfolgen, obwohl Caterina ihrem Wesen entsprechend zu allen freundlich war und ihre tiefblauen Augen kugeln ließ. Außerdem, das habe ich vergessen mitzuteilen, war ja noch Tamara da. Sie war sofort auf

Caterina eifersüchtig, grundlos, kann ich guten Gewissens sagen. (Warum sollte ich lügen? Tamara wird diese Zeilen nie lesen.)

*

Vielleicht sollte ich an dieser Stelle ein paar Sätze über den Zustand der Insel verlieren, die um diese Zeit vor lauter Erneuerung aus den Fugen krachte.

Der Mogul und Diktator Kasparian hatte – durch seinen Abgesandten und gestützt durch eine Remuneration von mehreren Dutzend Millionen Lire für die Gemeinde und eine solche in unbekannter Höhe für den Bürgermeister persönlich – zur Bedingung seines gnadenbringenden Zuzuges oder mindestens zeitweiligen Zuzugs gemacht, daß ein breiter Gürtel, oder besser: Korridor, zwischen seinem künftigen Anwesen und der übrigen Insel unbebaut zu bleiben hat. Das ließ sich schon dadurch leicht machen, daß das von Kasparian erworbene Grundstück, wie erwähnt, auf einer Halbinsel, einem seitlichen Auswuchs der Insel lag, noch dazu im Zugang durch einen Bergrücken behindert, durch den auf Geheiß und Kosten des Krösus ein Straßentunnel gebohrt wurde. Die Straße dorthin baute allerdings die Gemeinde, die erste durchgehend befestigte auf Zompara. Dort, wo diese Straße die Latifundie Kasparians erreichte, stand, einer mittelalterlichen Zwingburg im Kleinen ähnlich, das Pförtnerhaus, das auch dann bewohnt war, wenn der Herr nicht auf der Insel weilte. Eine Schranke verwehrte den Zugang, eine hohe Mauer und des weiteren die undurchdringliche Macchia schlossen alles ab. Die allerwenigsten der Dazugehörer, die bald die Insel frequentierten, gelangten jenseits dieser Schranke. Wer dorthin eingeladen, wer dort empfangen wurde, befleißigte sich der gleichen Schattenhaftigkeit wie Kasparian und außerdem der Rumpelstilzität der wahrhaft Prominenten. Es wurde geraunt, daß der Präsident der USA, der Weltbankpräsident, sowohl Ghadafi als auch der Cardinalstaatssekretär dort zu Besuch waren. Und, vermute ich, die Häupter der Mafia. *Ich* war nie dort.

Der bauliche Aufschwung auf Zompara vollzog sich also anderwärts auf der Insel: erstens an der ehemals stillen Mondscheinbucht, wohin die zweite befestigte Straße gelegt wurde, welche leider recht nahe an meinem Haus vorbeiführte, und wo einige Hotels und andere touristische Bauten errichtet wurden. Das hauptsächliche Bauen aber fand an der Ostseite der Hauptbucht statt. Dort entstand nahtlos anschließend an den alten Bebauungsbestand von *Zompara-Paese* oder *Zompara-Vecchia,* wie es jetzt hieß, das *Zompara-Lido* mit dem neuen Hafen und einem Hotel-Hochhaus nach dem anderen, insgesamt, wenn ich richtig zähle, fünfzehn. Vierzehn Hotelburgen sind heute unbenutzt und bröseln vor sich hin. Eine hat gnädigerweise das Militär gepachtet und betreibt dort eine Ferieneinrichtung für Carabinieri, welche Touristenattraktion nicht einmal eine ferne Ahnung an den geldsprudelnden Rummel ist, den die Kasparian-Zeit mit sich gebracht hatte.

Selbstverständlich reichte die arbeitsfähige und -willige Einwohnerschaft Zomparas nicht aus, alle diese Einrichtungen zu betreiben, und bald überwucherten Haie vom Fest- und vom Ausland die Insel. Aber beachtliche Brosamen des Profits blieben hier, und die Zomparesen mischten selbstverständlich auch mit, wie eben der alte Gino mit seinem Zweigbetrieb, welcher den Erstbetrieb bald weit überflügelte. Pech oder Gnade: Dem alten Gino war es verwehrt, nach dem Zusammenbruch in seine Bar in Zompara-Vecchia zurückzukehren, denn er erlebte ihn nicht.

XII

Von einer kirchlichen Trauung sahen wir, Freda und ich, ab, nachdem schon die standesamtliche eine Lachnummer gewesen war. Kirchenrechtlich wäre sie möglich gewesen, weil meine erste Ehe kanonisch keine solche war, denn Annelore hatte sich geweigert, eine katholische Kirche zu betreten. Ihre Familie war dermaßen evangelisch, daß sie den Katholizismus als ansteckend betrachtete. Ich war dann immerhin gegen meine eigentliche Natur so halsstarrig, daß ich mich meinerseits weigerte, eine evangelische Kirche zu betreten. Als ich wenig später den Auftrag annahm, der mich erstens reizte, zweitens für die Reputation gut und drittens finanziell interessant war, den Altarraum der evangelischen *Seligpreisungs-Kirche* in Miltenberg in Franken auszumalen, war Annelore drei Wochen lang beleidigt.

Nicht nur die Trauung war eine Lachnummer, auch die nachfolgende Ehe mit Freda. Nach meinem Hinauswurf aus der ehemals ehelichen Wohnung in Neuhausen und der Zwischenzeit bei Knödel zog ich in die *WG* Fredas und Silvanas in die Ohlmüllerstraße, in die verlotternde Altbauwohnung. Es war ein altes Haus, nach einer verschnörkelten Inschrift auf der Fassade, kaum noch lesbar, war es in dem Jahr erbaut worden, in dem mein Großvater (wenn es denn meiner war) Johannes Mahr, geboren worden war, 1882. Um diese Zeit wurden hier im neu eingemeindeten Stadtviertel ganze Straßenzüge von sogenannten hochherrschaftlichen Häusern in der Hoffnung gebaut, daß die hohen Herrschaften hierherzögen. Selbstverständlich nicht jene Hohen Herrschaften, die in Nymphenburg und in der Residenz lebten und webten, waren gemeint, sondern großbürgerliche Kreise. *Bessere* Klientel. Man täuschte sich. Der kleinbürgerliche, sogar proletarische Hautgoût des Viertels, des ehemaligen Dorfes, ja, das *Grattlerhafte* klebte offenbar so deutlich an der Gegend, daß die erhofften »besseren« Mieter ausblieben. In dem Haus, in dem ich nun wohnte, waren die hochherrschaftlichen Stockwerke, die vormals aus einer einzigen großen Wohnung bestanden, dreigeteilt worden. Das hatte die Folge, daß eine Wohnung ohne Bad, eine Wohnung ohne Küche und eine Wohnung ohne Abort war. (Abort ist ein ordinäres Wort. Es evoziert Kaserne oder Wohnheim. Aber eben deshalb verwende ich es, denn das ganze Haus machte so einen Eindruck.) Unsere Wohnung war die ohne Abort und Bad, das heißt, es war ein nur mühsam vom Stiegenhaus separat zugänglicher Abort zwischen die anderen Wohnungen gequetscht, dessen Benutzung besonders im Winter bei ungeheiztem Stiegenhaus und zunehmend desolaten Fensterscheibenverhältnissen höchst unangenehm war. Zu mehreren Beschwerden des Mieters Kalbsknie aus dem zweiten Stock, dem unter uns, führte es, daß sich die zwar treufeste, aber ebenso exhibitionistische Schwedin Silvana nichts dabei dachte, splitternackt, wie sie oft in der Wohnung herumlief, wie sie meist die Hausarbeit erledigte und selbstverständlich schlief, auch den Abort aufzusuchen. Kalbsknie, mit Vornamen Emeran (an wieviel Wichtigeres erinnere ich mich nicht, aber daß Kalbsknie mit Vornamen Emeran hieß, ist mir unauslöschlich im Gedächtnis), war Dentist, ein damals bereits fast ausgestorbener Beruf, ein sozusagen halber Zahnarzt. Irgendwann war das Dentistentum behördlicherseits abgeschafft, die noch vorhandenen Dentisten zu Zahnärzten befördert worden. Offenbar rechnete man damit, daß sie keinen Schaden mehr anrichten können, jedenfalls nicht mehr lang, denn da keine Dentisten mehr nachrückten, werde sich die Sache von selbst erledigen. Kalbsknie hatte zu jener Zeit seine Praxis auch schon geschlossen und war also Rentner, widmete seine ganze Kraft seiner Stellung als Präses der Gebetsgemeinschaft zur Seligsprechung Papst Pius' XII. Die Ziele dieser Gemeinschaft erhielten einen nahezu vernichtenden Schlag, als just damals, als ich Freda heiratete und in das Haus zog, Rolf Hochhuths *Christliches Trauerspiel: Der Stellvertreter* erschien und uraufgeführt wurde. Nicht so sehr das *Trauerspiel* selber als die komprimierte Dokumentation im Anhang und das Bild, das zeigte, wie noch 1944 Pius XII. auf dem Petersplatz die deutschen Waffen segnete (es half, wie man weiß, nicht viel), versetzten Herrn Kalbsknies Gebetsgemeinschaft in tiefe Verzweiflung. Kirchlicherseits wagte man von da ab lange Zeit, ja bis vor kurzem, von der Möglichkeit einer Seligsprechung des Pacelli-Papstes auch nicht einmal mehr zu flüstern.

Während ich dies hinschreibe und damit recht weit von Silvanas hüllenlosen Abortgängen wegrücke (ich komme darauf zurück, keine Angst), kommt mir ein weiterer »abwegiger« Gedanke: Wenn ich mir jenes Bild des Papstes Pius XII., die deutschen 8,8-cm-Kanonen sowie Flakgeschütze und geländegängige Kettenfahrzeuge segnend, vors Gedächtnisauge rufe, ob nicht der Papst damals sozusagen nur markiert hat? So wie Sänger bei der Probe nur markieren? Nicht wirklich gesegnet, nur so getan hat? Pius XII. war ja nicht blöd, und er muß 1944 längst gewußt haben, daß Hitler den Krieg praktisch schon verloren hatte. Daß die von ihm, Pius, gesegneten Waffen zu den von Hitler hartnäckig spintisierten Wunderwaffen würden, hat wohl der Papst selber nicht geglaubt. Hat er also zwar äußerlich

Weihwasser verspritzt, innerlich aber gesagt: »Ich segne nicht, nein, ich segne nicht ...« und so fort?

Aber nun ist Weihwasser Weihwasser, was immer der Spritzende dabei denkt. Wirkt trotzdem? Hat aber damals eben nicht gewirkt. Sollte er – ein neuer Verdacht beschleicht mich – einen sozusagen doppelten Weihwasserwedel gehabt haben? Innen Weihwasser, außen ordinäres Wasser? Dann konnte es ja nicht helfen. So wird es gewesen sein, nur: Warum hat der Papst danach den, heute würde man sagen: politisch korrekten Beschiß nicht verkündet? Nicht ex cathedra selbstredend, aber als Breve oder so. Das päpstliche Breve *Pseudo-benedictionem tormenti bellici Germanici* verkündet?

Ich habe einmal mit dem schon erwähnten Monsignore, dem Freund Caesars, über diese Sache gesprochen, und der Monsignore hat, mußte er ja wohl, den Papst verteidigt. »In allem Ernst«, sagte er, »segnen ist segnen. Da gibt es keine Mentalreservation, keine verschränkten Finger hinter dem Rücken wie beim Kleinen Baltischen Ehrenwort. Aber bedenken Sie: auch noch 1944 war der Papst, war der Vatican praktisch in deutscher Hand. Glauben Sie, die Gestapo hat nicht gewußt, daß in Klöstern tausende von italienischen Juden versteckt waren? Halten Sie es nicht für möglich, daß man dem Papst gedroht hat, diese Klöster auszuräuchern, wenn er nicht der Heerespropagandakommandantur oder wie die Gaunerei geheißen hat, den Gefallen tat, für eine schöne Wochenschau das Segenspektakel mitzumachen?«

»Monsignore«, sagte ich, »alles gut und schön. Mag so gewesen sein. Entschuldigen würde den Papst, wenn er die deutschen *Soldaten* gesegnet hätte, die den Segen ja nun, weiß Gott, brauchen hätten können, aber nicht die deutschen *Waffen.*«

Der Monsignore seufzte.

Inzwischen, heute, während ich dies schreibe, tastet man

sich wieder vor. Dem mir anfänglich sympathisch gewesenen Papst Benedict XVI. ist nichts Dümmeres eingefallen, als jenem waffensegnenden Pius XII. den der Seligsprechung vorausgehenden Status des – es heißt wirklich so, klingt nur komisch – »heroischen Tugendgrades« zu verleihen. Gleichzeitig, auch komisch, mit der Ankündigung der Seligsprechung eines gewissen Franz Jägerstätter, eines braven, einfachen Mannes aus Österreich, der von den Nazi hingerichtet wurde, weil er sich aus religiösen Gründen geweigert hat, die Waffen in die Hand zu nehmen, die jener Pius gesegnet hat.

»Nein, nein, Monsignore«, fügte ich zugunsten des Pius hinzu, »Gott hat ihn trotz allem selig, nehme ich an, ich lese auch aus anderem in seinem späteren Leben ab, daß er von Altersdemenz befallen war.«

– Zurück zum Dentisten.

Der Dentist i. R. Kalbsknie erboste sich über die nackt von unserer Wohnung in den Stiegenhausabort huschende Silvana, obwohl er von unten, vom zweiten Stock aus, nur nicht zuschauen hätte brauchen. Er hat aber offensichtlich zugeschaut. Freda hat dann ein ernstes Wort mit Silvana geredet, einen Bademantel – günstig im Schlußverkauf – erstanden und ihn an einen Haken neben die Tür gehängt. Schmollend hat sich Silvana dann daran gewöhnt, den Bademantel rasch überzuziehen. Ich könnte mir denken, daß Kalbsknie enttäuscht war, nicht mehr Anstoß nehmen zu können.

*

Das Haus in der Ohlmüllerstraße gehörte oder, mußte man damals schon sagen, hatte gehört einer alten, damenbärtigen, kegelförmigen Frau, besser: Säuferin, die im zweiten Stock neben dem Dentisten Kalbsknie ihre Wohnung hatte und keinen Anstoß an dem Verhalten der exhibitionistischen Silvana nahm, wohl weil sie es in ihrer ständigen Vernebelung gar nicht bemerkte. Sie hieß Dirlböck, und der Alkoholismus wurde ihr dadurch erleichtert, daß sie seinerzeit einen Teil des Parterres an einen Herrn Mann vermietet hatte, der dort einen Stehausschank betrieb. Der Herr Mann hieß auch Mann, war aber mit dem nicht das Stehausschankgewerbe treibenden Thomas nicht verwandt und wußte auf meine diesbezügliche Frage auch nichts von jenem. Der Stehausschänker Mann hatte sich seinerzeit erdreistet, sein Etablissement (recte: Bude) *Der kleine Rosengarten* zu benennen, obwohl das einzig Gartenähnliche ein krummer Gummibaum war, der neben dem im Winter den Raum überhitzenden Kanonenofen stand, und das einzig Rosige die Nasen der Stammgäste.

Der kleine Rosengarten hatte nur Stammgäste, fest an den Tresen angewachsene Diplomalkoholiker, unter anderem die Hauseigentümerin, Frau Dirlböck, die im Sommer immer auf dem ungeheizten Kanonenofen saß und ihre käsigen Altweiberbeine in heruntergerollten Strümpfen baumeln ließ. Der Kanonenofen war die einzige Sitzgelegenheit, denn Herr Mann hatte nur die Lizenz für einen *Steh*-Ausschank. Es erhellt also ohne weiteres, daß zufällig einkommende Laufkundschaft höherer Gesellschaftsordnung fast immer von weiteren Besuchen Abstand nahm. Die Klientel des *Kleinen Rosengarten* war, selbst an der sozialen Struktur dieses Viertels gemessen, nicht von oberster Sorte. Es verkehrten dort außer Frau Dirlböck etwa: Sechsfinger-Harry, Bodo der Kohlenträger, ein ehemaliger Journalist mit dem entweder Spitz- oder aber zutreffenden Nachnamen Schwätzer, Oskar, genannt »der Idiot«, Fußschweiß-Edi, Einzahn-Gustl, Stinko der Eisenbahner, Martha die Krähe und so fort. Einer hieß »der Zauberhaft«, nach seinem Lieblingswort. Er sei, sagte man, Staatsanwalt, und das sei auch kein Märchen, denn man habe einmal, als er im Rausch schlafend an der Theke lehnte, in seiner Aktentasche nachgesehen, und da seien tatsächlich Akten der Staatsanwaltschaft drinnen gewesen. Es war für mich klar: Dieser Staatsanwalt »Zauberhaft« war als Laufkundschaft zufällig in den *Kleinen Rosengarten* gekommen, war nicht schnell genug entwichen, damit in den Sog dieses alkoholischen Mahlstromes geraten und darin versunken.

Ich weiß dies alles, weil ich zwar – zu meinem Glück – nicht zu den Stammgästen gehörte, aber oft dort war. Kurz, wohlweislich. Ich holte nur Bier, nach Altmünchner, damals eigentlich schon ausgestorbener Sitte: mit dem eigenen Krug das Faßbier zapfen lassend, um es dann im häuslichen Lehnstuhl zu trinken. Denn eins mußte man dem Mann Mann lassen: Er führte das heute leider längst untergegangene, von gesichts- und geschmacklosen Großbrauereien aufgekaufte *Grein-Bräu, Wasserburg,* das seinerzeit, meine ich, beste Bier der Welt.

(Auch Horadam, der Objektkünstler hier auf der Insel, der »den *Grein-Bräu* in Wasserburg« sozusagen noch persönlich kannte – man beachte den korrekten Maskulinartikel vor *Grein-Bräu* –, bestätigte diese Ansicht.)

Frau Dirlböck ließ im *Kleinen Rosengarten* anschreiben. So muß es gewesen sein, schätze ich. Die Schuldensumme wuchs. Herr Mann – die Eltern hatten die Vernunft, ihn wenigstens nicht auch noch Hermann taufen zu lassen, er hieß Franz – verrechnete mit dem Pachtzins. Frau Dirlböck war einverstanden, nolens volens. Sie trank übrigens kein Bier, nur Schnaps. Eine tragische Entwicklung: Sie benötigte immer größere Mengen, um besoffen zu werden. Der Pachtzins des Stehausschanks reichte bald zum Verrechnen nicht mehr aus. Frau Dirlböck trat auch den Pachtzins des anderen Ladens ab, eines biologisch-dynamischen Gemüsegeschäftes, das weder Frau Dirlböck noch einer der Stammgäste Manns je frequentierte, wie sich denken läßt. Dann die Mietzinsbeträge des ersten Stockes, dann des zweiten Stockes, dann – das war schon zu meiner Zeit – des dritten Stockes. Wir mußten die Miete schon immer an Mann bezahlen. Und in den fünf Jahren, die ich dort in der Ohlmüllerstraße wohnte, begann sich auch der vierte und letzte Stock des Anwesens sozusagen in Schnaps zu verwandeln.

Wenn man sich das so vorstellt … welche Menge dieses völkervernichtenden mitteleuropäischen *Obstlers* durch Frau Dirlböck hinuntergefiltert hinter ihr einen ganzen fiktiven See bildet … Ein in gewisser Weise achtunggebietender, wenngleich dämonischer Gedanke.

Man kann sich also vorstellen, daß unter diesen Umständen für den Zustand des Hauses wenig getan wurde. Im vierten Stock regnete es, hörten wir, regelmäßig durch, bei uns im dritten Stock nur, wenn sie oben vergaßen, die Kübel aufzustellen. Und so fort. Das Stiegengeländer vom ersten in den zweiten Stock brach. Ob es ein Glück für Frau Dirlböck war? Sie kugelte dadurch eines Tages (da wohnte ich schon nicht mehr dort, erfuhr es auf Umwegen) ein Stockwerk hinunter und brach sich das Genick. In der Zeit gehörte ihr nur noch der Dachboden, von dem nichts abgetreten hätte werden können. Die Stammgäste gingen geschlossen zur Beerdigung. Der letzte Liter Schnaps, auf den sie noch Anspruch gehabt hätte, wurde ihr zum Entsetzen des Pfarrers ins Grab gegossen. –

Unsere Wohnung hatte drei Zimmer, eine kleine Küche und eine Kammer, die mit gutem Willen als Badezimmer betrachtet werden konnte. In einem der Zimmer hing der Fußboden derart durch, daß es nur als Abstellraum benutzt werden konnte. Leider war es das größte Zimmer. Das zweite Zimmer bewohnte Silvana, das dritte wir, Freda und ich. Gegessen wurde in der Küche. Fürs Malen kein Platz. Dabei verkaufte ich zu der Zeit schon ganz schön, hatte eine seriöse und gut gehende Galerie gefunden sowie meinen Stil, wie man so sagt. Ich mietete daher ein Atelier in der Klenzestraße an (Knödl fand es), zu Fuß zehn Minuten weit weg.

So lebten wir also ganz gut, und es war eine lustige Zeit. Freda verdiente sich ihr Geld weiterhin als Aktmodell an der Akademie und bei diesem oder jenen Maler (nicht bei mir, der Stil, den ich als den meinen gefunden hatte, bedurfte dessen nicht) und abends als Bedienung in einem Lokal in der Innenstadt, einem honorigen solchen, beim *Spöckmeier* zunächst, dann im *Weinhaus Schneider*, zuletzt in der legendenumwobenen *Kulisse* in der Maximilianstraße. Silvana arbeitete gutbürgerlich in der Buchhaltung eines schwedischen Möbelgeschäftes und wartete treu und keusch auf ihren chemischen Professor.

Ich hatte meine Zweifel. Der Chemiker schrieb selten, kam nie auf Urlaub, rief höchstens im Monat einmal, und das zur Nachtzeit, wenn in Kyoto Tag war, an. Er verlängerte seine dortige Gastprofessur um ein weiteres Jahr, dann nochmals um ein Jahr. Silvana wartete wie Ibsens oder vielmehr Peer Gynts Solveig: »Her skal jeg vente till du kommer igjen« … sind nordische Frauen so? Ich hatte meine Zweifel, wie gesagt, ob jener Peer Gynt dort in Kyoto auch so treu war. Aber ich sagte selbstverständlich nichts.

*

Diesmal war es nur eine *von*, aber millionenschwere Erbin eines Konzerns der Metallbranche. Sie hieß Konradine und hatte falsche Haare. »Das macht nichts«, sagte Caesar, »ich kann dir nur sagen: im Bett *Hut ab.* Sofern ich bei solcher Gelegenheit einen aufhätte.«

Das Sternchen eben auf dieser Seite, mein geliebter Asteriskos bedeutet diesmal eine Unterbrechung von drei

Tagen, bedingt durch die Anwesenheit von Caesar und Konradine. Konradine liebt Feste. Kistenweise wurde den beiden der sprichwörtliche Champagner sowie Kaviar und Hummer vom Festland nachgeschickt. Seit der Glamour-Zeit hat Zompara keinen solchen Aufwand mehr gesehen. Alles von Konradine bezahlt, selbstverständlich.

Konradine ist verheiratet. Ihren Mann stellt sie durch Überschüttung mit Geld ruhig. Er interessierte sich auch längst nur noch für die Jagd, und zur Zeit lauert er in den canadischen Bergen den Bären auf oder die Bären ihm. Drei Tage weilte Konradine mit Caesar auf der Insel. Horadam tanzte, nur mit einem Lendenschurz bekleidet, bei untergehender Sonne. Konradine schmolz bei diesem Anblick und weinte Champagnertränen. Ich glaube, das sagt genug. In der einen Nacht war ich nicht einmal in der Lage, nach Hause zu gehen. Ich schlief in Horadams Lieblingsliegestuhl, und mir taten am nächsten Tag alle Glieder weh, was Caesar nicht daran hinderte, mich aufzuscheuchen, damit ich – ich bin ein recht geschickter Koch – die *Trippa alla Romana* rechtzeitig auf den Tisch brächte, das nach Caesar beste Mittel gegen den Kater.

Aber damit kein falscher Eindruck entsteht: alles in Würde. Weder Caesar noch Horadam sah ich je betrunken, sie mochten gepichelt haben, wieviel sie wollten. Allenfalls bekam Caesar glasige Augen und wurde noch einen Strich förmlicher, fast die Karikatur eines preußischen Gardeoffiziers. Horadam anderseits fiel um. Schien nüchtern wie nur irgendeiner, soff ohne Wimperzucken, blieb sich selber treu, aber im gewissen Moment, in dem der innere Alkoholspiegel Kinnhöhe erreicht hatte, fiel er um, schlief eine Stunde, wachte und stand auf wie nichts und trank dann weiter. Also auch eine gewisse Würde. Der Tanz im Lendenschurz, damit auch da die Optik beim Leser stimmt, war zwar sozusagen bacchantisch, bewegte sich aber völlig im Rahmen des Ästhetischen. Und Konradine vertrug so viel, wie ich es noch bei keiner Dame gesehen hatte. Der Gipfel ihrer Exzesse war, daß sie die Schuhe auszog. Das war dann auch kurz vor dem Moment, als sie zu Caesar sagte: »Meister, es ist soweit!« und ihn nach oben zog. Nicht ungern ließ sich Caesar von seinen Gespielinnen mit »Meister« anreden.

An Arbeit also nicht zu denken. Aber über die Arbeit geredet wurde schon. Caesar war so freundlich, sich nach dem Fortgang meines Schreibens zu erkundigen, und nickte beifällig, als ich ihm berichtete, daß ich eben vor seiner und Konradinens Ankunft auf Seite 113 angelangt war.

»Er schreibt einen Roman«, sagte Caesar erklärend zu Konradine. »Ich bin zwar der Meinung, daß über vier Fünftel aller bisher verfaßten Romane überflüssig sind – »

(»Nur deine nicht«, dachte ich.)

»– aber sonst malt er Bilder, und die sind noch überflüssiger. Es gibt auf der ganzen Welt nicht mehr genug Wände, um alle die Bilder aufzuhängen.«

»Abgesehen davon, daß alles schon gemalt ist«, sagte ich.

»Eben deshalb«, sagte Caesar, »habe ich ihm empfohlen, aufs Schreiben umzusatteln.«

»Und *was* schreiben Sie?« fragte Konradine.

»Alles«, sagte ich, »was hier auf der Insel passiert ist und passiert.«

»Aber meinen Namen nennen Sie nicht?!«

»Er ist, obwohl nur Maler, ein Kavalier«, sagte Caesar.

»Und *wie* schreiben Sie? ich meine: mit der Hand?«

Das schien Konradine in erster Linie zu interessieren. Ja, ich schreibe mit der Hand. Als (»nur«!) Maler bin ich an den Bleistift gewöhnt. Also mit Bleistift. Was mit dem Bleistift-Manuskript geschehen soll, wenn es fertig ist, wissen wir, Caesar und ich, noch nicht. Wahrscheinlich nimmt es Caesar dann nach Deutschland mit. Er hoffe, sagt er, jemanden zu finden, der die Schrift lesen kann und es abschreibt.

Caesar selber schreibt seine Manuskripte auf einer Antiquität an Schreibmaschine, ein im Jahr 1938 hochmodernes Modell. Es sind kaum noch Farbbänder dafür aufzutreiben. Vor einigen Jahren ist es Caesar gelungen, bei der Liquidation eines Schreibwarengroßhandels 24 Dutzend Farbbänder vor der Entsorgung zu retten. Was sein wird, wenn sie verbraucht sind, steht in den Sternen. »Vielleicht«, sagt Caesar, »ist der Weltgeist so gnädig und hat mich dann schon in mein Letztquartier unter dem Obelisken verwiesen.« Er ist auch besorgt um die Eleganz seiner Grabstätte, und er hat schon einen Obelisken anfertigen lassen – mit ja keinem christlichen Symbol drauf: »Ich bin ein alter Heide«, sagt er. Sein Name ist eingemeißelt, sein Geburtsdatum, Platz frei fürs Sterbedatum und der von ihm selber stammende Spruch:

»Er hat keine Vorschläge gemacht.
Daher konnten keine abgelehnt werden.«

Er hält Brecht für einen überschätzten Dramatiker. Er sei, so äußerte sich Caesar mehrfach, ein guter, wenn man so sagen kann: Szeniker. Ein schlechter Dramatiker. Wie Richard Wagner. Sie schrieben großartige Szenen, man denke – bei Wagner – an *Wotans Abschied,* – bei Brecht – an die Hochzeitsszene der *Dreigroschen-Oper.* Aber bei den großen dramatischen Zusammenhängen hapert es. So Caesar. Lediglich die Gedichte läßt er gelten.

»Ist schon irgend jemandem aufgefallen?« fragt er, in dem Zusammenhang, »daß in der – angeblich – vollständigen Ausgabe sämtlicher Werke Brechts bei Suhrkamp das Stalin-Gedicht fehlt, das so anfängt: *Du Vater aller Väter* –?«

Bisweilen macht sich Caesar Gedanken, was zu tun sei, wenn der Vorrat an Farbbändern erschöpft ist. Eine andere Schreibmaschine anschaffen? »Ich zweifle, daß mir bei deren Anblick auch nur *ein* brauchbarer Gedanke kommt.« Caesars Inspiration ist unlösbar mit dieser alten Schreibmaschine verknüpft. Übrigens: vor einem Jahr ist das F irreparabel zerbrochen. Seitdem schreibt er alle F als PH. Und auch das E zeigt Abnutzungserscheinungen.

»Was dann?« fragte ich, »wo E der häufigstgebrauchte Buchstabe ist.«

»Ä«, sagte Caesar, »meine Texte werden damit langsam immer futuristischer.«

Es erboste zu jener Zeit Caesar, daß es dem »Minder-Autor« oder »literarischen Flickschuster« Lankenwitz, der, wie erwähnt, auch auf der Insel lebte, sich allerdings oft in Deutschland oder weiß der Kuckuck wo aufhält und mit dem wir kaum verkehren, »dessen beste Werke die sind, die zu schreiben er unterlassen hat« (alles Aussprüche von Caesar), daß es also jenem Lankenwitz gelungen war, seinen *Vorlaß* – »das schon ein blödes Wort«, so Caesar – seiner Heimatstadt gegen Leibrente unterzujubeln. »Neheim-Hüsten oder etwas in der Richtung. Was kann schon Neheim-Hüsten an literarischer Qualität hervorbringen.«

Überhaupt scheine das eine Mode zu werden, ereiferte sich Caesar. Eine sage und schreibe Südtiroler Autorin, sie heißt Lasagne oder so ähnlich, hat die Schuhe dem Heimatmuseum verkauft, in denen sie ihren tränenreichen Erstling (und Letztling) geschrieben hat. Eine literarische Trauerweide, pflegt ihren Weltschmerz, sodaß sie vor Melancholie schon fast durchsichtig ist. »Danach«, plauderte Caesar weiter, »verkaufte sie den Sperrmüll an lyrischen Manuskripten, die sie in den Jahren ihrer Jugend abgesondert hatte, an die Provinz Bozen, und als auch dieses Geld aufgebraucht war, ihren Körper an das Archäologische Museum, das das Recht hat, ihn nach ihrem Tod auszustopfen und neben dem *Ötzi* auszustellen.«

So flossen muntere Reden dahin, daneben floß der Champagner. Die Lage wurde allerdings nach drei Tagen gesitteter, denn da kam zu ihrem sozusagen turnusmäßigen Besuch Fiffa, Horadams entweder Lebensgefährtin oder sogar Frau. Ganz eindeutig äußerte sich Horadam in dieser Richtung nie. Fiffa kam alle ein, zwei Monate und brachte Horadams Haus und auch ihn selber in Ordnung. Fiffa ist zwar auch kein Kind von Traurigkeit, aber seit ihrer Ankunft laufen nun die Lustbarkeiten in leiseren Bahnen. Und so kann ich also, nachdem etwas erholt, weiterschreiben.

*

Ich möchte nicht behaupten, daß die Ehe mit Freda ausgesprochen schlecht war. Freda war gut und immer fröhlich, in jedem Sinn ein großes Kind (mit ihren 1 Meter 84), geradeheraus und etwas tolpatschig und eine orgasmusbegabte Liebhaberin. Aber unsere Interessen divergierten stark. Stand Freda nicht nackt vor einer Zeichenklasse der Akademie oder im Atelier eines (anderen) Malers – ihre Begabung für schöne Positionen und ihre große Standfestigkeit wurden von mehreren Professoren hervorgehoben – oder in schwarz mit weißer Schürze in der *Kulisse,* war sie bei ihrem Pferd. Nicht, daß sie mich schlecht behandelte oder vernachlässigte, aber wenn ich die Wahl gehabt hätte: ihr Ehemann oder ihr Pferd zu sein, hätte ich mich für das Pferd entschieden. Aber ich war nun einmal nur der Ehemann. Immerhin aber lernte ich – machte später nie von meinem Wissen Gebrauch –, wie diffizil es ist, mit einem Pferd umzugehen. Man hat ja keine Ahnung, wie schnell sich ein Pferd erkältet. Und welche Krankheiten so ein Pferd alles haben kann: die Genickbeule, die Stollbeule, den (oder die?) Kniegallen, den Knieschwamm, die Kötenverdickung, die Mauke, den Kronentritt, die Dampfrinne, den Knochenspat, den Rotz, die Hasenhacke, die Piephacke, die Hornkluft und den Kropf ... Der größte Posten in unserem Haushaltsetat waren die Veterinärrechnungen.

Nicht genug mit dem Pferd. Wenige Tage nach unserem letzten ehelichen Weihnachten kam Fredas Freundin Anna mit einem Korb, und in dem Korb war ein junger Hund. Anna war mit einem Amerikaner namens Koning verheiratet gewesen, hatte eine Zeitlang in den USA gelebt, war jetzt geschieden und mit ihrem zweijährigen Sohn nach Europa zurückgekehrt. Der Sohn hatte den eigenartigen Vornamen Belmont, aber bei Amerikanern ist ja derartiges nicht unüblich.

Der Leser tut gut daran, sich diesen vorerst zweijährigen Belmont E. Koning zu merken. Das »E.« bedeutete Ernstheimer und war – so ist es ja die korrekte Übung beim amerikanischen Middleinitialism – der Anfangsbuchstabe des Mädchennamens der Mutter.

Und dem Belmont schenkten Anna, die Mutter und ihr neuer Lebensgefährte, von dem ich weiter nichts weiß, als daß er existierte, zu Weihnachten einen Hund. Von vornherein ein Blödsinn, wie man weiß. Erfahrungsgemäß verhungern in Großstädten in den Tagen der Toten Hosen zwischen Weihnachten und Neujahr, wo alle *weg* sind oder in der warmen Stube den Weihnachtsalkohol aufbrauchen, hunderte junger Geschenkshunde in den Rinnsteinen, weil den beschenkten Kindern nach kurzer Zeit der Jubelfreude klar wird, daß die Hundeliebe dort ihre Grenzen hat, wo das Vieh auf den Teppich kotzt, nächtelang grundlos bellt und im Morgengrauen an die eisige Frischluft geführt werden muß, wo es sein Häuferl machen soll, aber nicht macht, sondern es vorzieht, dies im Warmen aufs Parkett zu erledigen, und außerdem Flöhe hat.

So wird also von gewissenlosen Leuten der Danaerhund spätestens zu Stephani, wie die Katholiken sagen, also am 26. Dezember, in ein fernes Stadtviertel entsorgt. Manche Tierhändler gehen und sammeln das Viehzeug ein, um es nach Neujahr nochmals zu verkaufen. Der Rest verkommt.

Anna war nicht so gewissenlos. Sie brachte den Hund zu uns mit der Bitte, ihn sozusagen aufzubewahren, bis sie den Tierhändler dazu bewegen könne, ihn zurückzunehmen.

Freda war Feuer und Flamme für den Hund. Ich rümpfte die Nase, was aber nicht bemerkt wurde. Silvana schrie sofort: »Ich führ ihn nicht Gassi!«

»Nur für ein paar Tage«, sagte Anna.

»Hat keine Eile«, sagte Freda.

Anna nahm ihren erleichterten Belmont an die Hand, ging hinaus, drehte sich unter der Tür nochmals um und sagte: »Er heißt Felix.«

Das auch noch.

Aber das war gar nicht das Ende unserer Ehe. Freda, die, muß man sagen, eine Glückshand für Tiere hatte, zähmte sozusagen die Bestie, nahm sie mit zum Modellstehen und in den Reitstall. Selbst in den Dienst abends kam die Kreatur mit in die *Kulisse,* deren Besitzer und Betreiber offensichtlich entgegenkommend waren und es gestatteten, daß »Felix« hinten irgendwo vor sich hin stank, ohne die Gäste zu belästigen. Silvana und ich wurden nicht oder wenigstens nur in erträglichem Maß mit der Hundehaltung beschäftigt. Ab und zu, wenn es nicht anders ging, führte ich »Felix« aus, weigerte mich aber, ihn so zu nennen, verständlich, oder? Ich nannte ihn: »Hund«. Er hörte darauf und gehorchte, überhaupt faßte er ausgerechnet zu mir, der ich Hunde verabscheue, wie der Leser nun schon bemerkt haben wird, eine herzliche Zuneigung. Da sieht man wieder, wie idiotisch Hunde sind.

Aber nein, auch der Hund war nicht schuld an der Trennung und letztendlich Scheidung. Schuld daran war Manuel.

Im fünften Jahr unserer Ehe erfüllte sich Freda einen Traum: eine Woche nur zu reiten, durch die Estremadura, eine Woche nur im Sattel, das Paradies für einen Reiter. Freda hatte gespart, hatte die Trinkgelder aufgehäuft, war Modell gestanden, sooft es ging, war nicht davor zurückgeschreckt, sich einem Photographen zu verdingen, der für ein nicht nur zwei-, sondern drei- bis vierdeutiges Herrenmagazin Photos machte, aber gut, sehr gut bezahlte – und dann eben: eine Woche Pferdeglück quer durch die Estremadura. Der Pferdezüchter und (sagt man so?) Stallherr, der die Pferde an die deutsche Reitergruppe vermietete, war ebenjener Manuel. Er ritt selber mit. Ganz freimütig und so freundlich, als meine sie, mir etwas zu erzählen, was mich freue, erklärte sie, daß *es* schon in der ersten Nacht passiert sei. War es die allgemein-maskuline Prestance des Spaniers, oder ist ein Pferdezüchter für eine Reiterin so unwiderstehlich wie Baldrian für eine Katze?

Auch »Felix«, strahlte Freda, der selbstverständlich zwar nicht mitgeritten, aber mitgelaufen war, habe Manuel sofort ins Hundeherz geschlossen.

Es befriedigte mich in gewisser Weise, daß Manuel, der Pferdezüchter (er hatte selbstverständlich auch einen Familiennamen, einen sporenklirrenden solchen: ungefähr in der Richtung Dehorres de Guagna y Solver-Sanguinez de Contada-Salizilla), noch ein wenig kleiner war als ich und damit noch ein Stück kleiner als Freda. Ich stellte das bei der Hochzeitsfeierlichkeit fest, die auf Manuels *Finca* und Reiterhof und Gestüt in der Nähe von Cáceres in ebenjener Estremadura stattfand, bei deren Durchreitung sich Freda neu verliebt hatte. In ihrer, man muß gerechterweise sagen, herzensechten Freundlichkeit hatte Freda nichts dabei gefunden, mich zu der Hochzeit einzuladen. Auch Manuel fand nichts dabei, schäumte sogar über vor Gastfreundlichkeit, und überhaupt war das ganze drei Tage dauernde Fest grandios. Nicht nur ich war eingeladen, auch die Schwedin Silvana, mehrere andere Freundinnen und Freunde, eine Cousine Fredas und und auch jene Anna, die damals schon seit einiger Zeit freundlos lebte, mit ihrem inzwischen ungefähr fünfjährigen Sohn Belmont.

Ja, sie war freundlich, die Freda. Sie hatte etwas allumfassend Mütterliches, das sich unter anderem in ihrer exzessiven Tierliebe äußerte. Sie hätte ein Pferd niemals, wenn etwa die Umstände sie gezwungen hätten, es wegzugeben, in unrechte oder gar in überhaupt keine Hände gelassen. So wollte sie auch mich versorgt sehen.

»Komm«, sagte sie, schon im weißen Kleid (als ob sie noch Jungfrau wäre! Daß sie es nicht war, wußte ich nur zu gut, aber Manuels Mutter, die nicht weniger als Asunción hieß, bestand darauf), »ich habe alles arrangiert. Ich möchte nicht, daß du alleine im Regen stehst, wenn ich dich verlasse. Nicht?«

»Was?« fragte ich.

»Sie ist zwar nicht grad unsterblich in dich verliebt, aber sie könnte sich vorstellen, sagt sie, daß ihr euch zusammenrauft. Die Sternzeichen sind in Ordnung. Das Karma auch. Und sie ist hübsch, mußt du zugeben, hübscher als ich, muß *ich* zugeben. Und sie kann kochen und kopfrechnen, und sie hat sich, bevor sie hierhergefahren ist, eigens rasiert. Unten herum, du verstehst.«

»Wer?« fragte ich.

»Na! Anna natürlich.«

*

Und Anna war nun nicht nur noch viel jünger als ich, sondern auch kleiner. Diese dritte wurde eigentlich keine schlechte Ehe. Belmont, der Stiefsohn also, wurde ein patenter Junge, wir wurden sogar so etwas wie Freunde. Er war übrigens nicht die ganze Zeit bei uns, nur immer das erste halbe Jahr, bis Ende Juni, den Rest des Jahres beim Vater in den USA, ich glaube, in Cincinnati. Ich lernte ihn nie kennen.

Und in Annas Wohnung in der Siegesstraße in Schwabing war auch Platz zum Malen.

XIII

Es war nicht so, daß wir – ich erlaube mir, per »wir« von den Inselbewohnern unter Einschluß meiner an sich uninsularischen, nur zugewanderten Person zu sprechen – von dem Glanz, »Glamour«, Rummel nicht profitierten. Die Wirte, Geschäftsleute, die so etwas entweder schon vorher waren oder sich jetzt diesen Möglichkeiten zuwandten sowieso, aber selbst so einer wie Horadam und so einer wie ich. Horadam noch mehr als ich, denn alsbald, als das Promiziefer sich der Insel zu bemächtigen begann, um *dabei* und in der Nähe des Moguls zu sein, hatte sich zum Ärger von Veracci eine andere, ganz schicke Galerie aus Glas und Terracotta drüben am neuen Hafen etabliert, wo zopfbehaftete Epheben handverlesene Käuferschichten mit hochmoderner Kunst begnadeten. Horadam gelang es, dort einzudringen, und zeitweilig mußte er sein geliebtes *Urquell* länger als gewohnt beiseite legen oder gar nicht erst in die Hand nehmen, um so viele Objekte *Ohne Titel* zu schaffen, wie sie die Galerie *Best-Art* verkaufen konnte. Unter energischer Zurückdrängung von wahrscheinlich genetisch bedingten Neidgefühlen freute ich mich für ihn.

»Fällt dir an dem Namen *Best-Art* nichts auf?« fragte ich Horadam.

»Nein, wieso?«

»Bastarde sind lebensfähiger als Reinrassige.«

Aber ich brauchte nicht sonderlich neidisch zu sein. Zwar naserümpften die *Best-Art*-Epheben über so gegenständliches Zeug wie meins, aber Veracci, und damit mir, fielen Brosamen der Kunstverkäufe zu. Wobei er mich vermutlich immer noch beschiß. Eins freute mich allerdings: Die talententbehrende Bronzekünstlerin Ehrtrud Kolbranz-Schüttling, die von der Kunstkritik und vor allem von sich selber für ultra-aktuell gehalten wurde, kam bei *Best-Art* nicht an. »Verblasener Spätexpressionismus«, sagte ihr einer der Epheben ins Gesicht. Beinahe wäre sie daraufhin von dem Felsen gesprungen, auf dem jetzt die Bagger fuhren, um Kasparians weltarchitektonisch einmaliges Haus nach den postumen Plänen des genialen Kuno Krissler zu errichten.

Es kam aber auch wirklich Bemerkenswertes auf die Insel. Ich erinnere mich an ein *1. Festival Neuer Musik.* Es sollte alle zwei Jahre stattfinden, es blieb aber bei dem einen Mal. Das musikalische Festereignis war den Werken eines deutschen Komponisten gewidmet, dessen Namen ich leider vergessen habe. Ich werde Caesar das nächste Mal, wenn er auf die Insel kommt, danach fragen und den Namen nachtragen.

(Anmerkung der Herausgeber:
Offenbar hat Felix Mahr nicht nur den Namen vergessen, sondern auch, seinen Freund zu fragen. Jetzt, nach seinem und Caesars Tod, kann somit die Lücke leider nicht geschlossen werden.)

Ich ging hin zu dem Festival, Horadam auch, selbst Lankenwitz war da und grüßte uns huldvoll. Die Musik, obwohl sehr modern, gefiel mir. Der deutsche Komponist, so sagte Caesar, sei eine unbestrittene Leuchte der neuen Musik, er lebe seit langer Zeit in Italien, sei bekennender Marxist, auch heute noch, verkehre aber praktisch nur mit Herzoginnen und Cardinälen. Er, der Meister, kam höchstpersönlich zum Festival. Ich sah ihn (er mich nicht), und er trug einen Anzug von so edlem Schnitt, daß ich dachte, der tauge selbst für Himmelsboten. Sein Äußeres war schon eher ein Exterieur. Und sein Kopf? Wenn ich einen Film über das Leben Mussolinis drehen müßte, würde ich die Hauptrolle mit *ihm* besetzen.

Auch zu manchem anderen Großereignis stellte ich mich in die hintere Reihe. Die besseren Plätze besetzten die Dazugehörer und die, die zu den Dazugehörern dazugehören wollten und nur dazu auf die Insel kamen und diese also vergoldeten. Das heißt: Wir, die Zomparesen, zu denen ich mich, wie gesagt, vielleicht sogar mit Fug und Recht rechne, nachdem die Touristen die Insel zu überschwemmen begannen, wir hatten das Gefühl, immer mehr zur Seite gedrängt zu werden. Und dies sogar in topographischem Sinn, denn das touristische Leben spielte sich hauptsächlich drüben in *Zompara-Spiaggia* ab, und herüber nach *Zompara-Vecchia* kamen die Touristen nur, um den alten Gobbo anzuschauen oder einen der malerischen Eseltreiber, die, habe ich den Verdacht, inzwischen schon vom Tourismus-Syndikat bezahlt waren. Oder sie schauten dankenswerterweise manchmal in Veraccis Auslagenfenster, und jeder Tausendste (günstig gerechnet) kaufte etwas, und wenn der verbrecherische Galerist die von mir angeschobene Güte hatte, eines meiner Bilder neben die schaudererregenden Bronzen der Kolbranz-Schüttling zu hängen, kaufte jeder Zehntausendste eine Arbeit von mir.

Unter uns waren wir, wenn ich also so sagen darf, in Ginos alter, namenloser Bar herüben im *Paese* mit der herzerfrischenden Caterina oder in Amandas Trattoria, obwohl die auch schon von dreisprachigen Plastik-Speisekarten verunstaltet worden war. Aber immerhin brauchte unsereins diese Unappetitlichkeit nicht in die Hand zu nehmen, denn Amanda sah uns mehr oder weniger an der Nase an, was wir diesmal essen wollten.

Ich bemerkte an mir den Einheimischen-Effekt. Selbstverständlich ergab sich schon am optischen Erscheinungsbild der Unterschied zu den Touristen. Selbst wenn ich einen Photoapparat bei mir gehabt hätte, wäre ich als Hiesiger zu erkennen gewesen, denn einer, der auf der Lauer nach ferialen (und später nie betrachtet werdenden) Ablichtungsobjekten herumlinst, sieht anders aus als einer, der den Photoapparat zur Reparatur bringt. So ist es mit allem, und wenn man es also erkennen will, erkennt man den Touristen selbstverständlich sofort, mag er sich als Normalmensch verkleiden, soviel er will.

Aber unsereins, und das nenne ich den Tourismus-Effekt, nimmt die Fremden nicht wahr. Blendet sie aus. Nimmt sie nur wahr, wenn man bewußt hinschaut: da, die dicke Amerikanerin in Leuchtorange, deren Fett das ohnedies mißmutige Gesicht noch weiter herunterzieht. Nimmt sie ansonsten so wenig wahr wie den Baum, der da steht, eben halt so dasteht und für den nur darübergleitenden Blick nicht *ist.* Es gibt im japanischen Theater (ich kenne mich nicht aus, weiß nicht, ob *Nô* oder *Kabuki* oder nochmals was anderes) die sogenannten *Unsichtbaren.* Das sind in Dunkelgrau gekleidete Bühnenarbeiter, die bei offener Szene die Umbauten usw. vornehmen. Es besteht die Konvention, daß der Zuschauer die nicht sieht, auch wenn er sie sieht. So ähnlich ging es mir und nicht nur mir mit den Touristen. Ich hoffe, man versteht, was ich meine.

Und ich bemühte mich sogar, was nicht allen Insulanern gelang, die Promitouristen nicht zu sehen.

So standen wir also bildlich und auch unbildlich gesprochen in hinterster Reihe. Zum Beispiel bei jener Modegala: *Notte d'oro sul Starlight.* Auch die Italiener sind nicht gefeit gegen die trottelhaften Anglizismen, die ja eigentlich

USA-Zismen sind. (Die Deutschen allerdings sind schlimmer. Eine deutlich als Mode-Redaktrisse erkennbare, armaniumtuchte Strohblondine fragte mich am alten Hafen: »Ich searche nach einer Galerie Veracci.« »Wenn Sie diese Gasse hinaufwalken und dann leftschwenken, werden Sie sie discovern.« Sie kaufte (buyte) dann übrigens eine kleine Radierung von mir. Es wäre mir fast lieber gewesen, so eine hätte nichts gekauft. Das betreffende Modeblatt fiel mir später zufällig in die Hand. Wo? Beim Friseur. Da las ich den bemerkenswerten Satz: ›Jeder Event auf der Insel wird zum Ereignis.‹)

Die *Notte d'oro sul Starlight* fand, wohl weil es more romantic ist, herüben im *Paese* statt, und die breite Stiege hinter der Kirche wurde zum Laufsteg umfunktioniert, riesige Kulissen wurden aufgestellt, Batterien von Scheinwerfern spielten vielfarbiges und wechselndes Licht und fürchterlicher, als Musik deklarierter Lärm entquoll stalinorgelartigen Lautsprechern. Alles war da, was da ist, wenn man da sein muß. Auch Tamara, meine dazumalige Ehefrau, empfänglich für *Glamour.* Daß Kasparian selber nicht da war, versteht sich nach dem bisher von ihm Gesagten von selbst. Aber so einer ist da, auch wenn er nicht da ist. In den nächsten Tagen allerdings wurde kolportiert – Amanda wußte es natürlich –, Kasparian sei doch da gewesen, in einem der Häuser, deren Fenster auf die Stiege hinausgingen, habe hinter schützendem Vorhang gesessen und die Bewohner des Hauses zu Stillschweigen verpflichtet.

Die Laufsteginnen waren alle von makelloser Schönheit, zumindest aus der Ferne, und präsentierten hochstakelnd keine Kleider, sondern *Couture.* Ich fragte mich nachher, warum es Voyeure gibt, die noch in Nackttanz-Bars gehen, wenn es solche Modevorführungen gibt. Selbst am freizügigsten Strand von Zompara waren nicht so viel nackter Busen und nackter Po zu sehen wie hier. Schönere schon gar nicht. Das Beeindruckendste für mich aber war das Herrenmoden-Défilé. Seit der legendären Circus-Nummer von Grock habe ich nie Komischeres gesehen. Die Jungmannen trugen durchwegs Pudelmützen, die ihnen, zumal bei ihrem bemüht dämonischen Gesichtsausdruck, das Aussehen von Insassen geschlossener Anstalten gaben. Der diesjährige Trend für den modebewußten Mann, so konnte man von dem Vorgeführten ablesen, war offenbar durch die Caritas-Kleidersammlung inspiriert. Die beiden Inhaber der Kohlenhandlung in der Asamstraße in München, wo ich für unsere Altbauöfen die Briketts einkaufte, trugen solche Hosen wie die Muskulatoren hier auf dem Laufsteg. Sie, die Kohlenhändler, waren der Mode, scheint's, also um Jahre vor. Sie hießen übrigens *Marx & Engels:* »Der Weltgeist schreckt vor nichts zurück«, sagt Caesar.

*

Es gab auch willkommene Besuche, die, wäre die Insel nicht *in* geworden, den Weg hierher wohl nicht gefunden hätten. Ich habe ihn sofort erkannt, als er, ein Buch unterm Arm, aus einem der Hotels drüben in *Zompara-Nuova* trat, und das ist nicht verwunderlich, denn obwohl inzwischen fünfzig Jahre vergangen waren – ja! fünfzig Jahre, ein halbes Jahrhundert –, hatte er sich erstaunlicherweise in den wesentlichen Zügen kaum verändert. Er war nie ein Riese von Gestalt gewesen (von Geist ja) und war inzwischen noch weiter geschrumpft, er war rundlicher geworden, aber lebhaft wie immer geblieben: Professor Ferid, mein Lehrer, dürfte ich sagen, wenn ich weiterstudiert hätte. Was aber nicht nur erstaunlich, sondern unbegreiflich war: *Er* erkannte *mich*, und zwar sofort. »Waren Sie nicht mein Hörer? Warten Sie – in einem Kolleg über englisches Privatrecht?«

Wir saßen dann fast jeden Abend seines Aufenthalts auf Zompara bei Amanda in der Trattoria *Vittoria*, wo ich ihn sozusagen einführte und die er sofort höher zu schätzen wußte als die Allerwelts-Restaurants drüben. Ich mußte ihm gestehen, daß ich mein Jurastudium schmählich im Stich gelassen hatte und zum Kunstmaler herabgesunken war.

»Bereuen Sie es?« fragte er.

»Manchmal ja, Herr Professor.«

»Sie können doch immer noch weitermachen?! Ihr Abitur verfällt ja nicht, und Sie sind womöglich sogar noch irgendwie inskribiert oder was. Ich kann mich erkundigen, wenn Sie wollen. Und selbst wenn Ihnen die damaligen Semester nicht angerechnet werden sollten, fangen Sie halt noch einmal von vorn an.«

Ich glaube, er meinte es ernst. Aber ich lehnte dankend ab. »Vor allem«, begründete ich es, »weil ich mich den Gefahren des Festlandes nicht mehr aussetzen will.« (Ich dachte vor allem an Tamara, die damals schon *vorbei* war.)

»Ich verstehe«, sagte er.

Er hatte im Alter von fünfundachtzig begonnen, einerseits Koptisch, anderseits Klavierspielen zu lernen.

*

Zwei andere, nicht überraschende, sondern angekündigte Besuche waren im ersten Jahr der meiner Tochter Lewina, im zweiten Jahr der meiner Tochter Linda. Von meinen Töchtern habe ich die ganze Zeit über viel zu wenig berichtet, glaube ich. Daß sie nach der Scheidung bei der Mutter blieben, ist schon erzählt. Das, wie es heißt, Verkehrsrecht (jedes zweite Wochenende) wurde korrekt eingehalten, die Rückkehr aber peinlich überwacht. Nachdem offenbar Linda, die Ältere, in aller Unschuld daheim erzählt hatte, daß die Schwedin Silvana nackt in der Wohnung herumlaufe, versuchte Annelore, inzwischen verheiratete Frau Prof. Pflieger, daraus mir und dem Verkehrsrecht einen Strick zu drehen. Ihr Anwalt fuhr wieder juristische Schiffsgeschütze auf und reichte eine Klage ein auf Abschaffung oder Aufhebung des Verkehrsrechts oder wie man da sagt, mit der Begründung, daß die Mädchen durch den Umgang mit mir sittlich gefährdet würden. Annelore und ihr Anwalt kamen aber bei der zuständigen Richterin schlecht an. Ich ging unter Assistenz von Freund und Anwalt Lux zum mündlichen Termin. Ich wußte nicht, daß es inzwischen so attraktive Richterinnen gab. Zu meiner Jura-Zeit waren die, im Übrigen wenigen, Kommilitoninnen eher graue Mäuse. Die Richterin sagte zur klägerischen Begründung: »Ist das alles?«, und wies die Klage ab. Sie selber, sagte sie, verrichte ihre Hausarbeit stets nackt. Übereinstimmend mit laut Statistik 45 % aller Frauen unter vierzig.

So blieb es beim Verkehrsrecht, und als die Mädchen älter wurden, lockerte sich die Sache. Sie setzten es bei der Mutter durch, daß sie öfters und auch einzeln und manchmal länger zu mir kommen durften. Offenbar fanden sie es bei mir interessanter. Der Professor verblödete, scheint's, mit starker Beschleunigung und wurde zudem unausstehlich katholisch. Ich betone, daß ich dabei keinen Zusammenhang, nur eine zeitliche Koinzidenz postulieren will.

Als ich nach der Scheidung von Anna auf die Insel übersiedelte, waren beide Mädchen schon volljährig und von daheim ausgezogen. Linda heiratete einen Archäologen und lebte dadurch einige Jahre in meiner Nähe, in Rom, wo ihr Mann am deutschen Institut beschäftigt war. Lewina heiratete erst einen zu spät als solchen erkannten Tagedieb. Er behauptete, Versicherungsagent zu sein, war aber in Wirklichkeit eher berufsmäßiger Bungee-Springer. Weinend gestand Lewina das kurz nach der Hochzeit *mir*, nicht ihrer Mutter. Ich war sehr stolz drauf. Zum Glück riß nur wenig später bei einem von einer Senffirma gesponserten Rekordversuch im Grand Canyon der Gummizug, und man sparte die Scheidungs-, und weil die Leiche nie gefunden wurde, sogar die Beerdigungskosten. Danach heiratete Lewina einen Notar im Fränkischen, und zwar im Wein-, also Unterfränkischen, und dieser Schwiegersohn schickt mir ab und zu eine Kiste Bocksbeutel. Und da zu seiner Klientel auch ein exquisites Weingut gehört, ist es nicht der schlechteste, was sogar der verwöhnte Caesar zugibt.

Zwei Söhne haben Notars: Alexander und Cornelius, meine Enkel. Linda, die ältere, hat keine Kinder. –

Ich schrieb schon, daß ich Annelore, nachdem sie das unheilschwangere Hotelzimmer in Verona verlassen hatte, nie mehr gesehen habe. Ich hatte, wie man sich denken kann, kein Bedürfnis nach einem Wiedersehen, malte mir allerdings in den Jahren danach manchmal aus, wie es sein werde, wenn – zum Beispiel – die Töchter heiraten und eine Familienfeierlichkeit ansteht.

Aber selbst da ... Linda ging dem Problem aus dem Weg, indem sie sozusagen auf der Hochzeitsreise heiratete, und zwar in Neuseeland. Ein Hotelportier und ein Liftboy waren die Trauzeugen. Ich spielte zwar mit dem Gedanken, hinzufahren, aber Linda sagte: »Sei nicht so ungeschickt, wirf das Geld lieber für ein Festessen auf deiner Insel hinaus.« Und so geschah es dann auch. Ohne Annelore selbstverständlich.

Lewinas Hochzeit mit dem Bungee-Springer war wohl noch grotesker als meine mit Freda und zog keinerlei Familienfestivität nach sich. Ihre zweite, bürgerlich-anständige Hochzeit fand in Würzburg statt, und da war nach langem Hin und Her, das mir signalisierte: ich soll so rücksichtsvoll sein, nicht zu erscheinen (ich blieb aber ungerührt), die Anwesenheit des »Hohen Paares« angekündigt, wie Lewina spöttisch ihre Mutter plus Pflieger nannte. Es wäre also fast zu einem Wiedersehen gekommen, und ich war sogar gespannt darauf. Aber weder bei der standesamtlichen noch bei der kirchlichen Trauung erschien das soidisant Hohe Paar, und auch beim Mittagessen im *Rebstock* blieben die beiden Plätze leer.

Lewina war unbesorgt. »Wahrscheinlich haben sie gestritten, wie immer um elf Uhr vormittags.« Aber der nun angetraute Notar-Schwiegersohn wurde unruhig und zog Erkundigungen ein.

Es war so, daß am Tag zuvor durch Stadtratsbeschluß die Taxitarife erhöht worden waren. Die Taxifahrer konnten ihre Taxameter nicht so schnell umstellen lassen, nicht alle auf einmal, und die, die noch nicht hatten umstellen können, klebten einen amtlichen Zettel mit Stempel an die Innenseite der Windschutzscheibe, der besagte, daß pro Fahrt sowiesoviel Zuschlag erhoben werden dürfe. Unglücklicherweise für Annelore und ihren Mann war es eben so ein Taxi, in dem sie vom Bahnhof direkt zum Standesamt fahren wollten, und als es ans Zahlen ging, weigerte sich der eigensinnige und wohl wegen der zu erwartenden Konfrontation mit mir in angespannten Nervenverhältnissen befindliche und zudem schon stark verstandeseingedickte Pflieger, den Aufpreis zu zahlen. Dies alles erfuhr ich später durch das polizeiliche Protokoll, das mir mein Schwiegersohn zugänglich machte. *»In zunächst ruhigem Ton«*, so hieß es dort, *»hat der hierorts bekannte Taxifahrer den o. g. Pflieger, Emil, glaublich Professor, auf den amtlichen Aufdruck verwiesen, den jedoch o. g. Pflieger, Emil, inf. Kurzsichtigkeit nicht lesen zu können vorgab sowie einem solchen, so nach Angaben des hierorts bekannten und i. Ü. gut beleumdeten Taxifahrer wörtlich, ›Käsezettel‹ nicht glaube.«* Worauf der Taxifahrer trotz Zeterns des Professors zu einem Taxistand weiterfuhr und dort seinen Kollegen den Sachverhalt mit wahrscheinlich harschen Worten schilderte. Danach wurde Pflieger verprügelt. Das las sich im Protokoll so:

»Wonach o. g. Taxifahrer sich nebst Fahrgästen zum Taxistandplatz Paradeplatz begab, wo sich unter Beteiligung der u. aufg. Zeugen eine zun. im wortmäßigen Bereich verbleibende Unterredung ereignete, in deren Verlauf sich jedoch n. Angaben des Zeugen Bauerlein, Fritz, Taxif. eine Ohrfeige seitens des o. g. Pflieger, Emil, Prof. gegenüber dem beteiligten, o. g. hierorts bekannten Taxifahrer entwickelte, die mehrere entgegengesetzte Ohrfeigen u. anderes zulasten des gen. Pflieger, Emil, Prof. hervorriefen, die mehrere Prellungen sowie einen verlorenen Vorderzahn seitens des o. g. Pflieger, Emil, Prof. nach sich zogen. Der genaue Verlauf der Verletzungen sow. deren Urheber konnte inf. erst späteren Hinzukommens unterfertigter Beamter nicht mehr geklärt werden, zumal plötzliche stark regnerische Witterungsverhältnisse hinzutraten. Der o. g. Pflieger, Emil, Prof. wurde, da stark, auch verbal erregt, zunächst auf die Wache und sod. ins Krankenhaus zur Versorgung seiner Verletzungen verbracht.

Vorbehaltlich der Entscheidung der Staatsanwaltschaft wurden die Beteiligten auf den Privatklageweg verwiesen.

gez. Sonderhuber — *gez. Halbengel*
POM — *PM«*

*

Ich habe schon geschrieben, daß mir nicht oft, aber gelegentlich, die Frage durch den Kopf ging, wie Annelore es damals fertiggebracht hat, nach München zurückzukehren: ohne Paß, ohne Geld, kurzsichtig, unbeholfen, ohne die Landessprache zu beherrschen. Daß sie es irgendwie geschafft haben mußte, zeigten die Tatsachen. Aber wie?

Zu Fuß sicher nicht. Als Lewina mich das erste Mal auf der Insel besuchen kam, da war sie 24 Jahre alt. Kurz zuvor war der Bungee aus seiner irdischen Existenz hinausgesprungen, und Lewina war (seltsamer Gedanke: meine Tochter, das Kind:) Witwe. Da fragte ich sie endlich.

»Ja«, sagte Lewina, »Mutter hat Glück gehabt. So wie Schwerhörige oft gar nicht so unglücklich darüber sind, weil sie viel von dem Quatsch, der ihnen zugeredet wird, nicht hören müssen, so hat auch Kurzsichtigkeit manchmal ihre Vorteile.«

Annelore sei, so Lewina, zunächst in Verona herumgeirrt. Die Minderpension habe sie nicht mehr gefunden, wohl aber sei sie irgendwie zum Bahnhof gelangt. Dort sei sie in einen Zug gestiegen.

Dazu ist zu sagen, was schon erwähnt ist, daß erstens Annelore tagelang ohne Essen auskommen konnte. Nicht zu essen war sogar ein Mittel ihres stummen Protestes gegen mich und den Rest der Welt. Und zweitens hat sie sich immer schon für etwas Besonderes gehalten und nur besondere Dinge für sich als angemessen betrachtet. In ihrer Familie sei, so meinte sie, der sozusagen absolute Gute Geschmack erblich. So wie bei anderen das Absolute Gehör. So stieg sie in Verona nicht in den nächst- und erstbesten Zug, sondern in einen besonderen. Es gab damals einen der schönsten Züge, eine leider in den Tiefen der Modernisierung verschwundene Zuggarnitur: den *Mediolanum,* nur Erste Klasse, München–Mailand und retour. Und in diesen Zug sei, so Lewina, ihre Mutter gestiegen, allerdings infolge ihrer Kurzsichtigkeit in den, der in die falsche Richtung fuhr.

An der Endstation erkannte sie freilich, daß sie nicht in München war. Irgendwie mußte sie sich dann wohl zum Deutschen Generalkonsulat durchgefragt haben. »Vieles von ihrem damaligen Abenteuer«, sagte Lewina, »können wir nur vermuten. Sie selber sagt nichts oder nur wenig.« Wie umging sie den Schaffner? Es könnte so gewesen sein, daß, bei italienischem Bahnpersonal nicht ungewöhnlich, von der letzten oder vorletzten Station an gar nicht mehr kontrolliert wurde. Verona könnte sogar die letzte Station des *Mediolanum* vor Mailand gewesen sein. Und außerdem hatte Annelore in ihrer angeborenen Hochnäsigkeit auch die Gabe, eine gewisse großartige Haltung vorzutäuschen, zumindest für kurze Zeit. Das half ihr wohl auch beim Generalkonsulat.

»Was sie da alles erzählte, wie und warum sie in diese Lage gekommen ist, war nie herauszubekommen. Sicher ist nur, daß sie die Beamten dort dazu brachte, bei ihrer Mutter daheim anzurufen, und, kurz und gut, man gab ihr einen Paßersatz und etwas Geld und eine Fahrkarte, und so kam sie wieder nach München.«

Ich werde zur gegebenen Zeit darauf zurückkommen: Linda erzählte mir später eine ganz andere Version.

XIV

Wie oft nicht bedient sich die finstere Nemesis heitrer Geschöpfe … Das ist, sagt Caesar, ein Hexameter, jedenfalls ungefähr. Statt heitrer hätte ich gesagt: unschuldiger Geschöpfe, aber das paßt nicht ins Versmaß.

In aller Unschuld fragte Caterina einmal, ich war als einziger Gast in Ginos Bar, es war der mittlere Vormittag, der Morgenrummel vorbei, der Mittagsrummel noch nicht da: »Sie malen Bilder?«

»Ja, davon lebe ich. Mühsam, aber es geht.«

»Sie malen nackte Frauen?«

Ich, verschämt über diese direkt formulierte Frage des *heiteren Geschöpfs:* »Mhm.«

»Aus dem Gedächtnis oder mit einem Modell?«

»Ich habe so viel nach dem Modell gezeichnet, daß ich es ungefähr auswendig könnte. Aber Modell ist mir lieber, ist auch immer besser. Aber schwer, hier auf der Insel eins zu bekommen.«

»Ich!« sagte sie.

Ich war baff.

»Wenn es unter uns bleibt«, sie wischte – es ist nicht anders zu sagen: in aller Unschuld – Tassen und Gläser dabei ab. Sie lachte freundlich und ein wenig frech. Nichts Lüsternes war in ihren Augen, nur Neugierde.

»Am Mittwoch nachmittags habe ich immer frei, wie Sie wissen.«

So kam sie am darauffolgenden Mittwoch nachmittag,

zog sich aus, als sei das das Selbstverständlichste auf der Welt, und erwies sich als so keusches wie unbekümmertes Modell, wobei zu sagen ist – dies meine Erfahrung als Maler –, daß zum Modellstehen auch, so unglaublich das klingen mag, Begabung gehört. Es genügt nicht, wenn sich eine nur nackt hinstellt. Ein Gefühl für Bewegung oder, vielleicht besser gesagt, da ja grade *keine* Bewegung stattfindet, für Anordnung der Glieder gehört dazu und auch ein Korn Exhibitionismus.

Das alles war bei Caterina vollkommen und oft lachend und ohne Schlüpfrigkeit, und der Leser glaube mir nach all dem, daß ich sie nie, nicht im Wortsinn und schon gar nicht im übertragenen Sinn berührt habe. Ohne daß es je zwischen uns ausgesprochen worden wäre, war es klar, daß es nie zum geringsten Versuch meinerseits kommen werde. (Ich sagte *Du* zu ihr, sie zu mir *Sie.*) Wollte sie eine Pause, setzte sie sich, nackt wie sie war, völlig unbekümmert in einen Sessel, lachend, erzählte irgendwas, trank das, was ich ihr brachte, um dann zu sagen: »So! Machen wir weiter? Noch *eine?* Dann muß ich gehen«, und schnellte empor mit ihrem schlanken Körper von unfaßbarem Ebenmaß, eines Phidias nicht unwürdig.

(Nein. Phidias und Genossen haben mehr die breithüftige Fülle geschätzt. Botticelli vielleicht – ja, Botticelli.)

Ich zeichnete und malte sie wohl an die hundert Mal – mit Bleistift, mit Rötel, mit Aquarellfarben, sehr gern mit Pastell (dem einzigen Material, das sich nachher nicht verändert), in Öl, machte Radierungen nach den Skizzen. Im Stehen, im Sitzen, im Liegen, in der Sonne, im Schatten, von hinten, von vorn … Sie verlangte keine Gage, was mir peinlich war, aber ich revanchierte mich mit unverfänglichen Geschenken, die sie gern annahm (Blumen, eine Schachtel Konfekt, ein schöner Schal). Und sie war nicht unkritisch meinen Arbeiten gegenüber. Sie interessierte sich für die

Ergebnisse ihres Modellstehens. »Das ist sehr gut«, konnte sie manchmal sagen, stand sonnig-nackt vor dem Bild, nur die hochhackigen Schuhe an den Füßen. Oder: »Das bin aber nicht ganz ich.« Sie hatte meistens recht. (Nebenbei erlaube ich mir, diese Erfahrung als Maler weiterzugeben: Lassen Sie Ihre Modelle hochhackige Schuhe anziehen. Es streckt und veredelt die Figur.)

»Aber es muß unter uns bleiben«, hatte sie, wie erwähnt, schon ganz am Anfang gesagt. Ich hielt mich selbstverständlich daran. Caesar interessierte es nicht, Horadam wußte es, aber er plauderte nichts weiter. Und damit ja niemand auf der Insel Caterina auf meinen Bildern erkenne, gab ich die Arbeiten nicht dem Veracci, sondern einem seriösen Galeristen in Regensburg, dem Kunstkontor Westnerwacht. Der kam ab und zu oder schickte jemanden und holte einen Arm voll ab.

Nur einmal, ein einziges Mal gab ich ein Bild, eine Rötelzeichnung, dem Veracci, ein Rückenakt, auf dem Caterina sicher nicht zu erkennen war.

Und diesen Rückenakt, eine feine Arbeit, muß ich in aller Bescheidenheit sagen, sah die Nemesis in Veraccis Schaufenster.

XV

Meine so seltsam zustande gekommene Ehe mit Anna dauerte – eben rechne ich nach: es war meine längste – vierzehn Jahre. Die Ehe endete nicht aufgrund einer erotisch-emotionalen Ausuferung in den Gravitationsbereich einer anderen Frau meinerseits noch in einer solchen zu einem anderen Mann seitens Annas. Der Grund war etwas, was ich an früherer Stelle schon zart angedeutet habe, was der Leser aber wohl nicht als so unheilschwanger empfunden haben mag, wie es in der Tat war. Ich wiederhole also: Freda sagte damals unter anderem, daß unsere – Annas und meine – Sternzeichen zusammen- oder übereinstimmten, also eine glückliche Verbindung verhießen. Ich leugne nicht, daß diese Verbindung, die Ehe von Anna und mir, ursprünglich eher eine zweckdienliche Sache und Vernunftehe zu nennen, sich zunehmend glücklich entwickelte, in jeder Hinsicht – nein: in nahezu jeder Hinsicht. Aber das, was sich als Manko, als Defekt hinter diesem *nahezu* verbirgt oder vielmehr: im Lauf der Jahre zunehmend hervortrat, zerbrach diese Ehe wie Rost. Es war nicht die Übereinstimmung der Sternzeichen, es waren die Sternzeichen selber, das heißt, Annas Glaube daran, der sich unübersehbar in den vierzehn Jahren der Ehe zu so etwas wie einem Dogma entwickelte.

Als Beispiel erwähne ich nur die Sache mit den Semmeln. Ich hasse das »gesunde, kernige deutsche Schwarzbrot«, ich verabscheue sogar das in der höherrangigen München-Welt so hochgeschätzte »Pfisterbrot«, ich mag nur Weißbrot. Und ich stehe ungern früh auf. Wissen Sie, warum mehr Sonnenuntergänge gemalt wurden als Sonnenaufgänge? Eben. Weil die Maler nicht aus den Federn kommen. Ich bilde da keine Ausnahme. Horadam, um dies nebenbei zu erwähnen, bildet eine Ausnahme. Er steht mit dem ersten Schrei nicht eines Hahnes, sondern der Perlhühner auf, die einer nicht weit von unseren Häusern entfernt züchtet, aber nicht um einen Sonnenaufgang zu malen. Die Zeit der gemalten Sonnenaufgänge ist seiner Meinung nach längst vorbei. »Er zwingt«, so ein Aufsatz in der *Arte* über Horadam, »Seiendes aus der Welt des Nicht-Seienden in die sichtbare Welt herüber.« Aber auch nicht um das Nicht-Seiende herüberzuzwingen, steht Horadam so früh auf, sondern weil er gern seine Pracht-Zehen dem *Sol Invictus* entgegenstreckt und die Morgenfrische mit dem ersten *Pilsner Urquell* vermischt. Ob Horadam mit Semmeln – *Rosette* heißen sie hier – zum Frühstück sein erstes *Pilsner Urquell* ergänzt oder womit sonst, weiß ich nicht, denn so früh habe ich ihn noch nie besucht, um das beobachten zu können. Ich esse *Rosette,* zwei, vielleicht sogar drei. Möglicherweise war der ganz versteckte Hintergrund meines fast lebenslangen Wunsches, den ich mir dann ja erfüllt habe, nach Italien zu ziehen, dem kernigen, deutschen und womöglich auch gesunden Schwarzbrot zu entkommen und in die Weißbrotzonen zu gleiten. Aber auch damals, während der Ehe mit Anna, versorgte ich mich mit Semmeln. Und da lag das Problem, von dem ich weiß, daß es nicht allein unseren Haushalt betraf: Man kauft seltsamerweise immer entweder zu wenig oder zu viele Semmeln. Es ist also entweder keine mehr da, wenn man noch eine essen will, oder aber es bleiben welche übrig und werden alt.

Ich hasse alte Semmeln fast wie das frühe Aufstehen.

Zu Fredas Zeiten war das kein Problem, denn die alten Semmeln bekam das Pferd. Anna hatte kein Pferd. Ich gehöre jener Generation an, die als Kinder und Jugendliche die Kriegs- und Hungerzeiten mitgemacht hat. Es ist mir nicht möglich, die *Gabe Gottes* wegzuwerfen. Lieber verderbe ich mir mit überständiger Wurst den Magen, obwohl ich weiß, daß mit meinen Bauchkrämpfen danach den Hungernden auch nicht geholfen ist. Und würge trockene Semmeln hinunter. Daß es keiner Hausfrau gelingt, die exakt benötigte Menge Semmeln einzukaufen, ist eine unumstößliche Tatsache von naturwissenschaftlicher Gesetzmäßigkeit. Früher wurde dieses Dilemma durch Verwandlung der trockenen Semmeln – sofern nicht ans Pferd verfüttert, was in städtischen Haushalten ja kaum vorkam, außer in meinem Fall zur Freda-Zeit – in Semmelbrösel gelöst. So ist es längst nicht mehr. Bröselmaschinen gibt es nicht mehr. Semmelbrösel werden abgepackt gekauft.

Alles in allem war das als Problem nur lösbar, wenn ich damals unter Aufbietung aller Kräfte vor Tag und Tau aufstand, also so gegen halb neun, meinen Magen nach der Menge der heute erwarteten Semmeln befragte und diese Menge unter Hinzuaddierung der Wünsche der anderen Haushaltsmitglieder besorgte.

»Hast du«, fragte Anna eines Tages mit drohender Betonung auf dem ersten Wort, »die Semmeln beim Bäcker Ulrich gekauft?«

»Ja, wie immer, wo sonst?«

»Die rühre ich nicht an.«

Sie hatte erfahren, daß der Bäckermeister Ulrich unter einem ihr feindlichen Sternzeichen geboren war. So wurde mein heroisches Frühaufstehen belohnt!

Der Leser wird sich nun vielleicht fragen, wie ich die Semmel- resp. Rosette-Versorgung hier auf Zompara bewältige. Mein Haus liegt außerhalb des Ortes, zu weit, um nur schnell Semmeln holen zu gehen, zu nahe, daß es lohnen würde, ein Auto zu halten, zu steil, um sich eines Fahrrades zu bedienen. Die *Rosette* am Vortag zu kaufen, geht nicht, denn die hervorragend köstlichen *Rosette* von Giuliano, dem Bäcker, sind ebenso hervorragend schnell hart und brüchig. Also habe ich, es fiel mir nicht schwer, früher ganz aufs Frühstück, soweit von fester Form, verzichtet.

In der Zeit der kasparianischen Glamourblüte wurde aber, wie erwähnt, die Straße hinüber zur Mondscheinbucht ausgebaut und asphaltiert und begradigt, und Giuliano lieferte Brot hinüber zu den aufschießenden Hotels, und ich traf eine Abmachung mit ihm, daß er mir täglich zwei *Rosette* vor die Tür legt, wenn er hinüberfährt. Inzwischen verfallen die meisten Hotels dort drüben, aber das eine oder andere gibt es noch, und Giuliano liefert weiter, sodaß mein Frühstück, an das ich mich inzwischen gewöhnt habe, gesichert ist.

*

Wenn es nur die Sache mit dem astrologisch nicht tragbaren Bäcker in München gewesen wäre, hätte das der Ehe nicht geschadet. Aber die Astrologie uferte mit der Zeit bei Anna von der, wenn man sie so nennen kann, abendländischen Sterndeuterei auf allen möglichen Humbug aus. Plötzlich spielten die aztekischen Sterne eine Rolle, dann das chinesische Horoskop, der Mondkalender, mußte berücksichtigt werden, und nicht genug damit, begann sich Anna vor Strahlen zu fürchten. Sie verklebte die Steckdosen, sofern sie nicht grad gebraucht wurden, mit Leukoplast, weil ihr nicht auszureden war, daß aus den beiden Löchern gefährliche Strahlungen flössen.

Ich will nicht behaupten, daß alles, wovor Anna Angst hatte, ganz unbegründet war und ist. Daß die Emissionen von Feinstaub und Kohlendioxyd und wie das Zeug heißt, alles andere als unschädlich sind, habe ich nicht bestritten, auch nicht die Gefährlichkeit und Unberechenbarkeit des elektrischen Smogs, der von den Miriaden von Handys ausgeht, durch uns andauernd hindurchgeht – wobei ich mir überlege, ob es zu Zeiten meiner Ehe mit Anna schon Handys gegeben hat. Es geht alles so schnell, und man kann sich heutigentages eine Welt ohne Handys nicht mehr vorstellen, kann sich nicht einmal vorstellen, daß es so eine Welt einmal gegeben *hat.* Und sie ist nicht zusammengebrochen. Ich gestehe, daß auch ich ein solches Handy habe. Man kann sogar damit photographieren. Rasieren kann man sich damit nicht, aber das bräuchte ich gar nicht. Ich weiß nicht, ob der Verlag, sollte es jemals einen geben für dieses Buch, hinten oder auf der Klappe innen eine Photographie von mir abdrucken wird. Falls nicht, sage ich es dem Leser: Ich habe einen Vollbart, das spart fünf Minuten, die ich länger im Bett bleiben kann. Leider wird er, stelle ich fest, mit den Jahren nicht nur immer grauer, sondern auch dünner. Bei Horadam, der allerdings etwas jünger ist als ich, wird er zwar auch grau, bleibt aber dicht und fest. (Dafür hat er eine Glatze. Ha!) Wenn mein Bart so dünn geworden sein wird, daß ich aussehe wie Dschingis Khan, rasiere ich mich eben wieder. Stehe fünf Minuten früher auf.

Nein, überlege ich, es hat noch keine Handys damals gegeben. Wann haben Anna und ich geheiratet? Ich rechne nach: 1968. Da gab es sicher noch keine Handys. Wann wurde die Ehe geschieden? 1983 übersiedelte ich nach Zompara, es muß also ein Jahr zuvor gewesen sein, also 1982 oder 1981. Ich glaube, daß es da noch keine Handys gegeben hat. Ist aber gleichgültig. *Jetzt* gibt es Handys und auch ich konnte nicht umhin, eins anzuschaffen. Neulich habe ich mir so Gedanken gemacht: Da habe ich einen gar nicht so alten Film im Fernsehen angeschaut, einen Kriminalfilm, der mich nur interessiert hat, weil das Drehbuch von Caesar stammt, und da telephoniert der Kommissar mittels Zehnerl in einer Telephonzelle. Ein also inzwischen historischer Kostümfilm.

*

Das Sternchen bedeutet, daß wieder drei Stunden vergangen sind. Horadam hat – von seinem Handy aus, logisch – angerufen, daß er unten am alten Hafen bei Gino sitzt, der eben eine Flasche Prosecco auf Kosten des Hauses auf den Tisch gestellt hat, um den Geburtstag weiland Sr. Majestät König Umbertos II. zu feiern. Gino ist glühender Monarchist, allerdings auch eingeschriebenes Mitglied des PCI, der kommunistischen Partei, das letzte auf der Insel. So ging ich also hinunter und trank auf des unglücklichen Umberto Wohl. Dann öffnete Gino noch eine Flasche aufs Wohl Enrico Berlinguers, obwohl der nicht Geburtstag hatte. Horadam nahm mich dann, straßenverkehrsrechtlich nicht ganz korrekt, auf seinem Motorroller mit herauf. Aber das beanstandete niemand, denn der Maresciallo saß auch bei Gino.

Und dann schlief ich eine Stunde und schreibe jetzt wieder.

*

In gewissen Dingen hatte Anna also nicht ganz unrecht, aber durch Angst schützt man sich nicht vor diesen Gefahren, und letzten Endes ist das Leben, wie so ein Spruch lautet, immer schon lebensgefährlich gewesen.

Anna saß nur noch mit einer Asbestdecke geschützt vor dem Fernseher. Sie kochte nur noch, wenn der altiranische Kalender die günstigen Tage dafür auswies. Sie begann einen Homöopathen anzubeten, der sie per Telephon heilte, wenn sie ihre – auf die Satellitenschüsseln zurückzuführenden – Migräneanfälle hatte, und sie warf mein Paar Lieblingsschuhe weg, die noch tadellos intakt waren, aber von mir mit einer Schuhcreme eingerieben worden waren, von der Anna feststellte, daß sie giftig roch. Sie war eine der ersten, die von der Feng-Shui-Bewegung erfaßt wurden. Alle Bilder wurden von der Wand genommen. Der Klodeckel, der Ablauf von Badewanne und Waschbecken durften nicht offen bleiben. »Jede Wasserstelle im Haus«, sagte Anna in vollem Ernst, »muß geschlossen sein.« »Aha«, sagte ich, »damit der Feng-Shui nicht herauskommt.« Ich zog mir einen bösen Schiefer ein mit dieser Bemerkung. Einen besonders heftigen Migräneanfall bekämpfte Anna auf Anweisung eines brasilianischen Heilers, der damals in München sein Unwesen trieb, durch Abkochen eines Stückes Fichtenholz (sie zerlegte dazu einen Küchenstuhl) unter Beigabe gewisser Kräuter. Den Absud mußte sie nicht trinken – ihr Glück wahrscheinlich –, sondern unter Murmeln indianischer Gebete in die Isar schütten. Wie nicht anders zu erwarten, half es. Im letzten Jahr unserer Ehe konvertierte sie zu *Birkenstock*. Die Scheidung erfolgte in freundlichem Einvernehmen, wohl an einem besonders günstigen Tag nach den Tarot-Karten.

XVI

Wenn die Mafiosi, dachte ich mir, als ich den Mann sah, schon an ihrer Kleidung erkennbar wären, hätten es Polizei und Justiz leicht. Der Mann trug schwarze Schuhe mit weißen Einsätzen und einen schwarzen Zweireiher mit Nadelstreifen und trotz der Hitze, die schon am Vormittag herrschte, Handschuhe. Und einen weißen Hut. Wenn einer *so* herumläuft, ist er also kein Mafioso, dachte ich mir. Wäre ich Mafioso, würde ich mich nicht auch noch als solcher verkleiden.

Er war kein Mafioso. Auch sein Gesicht, eine glattrasierte Unaufdringlichkeit, sprach dagegen. Er kam nicht unangemeldet zu mit herauf. Veracci, der Galerist, hatte mich angerufen und so geheimnisvoll getan, als komme wirklich einer von der Mafia oder einer vom Finanzamt, was aufs gleiche hinauskommt. Und nebenbei erwähnte er, daß er den Rückenakt, zu dem Caterina Modell gestanden hatte, verkauft habe. Dabei nannte mir der galeristische Verbrecher den wahren Preis, denn er mußte ja damit rechnen, daß der falsche Mafioso ihn mir verraten könnte.

Er sprach Italienisch mit einem Akzent, den ich nicht orten konnte. Vielleicht war er ein Landsmann Kasparians. Dafür sprach auch, daß er nach levantinischer Sitte erst lang über unwichtige Dinge redete, übers Wetter, über die Insel, über mein Haus, das er schön zu finden behauptete.

»Es hat sich viel geändert, seit Herr Kasparian auf der Insel ist«, sagte ich.

Es war, als hätte der falsche Mafioso, der sich, wenn ich mich recht erinnere, mit einem amerikanisch klingenden Namen vorgestellt hatte, darauf gewartet, bis ich ein Stichwort sage, das Stichwort: Kasparian.

»Sie kennen Mr. Kasparian?«

»Keineswegs«, sagte ich, »ich habe ihn nur ein einziges Mal von weitem gesehen, da saß er unter dem Sonnensegel auf seiner Yacht.« Von den goldenen Ohren sagte ich nichts.

»Mr. Kasparian hat Ihr Bild gekauft.«

»Es ist mir eine Ehre«, sagte ich erstaunt.

»Um es genau zu schildern: *Ich* habe das Bild bei ... wie heißt die Galerie?«

»Veracci.«

»... bei Veracci im Auftrag von Mr. Kasparian gekauft. Mr. Kasparian hat eine große Sammlung von Bildern. Genauer gesagt: er hat zwei Sammlungen von Bildern. Eine Sammlung, von der Mrs. Kasparian und die Kunstwelt weiß, und eine Sammlung, von der Mrs. Kasparian nichts weiß,«

»Und in welche Sammlung kommt mein Bild?«

»Das hat Mr. Kasparian noch nicht entschieden.«

»Und darf ich fragen, was Mr. Kasparian ... ich glaube, es ist keine Indiskretion, wenn ich danach frage – »

Er nannte den Preis. Recht ordentlich. Ich überschlug im Kopf, welchen Preis mir Veracci genannt hätte, wäre es nicht zu diesem Besuch gekommen. Mehr als die Hälfte sicher nicht. Vielleicht sollte ich ihn doch umbringen.

»Und wie hat Mr. Kasparian von meinem Bild erfahren? Er vermeidet es ja, hört man, sich hier in der Öffentlichkeit zu zeigen.«

»Meine Aufgabe ist es unter anderem, nach Bildern für die Sammlung, für die Sammlung*en* Mr. Kasparians zu suchen, und da bin ich eben auch zu Veracci gegangen und habe mir Verschiedenes zeigen lassen. Ganz einfach, und Signore Veracci hat mir eine Auswahl mitgegeben – »

»Auch Bronzeplastiken der begnadeten Künstlerin Ehrtrud Kolbranz-Schüttling? Vermute ich?«

»Davon, eine solche zu kaufen, hat Mr. Kasparian abgesehen. Aber Ihr Bild haben wir, wenn ich wir sagen darf, gekauft.«

»Ich wiederhole: Es ehrt mich.«

»Es war sehr schwierig von Signore Veracci zu erfahren, wo Sie wohnen.«

»Oha. Ich kann mir denken, warum.«

»Er hat zunächst behauptet, Sie lebten gar nicht hier auf der Insel. Er wisse nicht, wo Sie lebten. Wahrscheinlich in Lappland.« (*Laponia* heißt das auf italienisch.)

»Wie bitte? Sagte er wirklich Lappland?«

»Ich schwöre es. Später – ich weiß gar nicht, wie oft ich bei Signor Veracci war, wie oft mich Mr. Kasparian hinschickte – später behauptete er, er habe das mit Lituania verwechselt. Als ich aber von anderer Seite erfuhr, daß Sie doch auf der Insel leben, denn Ihren Namen konnte er nicht gut verheimlichen, Sie signieren ja lesbar, da sagte er, er habe Sie mit einem anderen Maler verwechselt, der in Lituania« (das ist Litauen) »lebt.«

»Ich erwürge ihn«, sagte ich, allerdings auf deutsch.

»Wie bitte?«

»Nichts, nichts, mir ist nur so ein Gedanke durch den Kopf geschossen.«

»Ich kann mir denken, welcher. Das Ganze hat selbstverständlich seinen Grund darin, daß Signor Veracci befürchtet, Mr. Kasparian werde ganz ohne seine Vermittlung bei Ihnen Bilder kaufen, was Mr. Kasparian in der Tat beabsichtigt.«

»Sagten Sie Bild*er*? Plural?«

»So ist es.«

»Es gibt leider eine Abmachung zwischen Veracci und mir, daß ich auf der Insel keine Bilder ohne seine Vermittlung verkaufe.« Was ich meinem Gast – hieß er, oder wohl besser: nannte er sich Mandell? So ähnlich jedenfalls – nicht sagte, war, daß ich diese bedauerliche Abmachung traf, weil mir Veracci damals, als ich auf die Insel übersiedelte, um hier zu leben, dieses, für ihn, Notabene! nahezu wertloses Grundstück schenkte. »Obwohl er ein Gauner ist, halte ich mich daran.«

»Lassen Sie es gut sein. Die Sache mit Signor Veracci ist großzügig geregelt. Und auch Sie werden zufrieden sein. Darf ich jetzt die Bilder photographieren, um dies Mr. Kasparian vorzulegen?«

Ich wurde tatsächlich zufriedengestellt, mehr als zufrieden. Und Veracci wurde fett davon. »Der Teufel hilft seinen Leuten«, pflegte Don Difossa, der Pfarrer, zu sagen, »er holt sie aber auch.«

Herr Mandell (um bei diesem Namen zu bleiben) interessierte sich auftragsgemäß ausschließlich für die Porträts und Akte, die Caterina darstellten. Ich wies auf die andere Abmachung hin, die ich mit dem Modell getroffen hatte: kein Bild von ihr, auf dem sie zu erkennen ist, dürfe auf der Insel zu sehen sein.

»Keine Sorge«, sagte Herr Mandell, »die Bilder kommen in diejenige Sammlung Mr. Kasparians, die auch Mrs. Kasparian nicht zugänglich ist.«

Mit ungefähr fünfzig Photographien von Zeichnungen, Aquarellen und Gemälden, auf denen allen Caterina dargeboten war, zog er ab.

Wenige Tage später kam er wieder. Diesmal wartete vorn auf der Straße ein Lieferwagen, in dem ein Fahrer döste, bis ihn Mandell holte, um die sage und schreibe zweiundvierzig Bilder abzuholen, die Mr. Kasparian kaufte. Nahezu meinen ganzen Bestand an »Caterine«. (Abgesehen von den Bildern, die bei meinem Galeristen in Regensburg waren. Auch die kaufte übrigens, wie ich später erst erfuhr, Kasparian.) Es schmerzte mich nicht, abgesehen von der Vergoldung tröstete mich, daß Caterina auch in Zukunft als Modell zur Verfügung stehen werde. Womit ich mich täuschte.

Nur *ein* Bild, ein einziges, gab ich nicht her, ein großes, quadratisches Ölbild, das ich von Caterina allein für mich gemalt hatte. Eine sozusagen private Ansicht von Caterina. Später ging auch dieses Bild in das Eigentum Kasparians über, wobei ich hier die ausdrückliche Einwilligung des Modells einholte. Eigentlich schade um dieses Bild, das zunächst in Kasparians Geheimsammlung verschwand und sich heute wer weiß wo befindet. Oder womöglich hat Kasparian *danach* – wonach, wird der Leser bald erfahren – alle Bilder vernichtet? Ich bin zu alt, um darüber Schmerz zu empfinden, und ich schätze schon längst nicht mehr meine Arbeiten als zum unabdingbaren Kulturerbe des Abendlandes gehörend. Dennoch: ein paar schöne Bilder waren darunter. Aber vielleicht ist Kasparian wie alle sehr reichen Leute zu berechnend, um etwas wegzuwerfen, was man, und sei es nur für ein paar Euro, verkaufen kann.

Jenes quadratische Bild – ich habe immerhin noch eine Farbphotographie davon – hat Mandell zwar gesehen, aber nicht abgelichtet, weil ich gleich gesagt hatte: »Das ist unverkäuflich.« Er muß es aber dann seinem Auftraggeber beschrieben haben, denn nach etwa einem Monat kam Mandell wieder und bot mir einen so hohen Preis, daß der bekannte innere Schweinehund in mir vor Geldgier die Klauen (oder Pfoten? was hat ein Schweinehund für Extremitäten? Hufe wohl nicht) rieb und mir zuflüsterte: »Mal's dir dann halt noch einmal.« Dies gelang nicht. Manchmal ist der zweite Wurf besser, aber nicht selten ist der erste Wurf nicht zu wiederholen. So auch hier.

… das quadratische Bild. Caterina, halb liegend, die Schatten einer kleinen Palme werfen Streifen auf sie … ach, ja …

Ich erwähnte schon, daß ich, bevor ich auch dieses Bild weggab, Caterina um ihre Einwilligung bat. Sie reagierte sehr merkwürdig, mir unerklärlich, und erst später erfuhr ich den Grund und damit etwas, von dem niemand auf der Insel – vorerst – etwas wußte. »Vorerst« dauerte immerhin neun Jahre.

XVII

Ich führe kein Tagebuch, habe nie eins geführt, die Vormerkkalender, in denen ich – früher – die Verabredungen und so fort eingetragen habe, habe ich im Januar des folgenden Jahres immer weggeworfen. Jetzt führe ich keinen Vormerkkalender mehr, denn ich wüßte nicht, was ich vorzumerken hätte. Verabredungen treffe ich keine mehr. Meine Zeiteinteilung ist erfrischend locker geworden. Ich gehe und komme, wann ich will. Besucher treffen mich an oder auch nicht. Wenn sie mich nicht antreffen, können sie ja ein anderes Mal wiederkommen, wenn sie wollen. Ja, gut, mit Caterina habe ich die Modellsitzungen schon vereinbart, aber immer kurzfristig, unten in der Bar: »Kommst du so um vier?« Aber auch das hat ja aufgehört, seit Caterina ...

Davon – wie gesagt – später.

Ich kenne das Datum nur deswegen, weil es der siebzigste Geburtstag Caesars war, also zwei Jahre bevor Kasparian auf die Insel kam. Ich vermutete zunächst, daß Caesar diesen seinen Geburtstag wie der Landvogt von Greifensee feiern werde: umgeben von all seinen verflossenen Ehefrauen und Geliebten (er pflegt den Ausdruck »Maîtressen« zu gebrauchen, und zwar so, daß man förmlich den Accent circonflexe heraushörte) – aber nein, die Festlichkeit fand als nahezu reine Herrenrunde statt. Eine Ausnahme bildeten nur Caesars Tochter, sein einziges Kind, das ich bei dieser Gelegenheit das erste und das letzte Mal sah, die Frau seines Verlegers, die er nicht gut vermeiden konnte, weil der den ganzen Zauber bezahlte, und drei Damen, von denen noch die Rede sein muß, sowie die Akkordeonistin Maria Reiter, die zum musikalischen Gelingen beitrug.

Caesar war fest davon überzeugt, daß dieser Geburtstag der letzte runde solche sein werde. »Eigentlich«, sagte er einmal, »bin ich meinem Wesen nach ein Frühvollendeter. Wenn die Regie seitens des Weltgeistes, wie man längst weiß, nicht so verkorkst wäre, wie die meiste Regie heutzutage – ich wage mich schon in gar kein Theater mehr – hätte ich mit dreiunddreißig Jahren sterben müssen. Damals hatte ich ja schon meinen *Kassensturz* geschrieben, das beste, trotz allem, was an Überflüssigem danach noch aus meiner teilbegnadeten Feder geflossen ist. Sive: Schreibmaschine. So bin ich also der älteste Frühvollendete, der heute die Erdkruste der Literatur beschwert.« Und damals prägte er den Spruch: »Am liebsten wäre ich Schnee am Kilimandscharo, und ich vermerke mit Befriedigung, daß ich mich mit zunehmender Geschwindigkeit diesem Ziel nähere.«

Er irrte sich übrigens. Er erlebte noch seinen achtzigsten Geburtstag, den er allerdings nicht mehr feierte, und nächstes Jahr wird er neunzig, und auch das erlebt er, will ich meinen. Er kommt immer noch ab und zu auf die Insel zu Horadam. Die Frequenz des Damenwechsels nimmt zwar ab, und er sieht zunehmend aus wie eine trockene Heuschrecke, ist aber von nicht nachlassend lebhafter Bösartigkeit.

Die Geburtstagsfeier, die, wie man gleich sehen wird, beinahe als Orgie zu bezeichnen war, fand in einem großen Hotel in München statt. Es waren etwa zwei Dutzend Herren eingeladen, selbstverständlich auch Horadam, der sich im Smoking sehr seltsam, wenngleich großartig ausnahm. Ich war am Tag vorher eigens für dieses Ereignis nach München gekommen, es war eins der letzten Male, daß ich die Insel verließ, um nach Deutschland zu fahren, und es war mein Unglück.

Dabei begann es sehr stilvoll. Ab fünf Uhr trafen die Gäste ein und wurden mit ausgesuchten Aperitifs beglückt. Ein Freund und Bewunderer Caesars, der als unschlagbar geistesscharf bekannte Professor Karl Schumann, hielt eine funkelnde Rede, die nicht ohne gutmütige Stacheln war und den Jubilar zu der Bemerkung veranlaßte: »Wem so ein Hymnus gewidmet wird, braucht, um unsterblich zu werden, keine weiteren Anstrengungen zu unternehmen.«

Danach öffnete sich der Quell der Witwe *Cliquot* und versiegte bis in die Nacht hinein nicht mehr. Das Abendessen war opulent, wie nicht anders zu erwarten. Die nach den heiligen Riten der Gourmet-Kongregation, der Caesar selbstredend angehört, komponierte Speisenfolge ist mir nur noch als ausgefeilt neungängig erinnerlich, für Einzelnes aber kann ich mich nicht mehr verbürgen. Wobei ich ohnedies gestehen muß, daß an mich derlei verschwendet ist, denn ich ziehe pochierten Gemseneiern an Pfefferbirnen-Mousse eine Kartoffelsuppe mit Würsteln vor.

Man begab sich dann in einen anderen Salon, wo, höchst überflüssig, aber man konnte es ihm als Spender der Freuden nicht verwehren, der Verleger eine Laudatio hielt, worauf die erwähnte schöne Akkordeonistin Caesars Lieblingslied, nämlich *La Paloma,* spielte. Das war gegen Mitternacht. Caesar setzte sich auf ein Sofa in Hotelier-Rokoko, in einer von ihm selber gestalteten Inszenierung traten zwei ausgemacht körperedle Jungdamen in vollkommener Textilfreiheit hinter einem Vorhang aus dem Hintergrund hervor und setzten sich links und rechts neben den in dieser Situation nicht mehr anders als so zu nennenden Meister. Der las, derart umrahmt, einige seiner jüngst entstandenen Gedichte. Er hatte geistig an nichts gespart: Es waren Alexandriner.

Und dann kam eine weitere splitternackte, aber mit Goldfarbe überhauchte Dame und überreichte Caesar – nicht einen Lorbeerkranz, das wäre zu erwartbar und banal gewesen, sondern eine Zigarette.

*

Es war nicht sehr spät, vielleicht ein Uhr, ich verließ das Hotel, denn ich wohnte nicht in diesem, das mir zu teuer war, sondern in einem preiswerteren weiter draußen, da hörte ich klappernde Absätze hinter mir. Die Dame winkte mir. Sie war diejenige, die goldumhaucht die Zigarette gebracht hatte.

»Sie sind doch der Maler Felix Mahr?« fragte sie. Wie unnennbar süß ist es für einen Künstler, wenn man von jemandem namentlich erkannt wird, den man nicht kennt, vor allem, wenn es eine junge Frau ist. Und so begann mein Unglück, das mich seit Jahren inzwischen das Festland meiden läßt. Ich weiß natürlich, daß ich nicht zwangsläufig in eine emotionale Falle tappen muß, wenn ich den Fuß über das Meer setze, aber das alles da drüben ist für mich, so sagt man wohl, psychologisch »negativ besetzt«.

Anders ausgedrückt: Ich *mag* nicht mehr hinüber. Und ich kann Kasparian nach dem, was später passierte, in dieser Weise gut verstehen.

XVIII

Ich habe lang überlegt, wie ich das niederschreiben soll (und darf), was ich lang, sehr lang vor den Bewohnern der Insel erfuhr, den Humus, wenn man so sagen kann, aus dem die Katastrophe eines Tages wuchs oder, besser gesagt, wucherte. Es ist seltsam, es ist selten, aber es kommt vor, daß Geheimnisse wirklich verborgen bleiben, nicht einmal gerüchtweise unter der verschlossenen Tür aus dem Spalt hervorkräuseln; noch seltsamer, wenn es sich um eine so enge, relativ kleine Örtlichkeit und Gemeinschaft handelt wie unsere Insel Zompara und ihre Menschen, wo zwangsläufig der Klatsch kursiert und von den alten Weibern am Rotieren gehalten wird, die nichts anderes zu tun haben, als herumzuwieseln und tatsächliche oder vorgebliche Neuigkeiten auszuzwitschern. Manche solche alten Weiber, muß der Gerechtigkeit halber gesagt werden, sind männlichen Geschlechts.

Horadam wußte *es,* aber ich, der ich eigentlich viel eher eine Ahnung hätte haben müssen, wußte *es* nicht. Horadam hielt dicht, auch mir gegenüber. Ich erfuhr *es* vom Pfarrer, Don Difossa, der wußte *es* also auch, und er hielt erst recht dicht, und ich erfuhr *es* von ihm aus Versehen. »Ich dachte, gerade Sie wissen *es* längst«, sagte Don Difossa.

Ich habe, wie gesagt, lang überlegt, wie ich das hinschreiben soll, daß ich *davon* erfuhr, ob ich es nicht dabei bewenden lassen solle zu sagen: »Und dann sagte mir Don Difossa …« Ob ich Don Difossa, den Guten, er ruhe in

Frieden, er hat die Katastrophe nicht mehr erlebt, überhaupt erwähnen soll? Außer, daß er *es* Horadam gesagt hatte, den er schätzte und mit Recht für verschwiegen hielt, und daß er *es* mir quasi irrtümlich verriet, hatte er mit der Sache eigentlich nichts zu tun, und es könnte also sein Name schadlos unerwähnt bleiben. Dem Horadam, dies nebenbei, sagte er *es* vermutlich, um es überhaupt von der Seele loszuwerden, und er sagte es nicht zuletzt als Warnung. »Ob das gutgeht?!«, so der Pfarrer laut Horadam.

Aber die Geschichte käme mir unvollständig vor, wenn Don Difossa unerwähnt bliebe, und eigentlich könnte sich der Leser kein richtiges Bild von der Insel machen, wenn die zwar äußerlich schwarze, aber innerlich bunte Figur des Pfarrers fehlte.

Don Alfredo Difossa war klein und dick, und wenn ich eben schrieb, daß er äußerlich, das heißt seine Soutane, schwarz war, stimmt das nur bedingt, denn sie war ständig voller Flecken. »Ich bin ein Magnet für Sugo und alle Sorten von Sauce«, sagte er oft, »ich kann aufpassen, wie ich will.« Horadam, der bekennende Atheist und innige Freund des Pfarrers, schenkte ihm einmal eine vergoldete Kette mit zwei kleinen Kluppen an den Enden, mit deren Hilfe man die Stoffserviette vor der Brust festmachen konnte. Don Difossa benutzte diese Vorrichtung, obwohl er das Gefühl hatte, »damit auszusehen wie ein Baby mit Lätzchen«. Die Flecken hatte er dann hinten auf der Soutane. Um der lauernden Tomatensauce, dem Sugo also, auszuweichen, ließ er sich gern *Pasta Alfredo* machen. Das heißt zwar nicht nach Don Alfredo Difossa so, sondern nach dem berühmten Nudelkönig von Rom an der Piazza Augusto Imperatore, aber für mich und auf Zompara heißt es nach Don Difossa: Nudel weiß, nur mit Butter und Parmesan. »Ist mir eigentlich eh das liebste«, sagte er. Wir teilten diese Vorliebe. *Pasta Alfredo:* ein Gericht von stiller Einfalt und edler Größe.

Ich sehe ihn noch bei Amanda sitzen vor einer Schüssel *Pasta Alfredo.* Er zog Tagliatelle den Spaghetti vor, und er schätzte es, was der Klassizität des Gerichts keinen Abbruch tut, wenn Amanda ein paar Blätter Salbei in die Butter bröselte.

Don Alfredo war immer am Mittwoch bei Amanda. Italiens Geistliche, jedenfalls die Kleinen, sind schlecht bezahlt. Die Pfarrei Zompara, sowieso ein Strafposten, war arm. Eine Haushälterin trug der Etat nicht. Der Pfarrer durfte umzechig bei mildtätigen Wirten essen. Das war kein festgelegtes oder gar geschriebenes Deputat, das war üblich. Außerdem kannte Don Difossa immer die neuesten Witze.

Ich habe schon erwähnt, daß Don Difossa ein begeisterter und noch dazu recht guter Photograph war. Es gab stimmungsvolle Postkarten, die auf Bilder von ihm zurückgingen. Gern photographierte er Blumen. Allerdings auch anderes. Was niemand wußte, auch ich nicht, war eine Horadam mündlich auferlegte Verfügung von Don Difossa, nach seinem, des Geistlichen Tod, eine Schachtel mit Photographien, die im Pfarrhaus an genau bestimmter Stelle stand, zu verbrennen. Horadam besorgte es getreulich. Ich weiß, daß es ein an sich unzulässiger Anthropomorphismus ist, wenn ich das sage, aber der Gedanke ist doch zu schön: Der gedemütigte, gemaßregelte, ständig befleckte und bettelarme Don Alfredo Difossa sitzt *oben* bei unserem Herrn Jesus zu Gast – bei Tagliatelle mit Butter, Salbei und Parmesan, während so manche Eminenz mit Manna vorliebnehmen muß, die vermutlich ganz intensiv nach gar nichts schmeckt.

Don Difossa war ein exzellenter Prediger, viel zu gut für die dumpfen Ohren und Seelen der meisten Zomparesen. Er war ein scharfer Geist, zu scharf für die Dogmen der Kirche, und daneben ein Kind, das sein Spielzeug, den Photoapparat, über alles liebte. Er habe, hieß es hinter vorgehaltener Hand auf der Insel, eine große Karriere vor sich gehabt, sei bereits in jungen Jahren Domprediger in Neapel gewesen, bevor er (so Vittoria, seine Freundin) »abgestürzt« sei. Der Grund dieses »Absturzes« war nicht, und ich sage jetzt das Wort, das sich in all dem Zusammenhang nicht vermeiden läßt, war nicht seine Homosexualität.

Don Difossa kehrte selbstverständlich seine Neigung nicht nach außen, im Gegenteil. Ich vermute auch, daß der arme Mensch diese Neigung, sich selbst kasteiend, nie »ausgelebt« hat, wie man so sagt. Nur nackte junge Männer, »Jünglinge« hätte man früher gesagt, hat er photographiert, übrigens nie Kinder. Ich weiß es von Horadam, der die Bilder in der bewußten Schachtel oder Kiste angeschaut hat, bevor er sie verbrannte. Dazu ein Wort zum Verhältnis Don Difossas zu Horadam und auch zu Vittoria. Wenn ich oben geschrieben habe, sie sei seine »Freundin« gewesen, so gilt das im reinen, unverfänglichen Sinn. Er vertraute ihr manches an, über seine homosexuelle Neigung aber sprach er nie, aber sie erkannte sie ungesagt, wie Frauen ja überhaupt ein feines Sensorium dafür haben. Und der pralle Horadam war auch ein Freund Don Difossas im landläufigen Sinn. Zu Horadams Sexualleben ist zu sagen, daß er laut eigener Bekundung »ein Quartalsberserker« war und noch ist, so wie es *Quartalssäufer* gibt, die außerhalb ihrer Quartale streng nüchtern sind. Horadams Quartalsberserkertum richtete sich zum Teil nach den relativ regelmäßigen Besuchen seiner Freundin Fiffa, die sonst mit Mann und Kindern in, glaube ich, Dortmund lebte, und entfaltete sich ansonsten bei, wie ich feststellte, stark strapaziösen Ausflügen nach Rom oder Neapel.

Die Besuche Fiffas, die, wenn ich mich recht erinnere, in Wirklichkeit Gertraud heißt und die etwa vier-, fünfmal pro Jahr anreiste und für eine Woche, selten länger, auf der Insel blieb, hatten für Horadam, den, wie gesagt, bekennenden Atheisten oder wohl besser Agnostiker, einen seltsamen Beiwert. Fiffa war nämlich streng katholisch. Da gab es nichts. So heftig das quartalberserkische Liebeslager gewesen sein mochte, am Sonntag mußte Horadam mit ihr in die Kirche. Fand Fiffas erotischer Besuch gar zu Ostern statt, waren die Andachten, Messen, Vespern und alles, ich bekam seine heimlichen Seufzer mit, für Horadam anstrengender als das Quartals-Berserkern, aber er machte alles brav mit. (Vielleicht hilft es dem Seelenheil auch dann, wenn man nicht daran glaubt?) Und ich sehe noch Horadam mit der Kerze in seinen heidnischen Händen bei der Auferstehungsprozession in der Osternacht mitgehen.

Es nahm ein seltsames Ende mit Horadams Verhältnis zu Fiffa. Fiffas Mann starb, und von dem Moment an verschloß sie sich Horadam. Sie hielt dem toten Ehemann die Treue, die sie dem lebendigen jahrelang gebrochen hatte. Das Leben ist merkwürdig.

*

Die Homosexualität war, wie gesagt, nicht der Grund, zumindest nicht der Hauptgrund für Don Difossas Verbannung und für das Ende seiner geistlichen Karriere. Die Gründe dafür waren andere, genau genommen zwei: Der in zeitlicher Reihenfolge erste war, daß er einem kommunistischen Journalisten, der sein Schreiberleben damit verbracht hatte, die Kirche in bösartiger Weise zu bebelfern, die letzte Ölung gab, als der im Sterben lag. Das führte noch nicht zur Verbannung, wohl aber zu strengen Maßregeln. Im übertragenen Sinn, so Don Difossas eigener Ausdruck, wurden ihm »die Zehen nach oben gebogen«.

Das Faß zum Überlaufen brachte dann ein geschliffener Artikel Don Difossas (ich habe ihn, viele Jahre danach, gelesen) in der *Civiltà Cattolica,* der Jesuitenzeitschrift. Dazu muß man wissen, daß diese Zeitschrift wie überhaupt der ganze Jesuiten-Orden dem Vatican höchst suspekt ist. Der Papst hätte – damals – zur Entspannung eher die *Prawda* gelesen. Der Artikel Don Difossas befaßte sich mit dem ja ziemlich unerklärlichen postumen Aufstieg des sogenannten Nährvaters Joseph vom in den Evangelien nur schattenhaft sichtbaren »Tekton« aus Galiläa zum, sage und schreibe, Patron der Kirche. Don Difossa bohrte in dem wenigen, was uns die Evangelien über Joseph berichten, und kam zu dem Schluß, daß Joseph, als Marias Schwangerschaft ruchbar wurde, seine Zukünftige wie die sprichwörtliche heiße Kartoffel hat fallen oder, anders gesagt, sie im Regen hat stehen lassen. Wenn nicht vom höheren Ort eingegriffen worden wäre. Der Artikel hieß: *Gesù, un figlio illegitimo (Jesus, ein uneheliches Kind).* Die Wirkung war innerkirchlich ein Donnerhall. Vor allem, weil der Don Difossa vorgesetzte Bischof Joseph hieß. Das geistliche Katapult bündelte Don Difossa zur Kugel und schleuderte ihn in den Abgrund der maroden Pfarre Zompara. Und so kam die Insel zum besten Seelenhirten, den sie je hatte und wohl haben wird. Und zu einem vorzüglichen Photographen.

*

Erst seit ich schreibe, dies hier schreibe, beobachte ich. Ich bemerke an mir selber eine Neugierde, die rundum schaut. Maler beobachten nicht, Maler *sehen.* Das merke ich jetzt. Schriftsteller sind darauf angewiesen, die Augen nach allen Seiten offenzuhalten, die Ohren auch. Es darf ihnen nichts entgehen. Ein Großteil dessen, was sie aufnehmen, ist Schrott, und das vergessen sie.

»Vom Rest«, bestätigte mir Caesar, mit dem ich darüber redete, »leben sie.«

Ich bin nur temporärer Schriftsteller. Ich bin Maler und

beabsichtige, das zu bleiben. Aber immerhin bin ich *jetzt* Schriftsteller, und es fällt mir auf ... (man sieht schon, daß ich nur temporärer Schriftsteller bin, weil ich mir nicht die Mühe gebe, eine andere Formulierung zu finden) ... es fällt mir auf, daß mir auffällt, was mir früher nicht aufgefallen ist. (Ich belasse es bei dieser *auffälligen* Formulierung. Ich will weiterkommen.) Zum Beispiel, daß gewisse Ausflüge Horadams mit der Abwesenheit Don Difossas von der Insel zeitlich zusammenfielen. Jetzt, wo ich das alles schreibe und über die Zusammenhänge nachdenke, fällt es mir wie Schuppen von den Augen.

Klar: Wo sollte Don Difossa sonst Gelegenheit haben, seine nackten Jünglinge zu photographieren, wenn ihm Horadam nicht die Möglichkeit verschafft hätte?

Und es ist mir jetzt auch klar, daß Kasparian viel, viel besser über alles auf der Insel Bescheid wußte, als ich es, wie die meisten Insulaner, ahnte. Freilich, denn er benutzte die Insel als Refugium und sicherte das nach allen Seiten ab. Ich gehe wohl nicht fehl in der Annahme, daß einer wie Kasparian, selbst wenn er nur legale Geschäfte betreibt, ständig Angst vor Entführungen und Erpressungen hat. Und da Kasparian, da bin ich sicher, seine Finger oder wahrscheinlich sogar seine Arme bis zu den Achseln in dunkelsten Machenschaften stecken hat, besteht für ihn diese Gefahr erst recht.

Er hatte, bin ich sicher, die ganze Insel ausspionieren lassen. Er hatte sicher nicht nur den Mandell – oder wie der wirklich hieß – in seinem Dienst.

Ich erinnere mich an ein Gespräch mit Don Difossa. Wir saßen mittags bei Amanda und aßen – was wohl? ja: Tagliatelle in Butter mit Salbei und Parmesan. *Pasta al' Alfredo.*

»An Ihrer Stelle, Don Difossa«, sagte ich, »hätte ich mir das nicht bieten lassen.«

»Was?«

»Die Demütigungen. Die Zurücksetzungen.«

»Was hätten Sie getan?«

»Ich hätte denen die Soutane vor die Füße geworfen.«

Don Difossa lachte. Er schaute an sich herunter. »Jetzt habe ich doch tatsächlich einen Fettfleck am Knie.«

»Warum lachen Sie?« fragte ich.

»Ich stelle mir vor, daß ich, nachdem ich dem Herrn Bischof die Soutane vor die Füße geworfen habe, in Unterhosen das bischöfliche Palais verlasse.«

»Sie wissen, wie ich es meine.«

»Certo.«

»Und?«

»Haben Sie einmal – danke, Amanda, ich bin satt, aber einen Espresso – über jene schamhafterweise nie so ganz richtig aufgefaßte Vaterunser-Stelle nachgedacht: *Vergib uns unsere Schuld, wie auch wir vergeben unseren Schuldigern?* Haben Sie gemerkt, daß das eine höchst gefährliche, bedingte Selbstverfluchung ist? Gott vergibt uns nur in *dem* Maß unsere Schuld, wie wir bereit sind, unsererseits denen zu vergeben, die uns Böses angetan haben. Vergeben wir *nicht,* wird auch uns nicht vergeben. Vergeben wir nur halbherzig, womöglich weil sonst Unannehmlichkeiten drohen könnten, wird auch uns nur halbherzig vergeben. Vergeben wir gar nicht oder verfluchen gar …«

»Darüber habe ich noch nie nachgedacht.«

»Eben.«

»Und Gott ist so ein Krämer? Ich geb dir nur, wenn du mir etwas gibst?«

»Umgekehrt. Der Krämer ist wie Gott. Gott hat den Krämer wie alle Menschen nach Seinem Bild erschaffen.«

Ich dachte nach. Amanda brachte den Espresso.

»Und«, fragte ich dann, »das glauben Sie?«

»Nein«, sagte Don Difossa, »denn wenn Gott so wäre, wie die Menschen sind, dann wäre Er furchtbar.«

»Sie haben denen da oben trotzdem vergeben?«

»Ja, und es war gut so. Wissen Sie, der Heilige Geist hält schon Seine Hand oder Seinen Flügel oder was schützend über die Kirche. Er befördert alle, die ... hm, ich will keinen Ausdruck gebrauchen, eben alle *die* nach oben. Zu Prälaten, zu Bischöfen ... eben nach oben. Weg von den Menschen, dorthin wo sie keinen Schaden anrichten können. Sollen sie Breven und Enzykliken absondern, es liest sie doch kein Mensch. Die, die wirklich dienen, bleiben unten. Wie ich.«

»Gibt es im Vatican keine Gläubigen?«

»Es ist so wie mit der Bank. Den Bankern gehört auch das Geld nicht, mit dem sie manipulieren. Die Monsignori *verwalten* den Glauben. *Glauben* sollen die anderen. Aber jetzt muß ich gehen. Ich erwarte Besuch.«

Ich blieb noch, trank noch einen Fernet. Da kam Horadam.

»Setz' dich einen Moment her«, sagte ich.

»Nein«, sagte er, »ich bin verabredet.«

Er ging. Jetzt, heute, ist mir klar, daß er der Besucher war, den Don Difossa erwartete. Und Mandell, der Pseudo-Mafioso, schlich auch vorüber. Er grüßte. Und auch das weiß ich heute: Er grüßte nicht mich, sondern Horadam.

*

Die Geschichte war die, daß Kasparian durch Mandell und seine anderen Spione davon erfahren hatte, was ohnedies kein Geheimnis war, daß Don Difossas Widum viel zu groß für den alleinstehenden Pfarrer war. Nicht immer war die Pfarre zum heiligen Aemilianus von Zompara so notleidend gewesen. Don Difossa bewohnte eigentlich nur ein karg, ja förmlich franziskanisch möbliertes Schlafzimmer im Parterre und ein Büro direkt neben dem Eingang, das gleichzeitig Wohn- und Empfangs- und überhaupt Aufenthaltsraum war. Der ganze obere Stock war leer, vier große Zimmer. Und die hatte – selbstverständlich durch Mandells Aktivitäten – Kasparian gemietet, um dort vorläufig seine Sammlung von den Caterina-Bildern von meiner Hand unterzubringen. Erstens nahm Kasparian (oder nur Mandell?) an, daß der Pfarrer verschwiegen ist, und zweitens, daß für *ihn* die Bilder keine Versuchung zu sündhaften Gedanken mit sich bringen würden. So fügt sich alles zusammen.

Überflüssig zu sagen, daß der gute Don Difossa den nicht unbeträchtlichen Mietzins ausschließlich für caritative Zwecke verwandte.

Ich erfuhr davon, weil ich etwa ein halbes Jahr, nachdem Kasparian die ersten Bilder von mir gekauft hatte, Mandell bat, von ebenjenem quadratischen Bild eine Photographie machen zu dürfen, weil ich es für mich noch einmal malen wollte. Ich dachte, Mandell würde mir das Bild vielleicht bringen, aber er führte mich ins Pfarrhaus. Und ich staunte. Und Don Difossa sagte:

»Sie wissen nicht?«

Ich schüttelte nur den Kopf, völlig verwirrt.

»Ich bin nicht gerade zum Jauchzen glücklich über dieses Verhältnis, aber erstens kann ich eh nichts machen, und zweitens – eben: zweitens.«

So erfuhr ich, daß Caterina Kasparians Geliebte geworden war.

XIX

Ich horche in mich hinein. Ich horche oft in mich hinein. Ist das eine Alterserscheinung? Wie alt bin ich? Ich will gar nicht nachrechnen. *Alt* bin ich, dabei rede ich von den anderen Leuten immer noch als »von den Erwachsenen«. Horadam übrigens auch. Er ist allerdings jünger als ich, nicht viel, aber immerhin. Caesar freilich macht das Alter überhaupt nichts aus, und mit Recht, denn er wird mit jedem Jahr seiner Büste ähnlicher, die einst – da bin ich so sicher, wie er es ist – in der Walhalla bei Regensburg aufgestellt wird. Schon jetzt hat er einen Anflug von »Goethe«.

Ich horche in mich hinein und höre, daß ich das vorangegangene, das XVIII. Kapitel, nur geschrieben habe, weil ich das Niederschreiben dessen, was längst fällig ist, hinausschieben wollte, nämlich das, was auf die Frage jener Frau in der Pacelli-Straße in München nach der Geburtstagsfeier Caesars folgte, auf die Frage, ob ich Felix Mahr sei.

Ja, ich war Felix Mahr. Ich bin Felix Mahr.

Tamara hatte bei dem Fest meinen Namen aufgeschnappt, und sie hatte einige Tage vorher in einer Kunstzeitschrift einige Arbeiten von mir abgebildet gesehen. Ab und zu ist eine Kunstzeitschrift so gnädig, das zu tun, nicht oft, bringt auch nicht viel, wenn man nicht eh' schon oben ist. Aber diesmal hatte es *etwas* gebracht, wenn auch etwas ganz anderes: meine vierte Ehefrau.

Es ging schnell damals, obwohl erotische Schnellschüsse normalerweise meine Sache nicht sind. Schon am Tag danach trafen wir einander wieder, und in der folgenden Nacht blieb sie in meinem Hotelzimmer. Nicht ganz vierzehn Tage später kam Tamara nach Zompara zu Besuch, der schon deutlich den Charakter des Einnistens durchscheinen ließ. Beim zweiten Besuch einen Monat später fiel schon das Wort »heiraten«.

Horadam warnte mich. Caterina warnte mich. Amanda warnte mich zwar nicht ausdrücklich, zog aber die Augenbrauen zusammen, als sie das erste Mal Tamara die Tagliatelle *Alfredo* servierte. Ich hörte nicht darauf, ich war verliebt, zweifellos. Mehr braucht man nicht zu sagen. War Tamara in mich verliebt? In einen Mann, der doppelt so alt war wie sie? Ich weiß es nicht. Ende des Jahres zog Tamara ganz zu mir. Sie war ein erotischer Vulkan. Der Vulkan erlosch an dem Tag, als uns der Sindaco mit grün-weiß-roter Schärpe umgehängt traute. Amanda und Horadam waren die Trauzeugen. Tamaras Eltern und einige andere Verwandte waren zur Hochzeit gekommen, blieben mehrere Tage und verunstalteten den Garten. Der Vater war ein Nazi, kein alter übriggebliebener, sondern ein neuer, Funktionär irgendeiner Rechtspartei im Fränkischen. Die Mutter war dick wie eine Kugel.

Ich bin jetzt, im Nachhinein überzeugt, daß Tamara es darauf abgesehen gehabt hatte, geheiratet zu werden. Und ich bin auch im Nachhinein überrascht davon, daß es so etwas in unserer Zeit noch gibt. Im 19. Jahrhundert: *ja,* was man so hört und liest. Damals waren die jungen Mädchen froh, daß sie der elterlichen Fuchtel durch Heirat entkommen konnten, hoffend, daß es ihnen in der Ehe gelingen werde, ihrerseits über den Ehemann nun zu fuchteln. Aber heute? Oder ist das schon wieder eine neue Romantik und Innerlichkeit? Wer weiß. (»Werweiß«, wie der Lieblingsschriftsteller Horadams, Eckart Henscheid, zu schreiben pflegt.)

Ich habe ungefähr zehn Seiten dieses Manuskriptes weggeworfen. Ich hatte ausführlich alle Teufeleien beschrieben, die Tamara seit der Hochzeit an den Tag gelegt hat, angefangen von ihrer bodenlosen Schlampigkeit bis zu dem Vorfall, wo ich den dunklen Mechaniker mit ihr in unserem Ehebett erwischte. Aber Horadam, dem ich die zehn Seiten zu lesen gab, sagte: »Willst du im Ernst die Leser mit dieser Aufzählung langweilen?« Er hatte recht.

Tamara wurde dick, dick wie ihre Mutter. Sie ließ ihre Strohhaare wachsen und trug sie im Stil »Trümmerfrau 1945«, sah also aus wie ein Besen. Von körperlicher Liebe war bald nicht mehr die Rede, nur die Eifersucht blieb, vor allem auf Caterina, was, wie der Leser inzwischen glaubt, grundlos war. Dabei bin ich mir sogar sicher, daß der brennende Wunsch nach Heirat in Tamara gar nicht ausdrücklich vorhanden war, der trieb sie innerlich, ohne daß sie selber es wußte, wie so vieles, was sie tat. Es mag zu ihrer Entschuldigung dienen.

Der erste Krach kam schon bei ihrem zweiten Aufenthalt. Es war allerdings ein Krach, der mit einer wohligen Versöhnung endete. Der Anlaß war, daß ich auf ihre Frage, wann wir heiraten würden, in aller Unschuld antwortete:

»Das geht nicht, ich bin verheiratet, habe ich dir das nicht gesagt?«

Anna sagte dann später, als ich mit ihr telephonierte: »Wie? Was? Sind wir noch miteinander verheiratet? Immer noch? Gibt es da nicht so was wie eine Verjährung?« Gibt es selbstverständlich nicht, und so kam es also zu einer Formsache von Scheidung. Aber es zog sich dann doch fast zwei Jahre hin, was wiederum den Vorteil hatte, daß Tamaras Vulkan noch weiterbrodelte. Zweifellos wäre er sonst schon früher erloschen.

Nicht unterdrücken freilich kann ich die zumindest kursorische Erwähnung der Besuche ihrer Familie, die ohne weiteres die Bezeichnung Mischpoke verdient. Allein was Onkel Aribert, ein stellungsloser Musiker, soff. Der Cousin Gerold schiß ins Bett, zwei Cousinen gerieten einander an einem Weihnachtsabend handgreiflich in die Haare über die Frage, welches Fernsehprogramm eingeschaltet werden solle. Wie oft floh ich zu Horadam. Er sagte: »Ich habe dich gewarnt«, labte mich mit einem *Pilsner Urquell.* Tamaras Bruder Frieder fiel von der Palme, von deren Wipfel aus er den Mond photographieren wollte. Um zwei Uhr in der Nacht. Brach sich ein Schlüsselbein. Wir mußten ihn, weil niemand zu erreichen war, in den Ort hinuntertragen. An »Mammileins« Geburtstag explodierte die Waschmaschine, ausgerechnet, als vierzehn Mitglieder der Familie im Haus waren. Und dazu die ständigen Sticheleien, Vorwürfe, Tränenstürze und Nervenbeben Tamaras. Es war die Hölle, und ich war vor Erschöpfung dermaßen gelähmt, daß ich nicht einmal mehr die Kraft hatte, mich zu wehren.

Caterina war es, die die Rettung brachte.

Wie gesagt, war die Eifersucht, namentlich die auf Caterina, das einzige, was von der ehemaligen Zuneigung übriggeblieben war. Ich war ohnedies in den, zum Glück, wenigen Jahren der Ehe mit Tamara (und ihrer Familie, bin ich geneigt zu sagen) kaum in der Lage und in der Laune zu malen. Daran, Caterina als Modell zu zeichnen oder zu malen, war bei den vielen, ständigen Besuchen der zum Teil stark moralischen Familienmitglieder nicht zu denken. Doch wagte ich es einmal, Caterina zu malen, als nur Tamaras Mutter zu Besuch war. Die zwei Kugeln drangen ins Atelier ein, stellten sich mit Armen in die Hüften gestützt hin, und Tamara sagte: »Muß das sein? Wenn Mutschchen da ist?«

Ich bin Caterina ewig dankbar. Sie machte sich nicht die Mühe, ein Tuch zu ergreifen und sich zu bedecken, sondern lachte nackt und lautlos. Das gab mir die Kraft, auf die weitere Frage Tamaras: »Sie oder ich?« zu entworten: »Sie.«

Ich übertreibe jetzt, wenngleich nur wenig. Die Palme draußen, von der seinerzeit der mondphotographierende Bruder Frieder gefallen war, bog sich vor dem Geheul der nun ums Haus laufenden, händeringenden Alten leicht nach außen. Tamara warf mit Geschirr. Einige Zomparesen, die grad vorbeikamen, blieben stehen, um das Schauspiel zu genießen. Ich will nicht das referieren, was aus dem Vorfall gemacht wurde, als er von Mund zu Ohr gehend als Fama Ginos Bar erreichte. Noch heute höre ich manches Mitleid bekundende Wort.

Offenbar war Tamaras Frage nicht rhetorisch gemeint, wie ich im Augenblick angenommen hatte. Ich floh, Caterina auch. Nicht nackt, natürlich, aber sie war schnell angezogen. Mehr als – buchstäblich – ein leichtes kurzes Kleid und Sandalen pflegte sie nicht am Leib zu haben, wenn sie zum Modellstehen kam.

Wir gingen in die Bar, Caterina hinter den Tresen, ich ließ mir einen Fernet Branca geben, zur Beruhigung. Als ich wieder vorsichtig in mein Haus zurückkehrte, war es leer. Auch Tamara war fort. Auch sie sah ich, wie meine Erste, nie wieder.

*

Es war in meiner Schwiegerfamilie üblich, wie es überhaupt ja weit verbreitet ist, unangenehme Dinge durch Verschweigen zu unterdrücken. So wurde der Schwiegermutter Hang zu alkoholischer Entspannung unter den Teppich gekehrt und dort festgehalten. Das Zerbrechen der Ehe wurde, weil peinlich, ignoriert. Es wurde so getan, als bestünde sie weiter, was allerdings, da Tamara wieder nach München zog und sich sehr bald einem Kunstphotographen anschloß, nur schwer aufrechtzuerhalten war. Aber immerhin drang es nur langsam in die verästelten Kanäle der weiteren Familie, und das führte dazu, daß noch ein Jahr danach ein entfernter Schwippschwager (er war Briefmarkenhändler und auch sehr dick) schwitzend bei mir auftauchte, um mir die Freude seines Besuches zu machen. Ich zeichnete gerade Caterina im Garten, und sie griff rasch das Tischtuch. Er hatte beabsichtigt, vierzehn Tage zu bleiben und hatte als Gastgeschenk geräucherte Hammelwurst aus seiner Heimat mitgebracht, ich glaube: aus Hackpfüffel in Thüringen, eine dortige Spezialität.

Er sank, als ihm die inzwischen eingetretenen Tatsachen eröffnet wurden, in einen der Korbstühle, der dabei bedenklich knirschte. Das unter den Teppich gekehrte Unangenehme war also noch nicht bis zu ihm vorgedrungen gewesen. Ich labte ihn mit einem Prosecco, den Caterina, in das Tischtuch gewickelt, holte.

Er rollte die Augen, nicht aus Wut oder Zorn, sondern vor Verzweiflung.

»Ist das …« ich merkte, daß er nicht wußte, ob er »Du« oder »Sie« zu mir sagen sollte, »ist das die Neue?«

»Nein«, sagte ich, »jedenfalls nicht meine.«

»Was soll ich jetzt tun?«

»Heute geht kein Boot mehr hinüber. Sie können –« damit klärte ich die Anredefrage, »– die eine Nacht bei mir bleiben.«

Er war froh, versteht sich, und dann begab es sich, daß Horadam herüberkam, der sofort Gefallen an dem Briefmarkenhändler fand. Sie wurden im Lauf des Abends ein Herz und eine Seele. Der Briefmarkenhändler taute auf, erzählte Schnurren aus dem Briefmarkenhändlermilieu, fiel, nach etlichen weiteren Proseccos mitten im Satz nach hinten um wie gefällt, wachte erfrischt gegen Mitternacht wieder auf, trank weiter und ging dann mit Horadam in dessen

Haus hinüber, wo er die geplanten vierzehn Urlaubstage verbrachte.

Er versprach im nächsten Jahr wiederzukommen, kam aber nicht. Vielleicht hatte ihn der auch bei ungenauem Hinsehen unausweichlich voraussehbare Schlagfluß ereilt.

*

In der Zeit, in der ich mit Tamara und den zahllosen uns besuchenden Früchten des offenbar höchst ertragreichen Stammbaumes ihrer Familie geschlagen war, konnten meine Töchter nur ganz selten zu mir kommen. Zwischen ihnen und Tamara bestand auch kein herzliches Verhältnis. Selbst auf die Töchter war sie in einer grotesken Weise eifersüchtig, und zwar auf die durch sie, die Töchter, manifestierte, längst vergangene Beziehung zu deren Mutter. Sie war sogar auf Horadam so etwas wie eifersüchtig: »Warum mußt du immer zu dem Säufer gehen? Was redet ihr denn? Habt ihr denn nicht schon alles geredet, was es zu reden gibt? Mußt du zu ihm hinübergehen, wenn Mutschchen und Pappchen eigens wegen dir zu Besuch gekommen sind?«

Kurz nachdem Tamaras Mutter unter Mitnahme ihrer Tochter und unter, wie Horadam sagte: »Absingen schmutziger Lieder«, die Insel verlassen hatte, rief Lewina, was sie gelegentlich tat, an und fragte unter anderem:

»Wie geht es Tamara?«

»Ich glaube: gut«, sagte ich.

»Ach so!« lachte sie, »dann kann ich ja wieder kommen.« Das tat sie bald danach, und es war, erinnere ich mich, jener Besuch, bei dem sie mir die andere Version davon erzählte, wie ihre Mutter damals von Verona zurück nach München gekommen ist.

Es haben damals – »Hast du das nie erfahren?« – bereits

seit einiger Zeit Beziehungen zwischen Annelore, meiner Frau, und Professor Pflieger bestanden. Wie eng diese Beziehungen waren, wußte Lewina nicht. »Wohl eher harmlos«, sagte Lewina, vielleicht nur – überflüssig, da längst sozusagen verjährt – um mich nicht zu verletzen, vielleicht auch, um ihre Mutter nicht nachträglich in Mißkredit zu bringen, »also harmlos in *dem* Sinn. Sie kannten einander von den Mittwochabenden bei Frau Ohrentaler her.« Von diesen Mittwochabenden wußte ich, da Annelore regelmäßig hinging. Es waren hochgeistige Seelenzusammenkünfte mit philosophischem Unterfutter, die wohl schon leicht ins Spiritistische hinüberschillerten. Wohlweislich hatte mich Annelore nie aufgefordert, da etwa mit hinzugehen, anfangs, weil sie meine unverhohlene Abneigung gegen derlei kannte, später wohl, weil sich die Beziehung zum Mitspiritisten Pflieger verdichtete.

Und also einsam durch das morgendliche Verona irrend, habe sie sich dann mit Pflieger in Verbindung gesetzt.

»Medial?« fragte ich.

»Nein, nein«, lachte Lewina, »schon per Telephon. Es scheint so gewesen zu sein, daß sie entweder zufällig oder, was ja auch für Sprachunkundige nicht zu schwer ist, durch Fragen eine Carabinieri-Station fand. Dort konnte sie freilich ihre Misere nicht genau erklären, wohl aber aufs Telephon deuten. Ich nehme an, die Carabinieri vermuteten, daß ihr das Auto mit allem Drum und Dran gestohlen worden sei. Sie ließen sie also telephonieren, und Mutter verständigte Pflieger, der sich sofort ins Auto setzte und als rettender Held nach Verona eilte.«

»Aber wie und wo fand er sie? Und es gab damals, wenn ich mich recht erinnere, noch keine Brennerautobahn, so schnell war man nicht aus München in Verona?«

»Das weiß ich nicht. Aber überleg mal, was du in der Situation – gut, ich weiß, in *die* Situation wärst du nie ge-

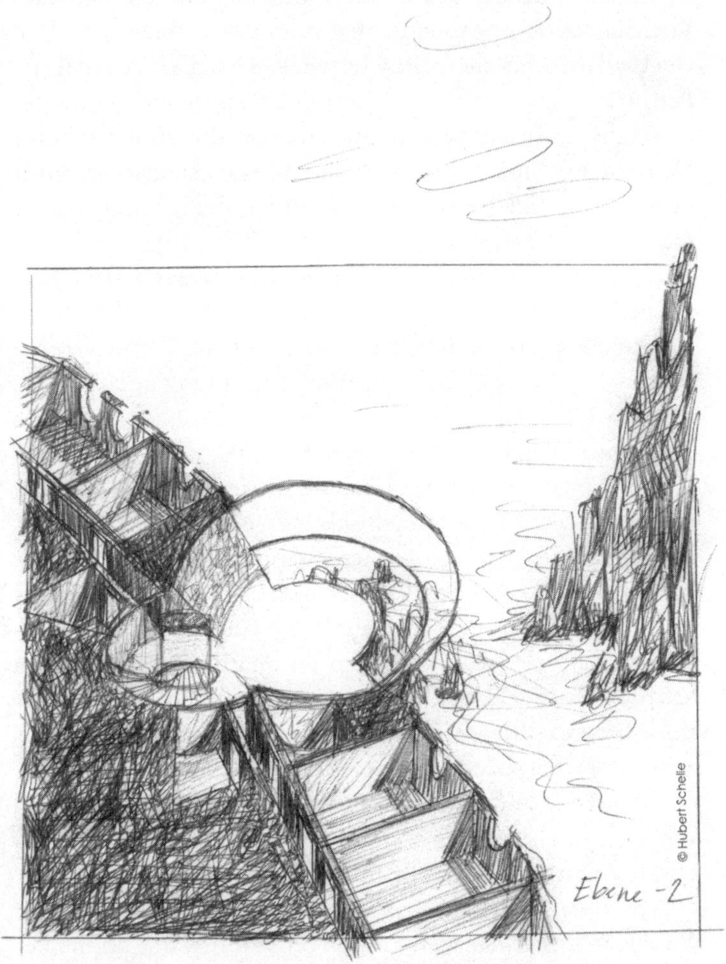
Ebene -2
© Hubert Schelle

kommen – aber trotzdem: Was hättest du in der Situation getan, wenn du *sie* gewesen wärst?«

Ich ließ meine Überlegungen den Weg des geringsten Widerstandes laufen: »Sie hat sich, auch das geht mit minimalen Sprachkenntnissen, die Adresse der Carabinieri-Station sagen lassen und die dem Pflieger durchgegeben.«

»Oder einer der Carabinieri konnte ein paar Brocken Deutsch.«

»Und was tat sie in den … wieviel? sieben, acht Stunden?«

»Du kennst sie doch, Pappa, sie hat die Fähigkeit, das Denken auf Null zu reduzieren und nur dazusitzen. Und ohne Essen und Trinken konnte sie immer schon spielend tagelang auskommen.«

»Und auf der Rückfahrt kam es dazu, wenn nicht schon vorher, daß –«

»Ach, Pappa, laß die alten Geschichten.«

XX

Den Bau von Kasparians Villa oder, wie sie von den Zomparesen genannt wurde, Burg beobachteten, soweit dies möglich war, die Inselbewohner mit von Unbehagen durchmischter Bewunderung. Wenn ich oben schrieb, daß ich nie zu den Auserwählten gehörte, die diese Burg zu betreten eingeladen waren, so stimmt das insofern nicht ganz, als ich einmal dort und auch drinnen war, als der Rohbau stand. Der Architekt hatte mich eingeladen. Ihn, Herrn Sch., einen außerordentlich unaufgeregten und schon daher sympathischen Mann, hatte ich bei Amanda kennengelernt, wo er, was selbstredend gleich für ihn spricht, zu Mittag aß und nicht in einem der neuen Gourmetablissements drüben in Zompara-Nuova. Und nicht nur das, er aß Tagliatelle al'Alfredo. Grund genug für Horadam, der dabei war, ihn anzusprechen. So also lud er uns ein.

»Es ist vielleicht ganz interessant«, sagte der Architekt, »und wenn der große Herr, den ich selber übrigens nie gesehen habe, einmal hier eingezogen ist, wird es schwierig sein, in die Villa hineinzukommen.«

Kasparian hätte, wie erwähnt, einen Wolkenkratzer bauen dürfen. Er wollte alles andere als das. Das Bauwerk fügte sich in ganz eigenartiger Weise in die Landschaft, und obwohl es wie eine Mischung aus futuristischem Ritterschloß und einer Weltraumrakete aussah, hatte man den Eindruck: das gehört hierher und: ist es nicht immer schon da gestanden?

»Gratuliere«, sagte ich, nachdem wir die großartigen, noch leeren Innenräume besichtigt und vom *Rundsalon* – so nannte Sch. den Raum wörtlich –, den nicht anders als dämonisch zu nennenden Blick durch den Glasboden in die meerschäumenden Felsen hinunter genossen hatten.

»Sie müßten Kuno Krissler gratulieren, aber dieser Name sagt Ihnen wahrscheinlich nichts.«

Auf einen Plan des zeit seines Lebens von Erfolg und Anerkennung vernachlässigten Kuno Krissler, des Lehrers von Herrn Sch., ging der Bau zurück. Kuno Krissler, 1894 geboren, 1986 gestorben, stammte aus Bruneck. »Schon sein Unglück«, sagte Sch., »Südtirol ist das schönste Land der Welt, wenn man einmal von den Baukränen absieht, die überall herumstehen, aber die sperren sowohl Südtiroler als auch eigenartigerweise die Touristen aus der Wahrnehmung aus. Es verbleiben sodann erstklassige Berge, hervorragende Kulturdenkmäler wie Kirchen, Klöster, Burgen, Schlösser, exzellenter Wein, bestechend schöne Wirtinnen, Licht, Luft und Wetter der obersten Genußkategorie. Gottes eigenes Land. Ich berichtige mich: eines von Gottes eigenen Ländern. Ich will nicht übertreiben, aber es ist ein in der Tat gesegnetes Land. Da die anderen, die außen herum wohnen, näher und ferner, ohnedies der Meinung sind, das alles sei unverdient, herrscht auch die Ansicht vor, die Südtiroler sollten es mit der Schönheit ihrer Landschaft und der Vollmundigkeit von Wein und Äpfeln genug sein lassen und nicht auch noch Genies hervorbringen.«

Daher tun sich, ich kürze den Bericht von Herrn Sch.s Rede ab, Südtiroler, deren Interessen jenseits von Wein, Äpfeln, Kränen und Bergen liegen, sehr schwer, anderorts Anerkennung zu finden. Es genüge, so meint man draußen, daß man Südtiroler ist. Wozu auch noch ein Hervorrager sein?

»Nur drei Südtirolern ist es gelungen, über die Hürde

zu springen«, fuhr Sch. fort, »nämlich Andreas Hofer, Luis Trenker und Reinhold Messner, wobei man aber möglicherweise in allen drei Fällen den Geniebegriff so oder so ausweiten muß, vorsichtig gesagt.«

Kuno Krissler sei ein Architekt gewesen, dessen Entwürfe, wären sie denn realisiert worden, nichts weniger als die komplette moderne Architektur umgekrempelt hätten.

»Ich erwähne nur«, sagte Herr Sch., und seine Augen leuchteten, »die *Doppelkirche* im Gebirge (1930), die nie gebaute *Biblioteca Krupp* auf Capri, das *Col di Lana*-Denkmal, das in Form einer Flamme konzipierte *Mahnmal am Fuschertörl,* wobei Krissler das Geheimnis mit ins Grab genommen hat, woran dieses Mal gemahnen soll, das Hotel in Meta, die Verbesserung der Proportionen Capris ... Sie wissen, Capri hat vom Vesuv aus gesehen nicht die Proportionen des Goldenen Schnittes. Durch Abtragungen und Aufschüttungen könnte das nach Krissler korrigiert werden. Und so weiter und so fort. Nicht der kleinste Bau nach Krisslers Plänen wurde errichtet, und so lagen auch die Pläne für eine Villa an einem Steilhang in Norwegen brach in seinen Schubladen, eine Villa, die sich der Erfinder des künstlichen Stockfisches errichten lassen wollte. Hat ein Vermögen mit dem künstlichen Stockfisch gemacht, weil es ja natürlichen nicht mehr gibt. Aber hat sich dann doch für eine vergleichsweise konventionelle Lösung von Frank Lloyd Wright entschieden. Ich habe die Erlaubnis von den Erben Krisslers, den Entwurf, mit einigen Anpassungen, versteht sich, zu verwenden. Ich muß sagen, im Gegensatz zu dem bevollmächtigten Emissär des Herrn Kasparian, der mit mir verhandelt und der beim Anblick der Pläne merklich die Nase rümpfte, sind sie beim Bauherrn selber offenbar nicht nur auf Zustimmung, sondern sogar auf Begeisterung gestoßen. Ich habe Hochachtung vor dem Mann.«

Heute steht das Anwesen leer und zum Verkauf. Aber wer sollte auch eine solche architektonische Unhandlichkeit kaufen? Maßgeschneidert nur für einen einzigen Menschen, der, so soll Kasparian von einem Fluch begleitet gesagt, nein: ausgestoßen haben, nie mehr seinen Fuß auf die Insel setzen wird. Damals, als Horadam und ich, begleitet vom Architekten Sch., vom Rohbau auf die schon nahezu fertige Zufahrtsstraße zum Anwesen zurückkehrten, schien alles ganz anders: im rosigen, wenn nicht gar goldenen Licht, golden wie die Ohren Kasparians, von der Sonne durchleuchtet, als ich den Nabob das erste und einzige Mal sah. Rosig und golden für Zompara, rosig und golden auch für mich? Ich gestehe, daß ich für die Bedenken jener, die wie der alte Gobbo glaubten, es werde nicht gutgehen, ein gewisses Verständnis hatte, gestehe aber auch, daß ich mir im Stillen doch auch für mich einen Aufschwung erwartete. Vielleicht, dachte ich, verkauft Veracci doch ein paar Bilder mehr und kann nicht umhin, mir meinen Anteil auszubezahlen, nachdem ich, wie üblich, zehnmal zu ihm hingelaufen – und neunmal vertröstet worden war. Es war so etwas wie ein Ritus. Um die Ausreden zu versüßen, die der Gauner gebrauchte, um nicht zahlen zu müssen, labte er mich immer mit einem Espresso, nach dem fünften oder sechsten Mal sogar mit einer Grappa. Das neunte Mal wies ich herrisch diese Gabe zurück, worauf ich das zehnte Mal dann mein Geld bekam. Ich will den Leser nicht um das Vergnügen bringen zu erfahren, mit welcher Phantasie Veracci Ausreden fand, daher wenigstens *ein* Beispiel: sein Aquarium sei geplatzt, sagte er, die Wohnung überschwemmt und die Geldscheine naß, müßten erst trocknen.

Vielleicht bringe ich ihn doch noch um.

*

Ich habe schon erwähnt, daß Kasparians Anwesen auf einer Halbinsel lag, die, landkartlich gesehen, wie eine Warze ins Meer hinauswuchs. Diesen *Auswuchs* zu verdammen und zu wünschen, er würde abgedrosselt und ausgebrannt, ist im Nachhinein leicht. Aber nun nichts weiter davon. Wir gingen zu der Stelle, dem Warzenhals, wenn man so sagen kann, mit dem Kasparians Reich an der Insel hing. Dort stand, auch im Rohbau fertig, das Pförtnerhaus, kein architektonisches Zukunftsmodell wie die Villa, eher eine befestigte Polizeistation, und knapp außerhalb der großen Mauer, die die Landenge durchzog, stand die Hütte der alten Spidara.

Hütte ist falsch, auch Häuschen wäre nicht ganz richtig, es war eine Bude aus Wellblech, Kisten, Steinbrocken und allem möglichen und bestand aus zwei deutlich voneinander abgesonderten, aber zusammenhängenden Teilen. Wenn man davorstand, schien es einem, als lehnten sich die Teile aneinander, und sicher wäre jeder für sich umgefallen ohne die Stütze durch den anderen: das »Wohnhaus« links und rechts die »Kapelle«. Sie hatte zwar ein Kreuz über dem Giebel, aber im Übrigen zweifle ich daran, daß es sich um eine christliche Andachtsstätte handelte. Es ging allerdings die Rede davon, daß die Spidara dort schon die Reste einer verlassenen Kapelle vorgefunden und über diesen Ruinen ihr Refugium gebaut habe. Don Difossa schaute in den alten Papieren und Aufzeichnungen der Pfarre nach. Es interessierte ihn, aber er fand nichts. Die Alte behauptete, die verlassene Kapelle sei dem – wenn man den Namen recht verstand – San Cucino geweiht gewesen, und der sei auch jetzt der Patron ihrer Kapelle. Aber auch einen San Cucino (oder Cúcinus, Cocinus, Coquinus, Kokínos) konnte Don Difossa in keinem noch so speziellen Nachschlagewerk finden.

»Vielleicht«, sagte Don Difossa, »der Schutzpatron der

Viersterne-Restaurants?« Er schrieb sogar, schon etwas humoristisch verbrämt, an die *Congregatio de Causis Sanctorum* in Rom, ob dort etwas von diesem Heiligen bekannt sei. Es antwortete (wie ernsthaft, war nicht aus dem Brief herauszulesen) ein Monsignore Michele di Roberto, Sotto-Segretario, ein derartiger Heiliger sei unbekannt. Aber möglicherweise handle es sich um einen Heiligen, der nicht die Gewohnheit hat, Wunder zu tun, was ja denkbar, und der deshalb zwar heilig, aber in der Welt nicht mehr präsent sei.

»Oder vielleicht doch«, sagte Don Difossa leise, »eine heidnische Kultstätte. Der Mithraskult, der mir, muß ich sagen, nicht unsympathisch ist, war auf der Insel verbreitet, hat einmal ein Archäologe herausgefunden, ein Professor, sehr gelehrt und ein überaus angenehmer Mann. Andrea Bernardi hieß er, glaube ich, verbürge mich aber nicht dafür. Schade, er ist nie mehr gekommen. Aber er hatte wohl anderswo interessantere Dinge zu erforschen als bei uns hier an den«, vornehm drückte er sich aus, »Posteriora der Welt.«

Ein Freund Horadams von seiner Studienzeit her, Zeichner und Maler und zeitweilig Präsident der Kunstakademie in München, namens Rudolf Seitz, »Rudi« genannt, besuchte einmal die Insel und erfuhr dabei von dem geheimnisvollen San Cucino. Das ließ ihn nicht mehr los, und er zeichnete ein ganzes Buch voll mit Legenden von diesem Heiligen und bat alle, die er kannte, irgend etwas über den Heiligen zu schreiben, und gab das Buch dann heraus. Seitdem, das ist wohl nicht zu leugnen, ist der heilige Cucino gewissermaßen in das Licht der Realität getreten, mit dem gleichen Recht wie der heilige Trovaso, den der Kirchenvater Ambrosius, dieser Schurke, erfunden hat. Ob die Spidara je von dieser nachträglichen Karriere ihres Heiligen erfahren hat, ist ungewiß. Eher nicht.

Dem Bürgermeister war dieser selbstredend ohne Baugenehmigung errichtete Bau schon längst ein Dorn im Auge, zumal er auf fremdem Grund stand. Wem der Grund eigentlich gehörte, war mangels Vermessung dieser – nun ehemaligen – Einöde nicht ganz klar, klar war nur, daß er Spidara nicht gehörte. Die eher zaghaften Versuche des Bürgermeisters, die Alte zu vertreiben und die Bude nebst Kapelle abzureißen, scheiterten am Aberglauben seiner Gattin, die den Bösen Blick der Spidara fürchtete. Und damit stand die Frau des Bürgermeisters auf der Insel nicht ganz allein. Auch der Pfarrer Don Difossa war für den Sindaco keine Hilfe. An ihn hatte sich der Bürgermeister gewandt, weil er meinte, Don Difossa werde in der Predigt gegen das heidnische und abergläubische Treiben wettern. Aber Don Difossa sagte nur: »Schadet sie jemandem dort oben?«

Woher die Spidara kam, darüber herrschte geteilte Meinung. Wann die Bude gebaut worden war, daran konnten sich selbst die ältesten Zomparesen nicht erinnern. Der alte Gobbo meinte, die Hütte sei schon vor der Spidara von einem anderen Einsiedler bewohnt gewesen, vielleicht von diesem erbaut. Der noch ältere Mesner Peregrino behauptete, die Spidara sei noch vor dem Ersten Weltkrieg auf die Insel gekommen und sei damals schon uralt gewesen.

»Aber Peregrinaccio«, sagte Amanda, »was schwafelst du? Da müßte sie ja zweihundert Jahre alt sein.«

»Wer weiß, wer weiß«, raunte der Mesner.

Tatsache ist nur, daß die Alte jeden Monat eine kleine Rente, von der sie lebte, auf der Poststelle abholte. »Vom Ministerium für die Handelsmarine kommt die Rente, aber das ist Postgeheimnis und ich sage es also nicht«, sagte Pia, die Posthalterin. Vom Ministerium für die Handelsmarine? Solche Dinge sind in Italien immer schon mysteriös gewesen. So gehört etwa das Goethe-Haus in der Via del Corso in Rom ebenjenem Ministerium für die Handelsmarine. Warum soll es dann nicht auch für Spidaras Rente zuständig sein? Spidara betätigte sich als Wahrsagerin, legte Karten, pendelte, las aus der Hand und aus dem Kaffeesatz. Erstens stimmt erfahrungsgemäß die Hälfte dessen, was so vorausgesagt wird, sofern man nur die Prophezeiungen unscharf genug faßt, was die Alte, die vermutlich schlauer war, als man meinte, beherzigte, und zweitens redete sie, da zahnlos, a priori undeutlich und einen Dialekt, den selbst Gobbo nach eigener Aussage nur schwer verstand.

»Keltisch«, vermutete er.

Gobbo war es auch, der einmal bei Mondlicht sah, daß die Alte sich nackt vor ihrer Hütte wusch. »Den Anblick wünsche ich nicht meinem ärgsten Feind.«

Die Spidara war keinen Meter fünfzig groß und dürr und fast ohne Haar und hatte so krumme Zehen, daß sie schon wie ineinandergeflochten wirkten. Alles in allem war das dazu angetan, die erwähnte abergläubische Furcht bei den alten (und auch nicht so alten) Weibern (und nicht nur Weibern) der Insel hervorzurufen. »Laß sie in Ruhe, Silvio«, sagte die Frau des Bürgermeisters zu ihrem Mann, »wer weiß, sonst geschieht ein Unglück.«

So ließ man sie in Ruhe. Das Unglück geschah trotzdem.

*

Wer, wie etwa der Bürgermeister, gemeint hatte, daß nun Kasparians Bau die Bude der Spidara hinwegfegen würde, hatte sich getäuscht. Das Gegenteil trat ein. Einer der Abgesandten des Moguls kam eines Tages zum Bürgermeister und sagte: »Es ist mir selber auch unverständlich, aber Mr. Kasparian legt Wert darauf, daß Frau – wie heißt sie? – Spidara unbehelligt bleibt.«

Ich halte es nicht für ausgeschlossen, daß so einer wie Kasparian, der zu den hundert oder vielleicht gar nur fünfzig zählt, die entscheidend in die Speichen des Weltrades greifen können, noch abergläubischer ist als die alten Weiber von Zompara.

XXI

Ich mache, wie schon erwähnt, für dieses Buch keine Recherchen, aber ich krame doch in meinem Gedächtnis, um eine annähernd korrekte Reihenfolge der Ereignisse schildern zu können. Es ist nicht ungefährlich, dieses Kramen im Gedächtnis, denn man vergegenwärtigt sich dabei zwangsläufig, wie schnell die Zeit vergeht.

»Ein frommer Mensch«, sagt Don Difossa, »hat keine Angst davor.«

»Verzeihen Sie die Frage an einen Priester: Sind Sie ein frommer Mensch?«

»Was bleibt mir anders übrig?« sagte Don Difossa.

Horadam äußert bei solchen Gelegenheiten nicht ungern den Satz: »Ich bete jeden Tag: Lieber Gott, ich bitte Dich darum, daß es Dich gibt.« Im übrigen verläßt er sich auf seinen Sol Invictus.

Aber alles hilft nicht darüber hinweg, daß die Zeit mit entsetzlicher Wucht hinunterstürzt und uns mitreißt dorthin, wovon wir nichts wissen. Sechzehn Jahre sind vergangen, seit Kasparian das erste Mal dort drüben in der Bucht seine goldenen Ohren gezeigt hat. Es war, wenn ich mich recht erinnere, genau ein Jahr, nachdem – ich benutze absichtlich diese Formulierung – Tamara mich beim siebzigsten Geburtstag Caesars kennengelernt hatte. Noch im gleichen Jahr zog sie zu mir auf die Insel, zwei Jahre danach heirateten wir.

Wann kam Caterina auf die Insel? Ich glaube, es war in

ebendem Jahr des Aufgangs der Goldenen Ohren. Wie alt war sie damals? Keine Zwanzig, schätze ich. Dabei fällt mir eben auf, daß ich das nie genau gewußt habe, auch ihren Geburtstag nicht.

Der Bau von Kasparians Villa oder Burg oder Refugium begann zwar schon bald nach seinem ersten Erscheinen, zog sich aber wegen enormer technischer Schwierigkeiten länger hin. Der Architekt, der dann oft abends bei Horadam oder bei mir saß, erzählte uns davon und von der Ungeduld des Bauherrn, der in der Zeit bis zur Bewohnbarkeit sehr oft zur Insel kam, aber in seiner Yacht blieb, die er vor der Insel ankern ließ, oder, sofern nicht Lankenwitz selber auf der Insel war, dessen Haus – unsichtbar – bewohnte.

Ich erinnere mich weiter daran, daß Kasparians Bau im gleichen Jahr fertig stand, als die Ehe mit Tamara geschieden wurde. Freund und Rechtsanwalt Lux hatte es eingerichtet, daß die Scheidung ohne meine Anwesenheit erledigt werden konnte. Tamara hatte da längst die Insel verlassen. Als jener scheinbare Mafioso zu mir kam, um mir das erste Bild Caterinas für Kasparian abzukaufen, lebte ich schon wieder allein und hatte bereits meinen Vorsatz gefaßt, das Festland nur noch zu betreten, wenn es unbedingt notwendig ist, am besten nie mehr. Und Deutschland zu meiden – freilich ein Aberglaube von mir. Das Unglück einer fünften Ehe könnte mich genausogut hier auf der Insel treffen, aber da und hier fühle ich mich gefeit. Ungeschützt fühle ich mich in jenen Breiten, die Goethe, ich hoffe, ich zitiere richtig, »den neblichten Nord« nennt. So fuhr ich denn auch nicht, obwohl er drängte, mit Horadam zur *documenta.* Er versicherte mir, daß er auf mich aufpassen würde wie ein Schießhund, wenn ich mitführe, aufpassen, daß jede weibliche Gefahr von mir ferngehalten bleibe. Ich lehnte ab, dankend, und ich bereute es nicht nach dem, was Horadam davon erzählte; wobei man ins Kalkül ziehen muß, daß Horadam künstlerisch zu der Richtung neigt, ihr eigentlich angehört, der sich die *documenta* widmet.

»Vielleicht sollte man das Ganze«, sagte Horadam danach nicht ohne Trauer, »als Zeichen für die Vergänglichkeit betrachten.« Es waren die letzten Tage der *documenta,* an denen Horadam dort war: die *Installationen* verstaubt und zerbrochen, die gigantomanischen Holzprojekte im Freien vom Wind umgeworfen, der Künstler Himbsborn, der sich selber ausgestellt hat, war abredewidrig nicht da, die Fettplastik von K. A. Holzwickerle (für den Namen verbürge ich mich nicht) ranzig geworden und der Symbolsalat des Japaners Tokuhoku (oder so ähnlich) vertrocknet, weil der Künstler es versäumt hatte, jemanden anzustellen, der ihn gießt.

»Wieviel von dem Müll der Raumplastik *Land Abend* von Trepf Treppel künstlerischer Wille war«, sagte Horadam, »und wieviel von den Besuchern dazugeworfen wurde, konnte man nicht erkennen. Komisch. Wenn man so was sieht, kann einem schon der Gedanke kommen, daß mit Beuys' erweitertem Kunstbegriff etwas nicht stimmt. Aber solang die Leute es kaufen ...«, fügte Horadam hinzu, streckte seine Zehen in die Sonne und ließ ein *Pilsner Urquell* zischen. Offenbar, das füge ich hinzu, ist derlei nur solange Kunst, als die Journalisten photographieren. Danach nicht mehr. Es gab mir zu denken.

Es gab sogar Horadam zu denken, aber auch einem Journalisten, der aus irgendeinem Grund erst so spät und also eigentlich zu spät auf die *documenta* gekommen war. Er erzählte Horadam, daß er auf der Fahrt nach Kassel einen Anschluß verpaßt, dadurch zwei Stunden Zeit und dadurch Gelegenheit gehabt habe, die Ausstellung eines Künstlers namens Kay Voigtmann zu besuchen. »Eine Offenbarung«, habe jener Journalist gesagt, »dieser Voigtmann – was soll ich sagen: Apokalypsen von zerbrechlicher Zartheit, eine sepiafarbene Welt der abgründigen Idylle oder idyllischer Abgründe. Ich glaube, so was ist wirklich die Kunst unserer Zeit und nicht jener ganze Schrott. Aber –«

»Was aber?« habe Horadam gefragt.

»– darf ich es in meiner Kunstzeitschrift nicht schreiben, sonst nimmt kein Hund mehr einen Knochen von mir.«

Hinter seinem eigenen Rücken – er kann ruhig lesen, sollte dieser Roman je erscheinen, daß ich das erspäht habe – hat Horadam seitdem wieder zu zeichnen angefangen.

*

Kasparians Trutzburg wurde fertig, bezogen und die Landenge zur Halbinsel hermetisch abgeriegelt in dem Jahr, auch da habe ich also einen Anhaltspunkt, in dem Vittoria starb. Man hätte ein glänzendes Fest erwartet, und zahllose »Promis« waren auf die Insel gestürmt, mehr noch als sonst, aber es tat sich nichts. Auch Architekt Sch. bekam den Bauherrn immer noch nicht zu Gesicht, und die Promitäten in den inzwischen hochgeschossenen Nobelhotels mußten auf eigene Kosten die Korken knallen lassen. Amanda hatte aus zuverlässiger Quelle erfahren, daß ein sogenannter Megastar, eine schon leicht vom Verfallsdatum angeknabberte Heulschrecke, die sich, glaube ich, die Geschmacksverirrung leistete, sich *Mater Dolorosa* zu nennen, ihre Champagner-Rechnung dem Mogul Kasparian schicken ließ, von dessen Sekretariat aber eine rauhe Abfuhr erhielt, worauf sie nervlich entglitt.

Darüber, wann und wie Caterina zur Ehre, wenn es denn eine war, und zum Vergnügen kam, wenn es denn eines war, zur Maîtresse oder Geliebten oder Hauptnebenfrau Kasparians aufzusteigen, kursierten mehrere Versionen.

(Ich bin ungerecht mit dieser etwas süffisanten Formulierung. Bin, war ich eifersüchtig? Ja, sicher, auch wenn ich, ich wiederhole es, kein nähergehendes oder -liegendes Verhältnis zu Caterina gehabt habe, von deren Körper ich buchstäblich jeden Quadratmillimeter kannte, und auch wenn ich mir von Anfang an jede Aussicht auf so ein Verhältnis aus dem Kopf schlug, ohne dabei die Heiterkeit der Seele zu verlieren. Warum sollte es für die junge Frau kein Vergnügen sein, Kasparians Bett zu teilen? Jung war er nicht mehr, das konnte man sich ausrechnen. Daran, wie alt er war, erinnere ich mich nicht. Vielleicht weiß so ein finsterer Monophysit gar nicht genau, wann er geboren ist –

Ich bin schon wieder ungerecht. Wieso »finster«? Vielleicht ist er aus der Nähe betrachtet der liebenswürdigste Mensch. Vielleicht ist er ein zarter, einfühlsamer Liebhaber? Und alt? Bin nicht *ich* alt? Wahrscheinlich ist er jünger als ich. Ich habe einmal mit Schrecken festgestellt, daß die Mächtigen der Erde, der US-Präsident, die deutschen, englischen, französischen, italienischen Regierungschefs alle jünger sind als ich. Nur Fidel Castro ist älter. Und der Papst. Noch.

Und es stimmt, daß ich mir Kasparian so schön wie einen vertrockneten ägyptischen Krokodilus vorstelle. Wie *schön* bin dann ich? Mit Mühe und Not kann ich durch gefällige Anordnung meiner Gesichtsknitterung, und wenn ich den Bauch einziehe, den Eindruck »bedeutender Alter« erzielen, und längst gehöre ich, wenn man es gut mit mir meint, zu den »im Herzen Junggebliebenen«. Ach, geht mir doch damit. Kurzum, ich kann mir die Süffisanz sparen. Klammer zu.)

Wann Caterina Kasparians Geliebte wurde, ist relativ leicht zu errechnen. Es war nicht lang, nachdem die Villa fertig war. Wenn Caterina, als sie auf die Insel kam, etwa 19 Jahre alt war, war sie dann also 25 oder 26, nicht etwa fülliger – wer konnte das besser feststellen als ich –, aber eine Idee weiblich-runder und fester, die *Frau* von innen herausgereift. Nicht nur, daß ich, ich sage es zum wer weiß wievielten Mal (und ich bitte den Leser, daraus nicht zu schließen, daß es gerade deswegen verdächtig ist, nicht zu stimmen), kein *Verhältnis* mit Caterina hatte, ich war sogar der wohl einzige Vertraute ihrer Herzensschmerzen, und davon gab es einige. Ich sagte ja schon, daß damals die schwarz- und schmalzlockige Halbmänner-Jugend, die flotten Motorinisten mit dem den Promi-Fußballern abgeschauten *Neapolitanischen Breitschwanz* am sonst leeren Hinterkopf pfeifend und schmachtend und gickerprotzend die neue Bedienung in Ginos Bar zu umturteln begannen und daß keinem ein Erfolg beschieden war. Nachdem sie etwa ein Jahr auf der Insel war, verliebte sich Caterina in einen Feriengast. Sie litt. Während sie mir Modell stand, erzählte sie mir von diesen Dingen. Ich kannte alle Namen, ich litt mit. Der Feriengast, ein Grossist für Installationsartikel aus Detmold, war verheiratet, war mit Gattin auf der Insel, höchste Vorsicht geboten. Er hieß Rudolph mit PH, und man hätte mit ihm – messerschnittgescheitelt – die Rolle eines Gentleman-Mörders zur Stummfilmzeit besetzen können. Caterina weinte, Briefe kamen und wurden unter Deckadressen nach Detmold geschickt.

»Er läßt sich demnächst scheiden, hat er gesagt, und dann – wie ist es dort in Detmold? Kalt?«

»Ich war nie in Detmold«, sagte ich und dachte: »Alles Schwindel.«

Und so war es auch. Aber Caterina, von kräftigem Seelenmechanismus, erholte sich. Dann kam ein mehr offizielles, wenngleich, wie mir schien, nicht sehr romantisches Verhältnis mit einem Koch des Hotels *Independenza.* Soweit ich das aus den Erzählungen Caterinas schließen konnte, hing er mehr an ihr als sie an ihm. Noch während diese Beziehung lief oder vielmehr im Abflauen begriffen war, schlug der emotionale Blitz in Form des Geschäftsführers der neu eröffneten Schnaps-Destillerie in Caterinas Seele ein. Wieder wurde ich Beichtvater und Seelendoktor, während Caterina nackt auf dem großen Tisch im Wohnzimmer oder draußen im Garten unter der Platane posierte. Caterina fürchtete einerseits die – auch finanzielle und konkret-möblierte – Auseinandersetzung mit dem Koch, es drängte sie anderseits mit Macht zum Schnapsisten. Der war allerdings seinerseits damit beschäftigt, mit größter Behutsamkeit ein abgestandenes Verhältnis mit einer gewissen Eufemia zu lösen, die die Sekretärin in der Filiale des ebenfalls neu errichteten Beerdigungsinstituts und daher möglicherweise suizidgefährdet war. Ein gesamtseelischer Drahtverhau also.

Ich riet zu klaren Entscheidungen.

Eufemia brachte sich nur ein ganz klein wenig um und wandte sich dann dem jungen Bäckermeister zu, den sie sogar heiratete. Nachdem die Stürme vergangen waren, vermittelte mir Caterina diese Eufemia an ihrer statt als Modell. Sie war nicht schlecht, kam aber an Caterina nicht heran.

Ja, eines Tages kündigte Caterina mir in aller Freundschaft die Dienste auf, denn, sagte sie, sie übernehme eine Boutique für feine Damensachen drüben in *Zompara-Piaggia.* Boutique *Aurora.* Ich bin einer, der die Zusammenhänge nicht schnell erkennt, mir muß man *es* sagen. (Und meist habe ich den Eindruck: »Mir sagt man ja nichts.«) Ich wäre ein schlechter Diplomat gewesen ... Daß es Kasparian war, der Caterina die Boutique eingerichtet hat, und daß die Boutique, auch wenn Caterina ab und zu einen »Disseiner«-Gürtel oder so was verkaufte, nur ein Tarnunternehmen war, ging mir erst viel später auf. Wobei zu bemerken ist, daß es solche Tarnunternehmen, Abschreibungsgeschichten, Scheinfirmen zur Geldwäsche sehr bald bei uns gab, aus ganz anderen Gründen. Die Mafia – genauer gesagt, bei uns hier die Camorra – ließ sich selbstverständlich den Aufschwung der Insel nicht entgehen, um ihre dunklen Geschäfte zu machen. Sichtbar wurde die Camorra nicht, denn die Camorristi selber verbrachten schöne Stunden in ihren Hotels auf der Insel und sorgten im eigenen Interesse dafür, daß es ruhig blieb. Solang es der Camorra gut geht, schießt sie nicht. Das ist eine alte Erfahrung. Ich weiß selbstredend nicht, ob und wieweit Kasparian mit den Machenschaften der Mafia verknüpft war. Vielleicht war er ihr im Gegenteil ein Dorn im Auge und also gefährdet. Seine Maßnahmen zur Abschottung konnten in die eine oder andere Richtung zielen.

Jedenfalls betrieb Caterina ihre Boutique *Aurora,* und von diesem Zeitpunkt an stand sie mir nicht mehr Modell. »Es hat sich doch herumgesprochen«, sagte sie, »läßt sich nicht vermeiden. Solang ich Bedienung bei Gino war, war es möglich, aber jetzt als Geschäftsfrau ... Sie verstehen.«

»Soll ich jetzt wieder *Sie* sagen zu dir?«

»Nein, ich sage *du* zu Ihnen.« Sie lachte. »Und du hast mich so oft gezeichnet, daß ich splitternackt innen in deine Augenlider eingebrannt bin.«

Auch wieder wahr.

»Und: was hältst du von Eufemia? Ich habe schon mit ihr gesprochen.«

Eben zu diesem Zeitpunkt trennte sich Caterina auch von ihrem Schnaps-Destillateur, freilich, Kasparian verlangte ausschließliche Zuwendung.

Oder – liebte Caterina Kasparian? Hätte sie sich ihm auch dann zugewendet, wenn Kasparian nicht »goldene Ohren« gehabt hätte? Ich glaube nicht, daß sie so zynisch und berechnend war, daß sie sich von Kasparian um Geld und Wohlleben kaufen ließ. Dazu war sie zu gerade und zu ehrlich. Wenn es sicher auch nicht Große Liebe war, eine gewisse Zuneigung muß es gegeben haben. Und, wie gesagt, wer weiß, wie Kasparian aus der Nähe besehen war.

Ich habe, nachdem Caterina mir den Dienst als Aktmodell aufgekündigt hatte, sie nicht mehr oft gesehen und gesprochen. Bei Gino war sie ja nicht mehr, dort hinüber, wo sie jetzt ihre Boutique hatte, kam ich selten. An und zu besuchte ich sie in ihrem feinen Laden aus Marmor und Messing. Sie war immer nett und die »alte« Caterina, holte mir einen Espresso von nebenan oder einen *Veneziano.* Aber ich fragte nie, auch nachdem ich, als einer der letzten auf der Insel, erfahren hatte, wie es um sie und Kasparian stand.

Ich fragte nie, obwohl mich, so neugierig wie meine Katze India, schon interessiert hätte, wie, zum Beispiel, Caterina mit Kasparian redete. Ich meine, in welcher Sprache. Caterina konnte, wie die überwältigende Mehrheit aller Italiener, keine Fremdsprache. Konnte Kasparian italienisch? Bei Angehörigen von Völkern mit schwierigen und seltenen Sprachen ist Sprachbegabung oft verbreitet. Oder begnügten sie sich mit den eindeutigen Zeichen des Liebesspieles?

Wo fand die »Liebe« statt? In Caterinas ohne Zweifel durchgesteilter« Wohnung im ersten Stock über der Boutique? Kam Kasparian hierher – wie? Verkleidet? Zu huschender Nachtzeit? – Oder wurde Caterina von unauffällig-geheimnisvollen Kasparian-Emissären in die Villa am Felsen draußen gebracht? So oder so ähnlich wird es gewesen sein in den ganzen Jahren. Ich fragte nicht.

Darüber, wie Kasparian Caterina kennengelernt hatte, herrschten unterschiedliche Meinungen. Nachher, wohlgemerkt, als die ganze Insel von nichts sonst redete.

Amanda sagte: »Ganz einfach. Er pfiff und ließ sie in seinen Bau holen, und der mocciosetta war sofort klar, daß ihr Hintern vergoldet wird. Und verschiedenes anderes auch.«

(»Mocciosetta« ist vielleicht mit »Rotzlöffelin« zu übersetzen.)

Mag sein, es lief so einfach, obwohl Don Difossa und auch Horadam annehmen respective annahmen, daß das Glück oder das Unglück, je nachdem, wie man es sieht, etwas gewundenere Wege ging. »Erfahrungsgemäß«, sagte Caesar, »bevorzugt die Nemesis den Mäander als Vorbild für ihre Heimsuchungen.«

»Und was heißt ›Glück oder Unglück‹«, sagte Don Difossa, »damit ist es wie mit dem Geld. Jeder Centesimo, den man bekommt, wird zwangsläufig einem anderen weggenommen. Ich vermute, daß es auf der Welt nur ein konstant gleichbleibendes Glückspotential gibt, das nicht für alle reicht. Hat der eine Glück, bedeutet das für den anderen Unglück.«

»Und je mehr«, sagte ich, »Menschen auf der Welt sind und sich also das vorhandene Glückspotential teilen müssen, desto weniger entfällt auf den Einzelnen.«

Don Difossa seufzte.

»Sie sagen nichts«, sagte Caesar, »weil Ihre Oberschamanen, verzeihen Sie den Ausdruck, der durch kein einziges Wort Ihres Gottessohnes gedeckten Meinung sind, daß es gar nicht genug Menschen geben kann.«

»Doch«, sagte Horadam, »in der Bibel steht: ›Gehet hin und vermehret euch.‹«

»Sie wissen«, sagte Don Difossa, »was ich vom Alten Testament, dieser in ihrer Art großen Märchen- und Sagensammlung halte.«

»Das sagen Sie als Priester?« fragte ich.

»Nicht ›als Priester‹, nur als privater Gehirnbenutzer.«

»Und wenn Sie predigen, machen Sie aus Ihrem Herzen oder vielmehr Ihrem Gehirn eine Mördergrube?« fragte Caesar.

»Damit stehe ich, weiß Gott, nicht allein auf den Kanzeln.«

»Wie ist das eigentlich«, fragte Horadam, »weil wir gerade von der Meinung derer reden, die Freund Caesar ungezogenerweise als Oberschamanen bezeichnet – die Kirche ist gegen Abtreibungen. Bin ich auch. Nur: müßte die Kirche nicht *für* Abtreibungen bei Mohammedanern und anderen solchen Heiden sein? Die immer mehr werden?«

»Auch Katholiken werden immer mehr, zeigt die Statistik«, sagte Don Difossa.

»Und glauben immer weniger«, sagte Caesar.

Wieder seufzte Don Difossa.

Aber ich sehe, der Roman, wenn man dies überhaupt als solchen bezeichnen kann, entgleitet mir wieder. Wir sprachen ja eigentlich über Caterina, die da schon nicht mehr auf der Insel war und von der niemand, auch ich nicht wußte, wo sie nun lebte – hoffend, daß sie überhaupt noch lebte.

Es hatte sich, meinten Horadam und Don Difossa, trotz allem damals die Nachricht durch die Geschwätzkanäle geschlängelt, durch diese Getuschelritzen, die durch nichts zu verstopfen sind, daß Caterina mir als Modell diente. Der junge Gino, zum Beispiel, der überall seine Augen und seine Nase hatte und der ja auch den Mann mit den goldenen Ohren als erster entdeckt hatte, hatte einmal erspäht, daß ich Caterina im Garten zeichnete. Sie sprang zwar sofort hinter einen Busch, aber Gino hatte das Entscheidende schon gesehen. Ich bestach ihn mit dem neuesten Computerspiel (fragen Sie mich nicht nach der Bezeichnung), und er hielt tatsächlich im Großen und Ganzen den Mund. Was er im Kleinen und Halben weitererzählte, kann man sich denken. So war es also für die Emissäre Kasparians nicht schwer, herauszufinden, wer das Modell für die Bilder war, die er mir abgekauft hatte. *Daß* es *ein* Modell war, das war bei meiner Art zu zeichnen und zu malen nicht zu übersehen.

Mit Caterina unauffällig in der Bar in Verbindung zu

treten, ein verschwiegenes Treffen zu arrangieren, war dann selbstverständlich kein Problem. Es kreiste allerdings auch die Meinung, und ich halte sie für gar nicht abwegig, daß Kasparian als eine Art Harun-al-Raschid öfter, als man meinte, durch den Ort ging, verkleidet vielleicht als sein eigener Emissär. Womöglich versteckt unter dem schwarzen Schleier, den die goldbehängten, süßschwadenden Haremistinnen trugen, die inzwischen auch das Straßenbild unserer Insel verunzierten?

Die Frage, wo das Liebesleben des ungleichen Paares stattfand, wurde selbstverständlich auch ventiliert. Ich für mein Teil meine, daß Kasparian Caterina nicht in seinen Bunker kommen ließ. Ich vermute eher, daß entweder ein, wenn der Ausdruck erlaubt ist, Liebesnest in jenem Torbau eingerichtet war, der mit der Mauer den Zugang zu Kasparians Areal abschloß, oder daß das große Haus, in dem sich Caterinas neue Boutique und darüber ihre Wohnung befanden, Kasparian gehörte und er dafür gesorgt hatte, daß dort ein geheimes Schlupfloch hineingebaut wurde.

Nur eins erfuhr ich viel später von meinem Stiefsohn Belmont: Caterina war eines Tages, da war sie noch das Mädchen in der Bar, zur alten Spidara gegangen, um sich die Karten legen oder die Hand lesen zu lassen. Spidara habe gesagt, es ruhe Segen auf ihren, Caterinas Schritten. Das kann man, im Nachhinein, so oder so auslegen.

XXII

Anna, meine dritte Ehefrau – erinnert sich der Leser sowie die Leserin –, brachte einen Sohn mit in die Ehe. Mehr oder weniger. Dies heißt, der Sohn lebte, ich habe auch das schon erzählt, das halbe Jahr bei seinem Vater in den USA und nur das andere halbe Jahr bei seiner Mutter in Europa und also in der Zeit meiner Ehe mit Anna bei mir. Ich kam gut aus mit dem Buben. Er war, als Anna und ich heirateten, neun Jahre alt, sprach Englisch und Deutsch gleich gut und war nicht unintelligent. Den Vater habe ich nie kennengelernt. Er heißt, glaube ich, Knoppox, mit Familiennamen Koning oder so ähnlich, sie haben ja komische Vornamen, diese Amerikaner. Er lebt in Atlanta als Berufs-Baseballspieler und war einer der Sportsterne der *Atlanta Braves.* (*War,* nehme ich an, denn in höherem Alter, und das muß er inzwischen erreicht haben, kann man wahrscheinlich nicht mehr Baseball spielen.) Das alles weiß ich von Belmont, der übrigens von seiner Mutter »Bill« gerufen wurde. Einmal hat er mir aus Amerika eine jener Baseballmützen mitbrachte, wie sie Amerikaner nach Europa einschleppen. Es war eine schöne Baseballmütze in einem angenehmen Grün, Richtung Flaschengrün und Goldgelb, die vorn in Weiß ein A in Zierschrift eingesteckt hatte, was eben *Atlanta Braves* bedeutete. Ich trug die Mütze sogar, und als ich – das einzige Mal – die USA besuchte, es war in der Zeit der Ehe mit Anna, nahm ich sie mit, weil ich mich als Amerikaner verkleiden wollte. Es war, erinnere ich mich, auf der Madison-Avenue Ecke 56. Straße, da brüllte mich ein winzig kleiner, aber ungeheuer dicker Mann sichtlich und hörbar erfreut an, sprang um mich herum und sang ein mir unbekanntes Lied. Er war *Fan* der *Atlanta Braves,* und glaubte also in mir einen Mit-Fan zu treffen. Es war dann eine große Enttäuschung für ihn, als ich ihm den wahren Sachverhalt erklärte.

Die Mütze, leider, ließ ich auf dem Rückflug in der Hektik des Ausstiegs im Flugzeug liegen.

Belmont sive Bill lebte nicht nur halb und halb in Europa und den USA, er war auch halb und halb Europäer und Amerikaner, US-Amerikaner, um genau zu sein. Anna war eine gebildete Frau, das muß man ihr lassen, bei allem, was ich sonst an ihr auszusetzen hatte. (Was hatte sie, was haben meine anderen gehabten Frauen an *mir* auszusetzen? Ich räume ein, daß ich vermutlich objektiv gesehen ein unerträgliches Ekel bin, zum Beispiel: Pedant, das gebe ich alles zu, aber davon will ich jetzt nicht reden.) Sie hatte Kunstsinn, wache Lebenskultur, und das übertrug sie, nicht durch bewußte Erziehung, sondern durch das lebendige Beispiel auf den Sohn, der aber dann in seinem amerikanischen Halbjahr vom Coca-Cola-, Hamburger- und Baseball-Way-of-Life zugeschüttet wurde. Es tropfte, wenn er zurückkam, dann auch immer – schwächer werdend – solches noch von ihm, bis er wieder fast zum Europäer wurde. Umgekehrt war er vermutlich entsprechend. Ein solcher Tropfen war, an sich selbstverständlich liebenswürdig, die geschenkte Mütze. Bei der Gelegenheit versuchte er mir auch, den Sinn und die Regeln des Baseballspielens, für das er sich eben begeistert hatte, zu erklären. Vergeblich. Ich bemühte mich, dem Buben zuliebe und überhaupt, weil man sich für alles interessieren soll, in diese Regeln einzudringen, schaute mir Filme an, las in Büchern nach – es blieb mir verschlossen. Die vielen Amerikaner, die dieses krause Laufen und Werfen durchschauen, müssen Geistesathleten sein, dabei kauen sie nebenher Fast-Food … ein Welträtsel.

Der bekannten amerikanischen Unbekümmertheit Belmonts (ich nannte ihn nie »Bill«) ist es zuzuschreiben, daß er, der junge Mann, auch im Jahr nach meiner Trennung von Anna wie selbstverständlich auf die Insel kam, seinen Seesack auf den Boden warf, lachte und sagte: »Hei! Ich bin wieder da.«

Er kam dann die ganzen Jahre zwar nicht regelmäßig, aber oft, und ich freute mich. Wie es mit seiner Schulbildung, den Schulabschlüssen und Prüfungen stand, wußte ich nicht. Darüber redeten wir nicht. Wir redeten überhaupt nicht viel miteinander bei aller gegenseitigen, Sympathie. Belmont las viel, ging gern schwimmen, kochte für mich, worin er sehr geschickt war, eine Zeitlang entdeckte er eine Liebe zum Angeln bei sich und saß stundenlang auf ebenjenem Felsen am Meer, der später Teil des Kasparian-Baues werden sollte. Die Fische, die er fing, brachte er nicht nach Hause, die gab er der Spidara, an deren Bau er auf dem Heimweg zwangsläufig vorbeikam. Für meine Bilder interessierte er sich in Maßen.

Irgendwie mußte er ein Abitur oder ähnliches Amerikanisches gemacht haben und fing an zu studieren: Informatik. Da kam er dann schon seltener, meist nur zwei, drei Wochen in den Semesterferien. Auch von dem, was er studierte, erzählte er, aber davon begriff ich noch weniger als vom Baseball.

Belmont kannte also Caterina. War Belmont da, verzichteten Caterina und ich auf solche Scherze, wie im Garten oder hinten an den großen Steinen zu zeichnen bzw. sich zeichnen zu lassen, und blieben im Atelier. Belmont war kein Voyeur, Caterina anderseits nicht zimperlich, so ging alles ganz locker zu. Ein engeres Verhältnis zwischen den jungen Leuten entwickelte sich nicht. Ein einziges Mal in all den – nicht sehr vielen – Briefen, die er mir dann in den Jahren schrieb, in denen er nicht mehr auf die Insel kam, erkundigte er sich nach ihr.

Nach Zompara kam er nicht mehr, nachdem er zunächst in Deutschland eine Stellung bei einem amerikanischen Unternehmen angetreten hatte, das ihn schon bald in seinen Stammsitz in den Staaten versetzte. Es war dann der Weg zu weit, was ich verstand. Eine Zeitlang spielte eine gewisse Louise eine Rolle, allerdings offensichtlich keine große und auch keine lange. Wie eng die Verbindung Belmonts zu seiner Mutter war, weiß ich nicht. Sie war da längst wieder verheiratet, mit einem Mann – so spielt das Leben –, den Caesar gut kannte, wenngleich, um Caesar zu zitieren, der wiederum zitierte: »nur vom Wegschauen«. Caesar behauptete, der Mann heiße Erbsengrün, mit Vornamen Heilhart, möglicherweise auch Siegwolf, was dadurch zu erklären sei, so Caesar, daß Herr Erbsengrün am 31. Januar 1933 geboren worden war. Ich bin nicht sicher, ob Caesar das alles nicht nur aus Bosheit erfunden hat. Warum Caesar auf diesen – von ihm so genannten – Erbsengrün einen derartigen Zorn hatte, brachte ich nie aus ihm heraus. Vermutlich steckte, wie nicht »out of character« bei Caesar, eine Amorositätsverknotung dahinter.

Heilhart oder Siegwolf Erbsengrün stammte aus relativ wohlhabendem Haus, was ihn in den Stand setzte, die Mühen der Schulbildung so locker zu handhaben, daß er nicht wegen Aufmüpfigkeit, sondern wegen ständigen Gähnens (bildlich gesprochen) vielfach die Schule wechseln mußte und erst auf einem Privatgymnasium mühsam und unter Anstrengung aller elterlichen Finanzmittel über das Abitur gehoben werden konnte.

Nach einer Erholungsphase von zwei Jahren begann Erbsengrün das schwierige Fach Hethitologie zu studieren. »Es gibt nur einen einzigen Lehrstuhl«, sagte Caesar, »der ziert die Universität, ich glaube: Brackwede.«

»Es gibt keine Universität in Brackwede«, sagte Horadam.

»Es gibt inzwischen in fast jeder Stadt eine Universität, aber gut, ich will mich nicht streiten, soll es nicht Brackwede sein, sondern Dingolfing, jedenfalls begann Erbsengrün, da war er schon an die Dreißig, Hethitologie zu studieren. Das Fach hat den Vorteil, daß man die betreffende Sprache nicht zu lernen braucht, weil es sie nicht mehr gibt und kein Mensch weiß, wie sie geklungen hat. Normalerweise«, fuhr Caesar fort, »ist es bei solchen Fächern so, daß das Institut aus vier Persönlichkeiten besteht: aus dem Professor und Lehrstuhlinhaber, aus dem Assistenten, aus einem Doktoranden und einem Studenten. Wird der Professor emeritiert, rückt der Assistent auf dem Lehrstuhl nach, der Doktorand wird promoviert und Assistent, der Student beginnt zu promovieren und irgendwie taucht dann auch wieder einer auf, der das Fach studiert. Und so fort.

Erbsengrün brachte es bis zum Doktoranden. Dann überholte ihn, da war er schon vierzig, der nächste Student. Dieser betreute später als Assistent und noch später als Professor den vor sich hin Promovierenden. Erbsengrüns Lebensunterhalt wurde zunächst von seinen Eltern, dann von seiner Schwester und später von einer reichen Witwe beglichen, die er im Alter von fünfzig Jahren heiratete. Die Witwe, die den Anstand hatte, Erbsengrün nach einigen Jahren zum Witwer zu machen, hinterließ ihm ein beträchtliches Vermögen, das ihm gestattete, in Ruhe weiterzupromovieren. Leider bemerkte Erbsengrün um diese Zeit, daß das Thema seiner Dissertation, an der er – na ja – arbeitete, inzwischen von einem anderen Doktoranden abgehandelt worden war. Erbsengrün dachte über ein anderes Thema nach, das nahm mehrere Jahre in Anspruch.«

Witwer war wohl die einzige Benennung, die Erbsengrün rechtens erwarb. Und der fast siebzigjährige Doktorand heiratete also Anna, Belmonts Mutter. Es war zwischen ihm und mir nie von dem Mann die Rede.

»Man könnte einem Buch über ihn den Titel geben: ›Biographie eines ungelebten Lebens‹«, sagte Caesar zum Schluß.

*

Es dürfte ein halbes Jahrzehnt gewesen sein, daß Belmont nicht mehr auf die Insel kam. Auch hörte oder vielmehr las ich nicht mehr viel von ihm in dieser Zeit. Ab und zu kam ein Brief, wie erwähnt: »Dear Old Palix ...« Er schrieb meist englisch. »Palix« war eine Erfindung Annas. »Der Vater ist der andere«, sagte sie, »Felix bist du für mich – was hältst du von Palix? Halb Papa, halb Felix.« Mir war es recht.

Seine letzte Ankunft auf der Insel kam unangekündigt und unerwartet. Wie meistens das Unglück. Es sei denn, man betrachtete jene Prophezeiung des alten Gobbo, längst vergessen wie der alte Gobbo selber, als Ankündigung des Unglücks oder das dunkle Gemurmel der Spidara, die gerade um jene Zeit öfters als sonst in den Ort kam und allerhand Unverständliches von sich gab, was aber immer wie das Grollen der Cassandra klang. Man gab nicht viel drauf, denn ihre zahnlückige Rede aus dem schiefen Mund konnte nicht anders als cassandrisch klingen, selbst wenn sie vom Blütenfrühling hätte reden wollen.

Es war Frühling, als Belmont kam. Er hatte diesmal keinen jugendlichen Seesack bei sich, sondern einen Satz echter Louis-Vuitton-Koffer, wohnte auch nur in den ersten Tagen bei mir und zog dann in eine der weniger aufwendigen *residenze,* die sich am alten Hafen etabliert hatten. Aber er kam oft zu mir herauf. Er hatte bei dem Unternehmen, bei dem er bisher gewesen war, gekündigt, hatte auch seinen Hausstand in Atlanta aufgelöst und eine, seinen Äußerungen nach, weit bessere Stellung angenommen, die es erforderte, daß er umzog. (»Alle Amerikaner mit mehr als 100000 Dollar ziehen ununterbrochen um und um durch die Staaten wie der Wirbel vom Seifenwasser, wenn es aus der Badewanne abgelassen wird«, sagte er. »Und sie enden ebenso im Orkus«, dachte ich.)

Über den neuen Posten sagte mir Belmont nicht viel. Da er nach Virginia in die Nähe von Washington ziehen würde, wie er erwähnte, umwehte seine künftige Tätigkeit etwas, wenn ich so sagen darf, Pentagonisches. Den Posten sollte er am 1. Oktober antreten, die Zeit bis dahin verlebte er – sein Ausdruck – »sabbatically«.

Es dürfte schon in den ersten Tagen seines Aufenthalts auf der Insel gewesen sein, vielleicht sogar noch in der kurzen Zeit, in der er bei mir wohnte, daß er – diese Mitteilung sollte hier auf dem Papier platzen wie ein Knallfrosch – bei der Spidara drüben an ihrem Bau Caterina traf.

*

Ich weiß jetzt nicht mehr, ob ich das schon erzählt habe, und ich kann in meinem Manuskript nicht nachschauen, denn Caesar hat es. Er war hier bis vorgestern, mit einer zwar nur bürgerlichen Begleiterin, deren Vermögensverhältnisse er aber so beschrieb: »Es reicht wohl, wenn ich dir sage, daß sie die Eigentümerin des einzigen in privater Hand befindlichen Fra Angelico ist, eines winzigen Tafelbildes, einen Putto darstellend, den zu versichern bisher noch nicht gelungen war. Der letzte Versicherungs-Präsident sagte, lieber versichere er die Flugzeugträgerflotte der USA.«

»Dann lebt sie«, fragte ich, »praktisch in einem hochspannungselektrisch gesicherten Fort?«

»Ihr Schlafzimmer ist praktisch ein Safe«, sagte Caesar.

»Und was tut sie, wenn sie verreist? Jetzt mit dir, zum Beispiel?«

»Was meinst du, was wohl in der unscheinbaren Schachtel ist, die sie nie aus den Augen läßt?« flüsterte er.

Ich pfiff durch die Zähne.

Das Gespräch fand auf Horadams Terrasse statt, als die Dame eben grad ins Haus gegangen war.

»Was tut sie drin?« fragte ich.

»Sie schaut den Fra Angelico an.«

Caesar nahm also mein Manuskript mit, soweit es bis vorgestern gediehen war. Er werde, sagte er, fast so gut darauf aufpassen wie seine Begleiterin auf die unauffällige Schachtel.

In Deutschland dann will Caesar das Manuskript abschreiben lassen. Generöserweise will er das bewerkstelligen lassen. Es ist nämlich so, daß schon seit Jahren kein Verlag, keine Redaktion, kein Dramaturg die schon nur noch eigenwillig zu nennenden Manuskripte entgegennimmt, die Caesar auf seiner Schreibmaschine herunterhackt, diese krummen Zeilen mit den »o«, die wegen der Messerschärfe der Typen nur Löcher sind und so fort. Das Ganze muß also längst nochmals, und zwar auf Computer und Diskette abgeschrieben werden. Caesar, der nicht nur erotischer Glückspilz ist, hat einen, sage und schreibe, pensionierten Admiral kennengelernt, der seine Arbeiten überaus schätzt, obwohl er, sagt Caesar, mit seiner, Caesars, frechen Freigeisterei nicht immer einverstanden sei. »Nicht nur ein in jeder Hinsicht nobler Mann, sondern auch der Computerisierung mächtig«, sagt Caesar. Und eines Tages sei der Admiral a. D. damit herausgerückt, daß er sich die Pensionistenzeit gern damit vertriebe, Caesars Manuskripte ins Reine zu schreiben.

»Ich war selbstverständlich entzückt.«

»Was verlangt er dafür?«

»Verlangt?! Ich bin froh, daß nicht er *mir* etwas zahlen will. Und ich bekomme das Zeug, das ich absondere, tipptopp auf Diskette, schicke es dem Verleger und der braucht es eigentlich nur noch in die Setzmaschine zu schieben und auf START zu drücken, denn der Admiral ist nicht nur mein erster, er ist auch mein bester Lektor. Er findet jeden Fehler. Wenn ich auf Seite 92 schreibe: ›Der Baron legte seinen grauen Hut neben sich auf die Bank‹, und 223 Seiten weiter: › – und dann nahm der Baron seinen braunen Hut, den er neben sich auf die Bank gelegt hatte …‹, kannst du Gift darauf nehmen, daß der Admiral das merkt.«

Die mehr und mehr fehlenden, auf Caesars Schreibmaschine abgebrochenen Buchstaben errät und ergänzt der Admiral. Und bestimmt, so Caesar, werde sich der Admiral freuen, auch mein Manuskript abzuschreiben. Die Handschrift zu lesen, sei ihm sicher keine Schwierigkeit. Naturgemäß seien Handschriften auf Schiffen wegen des stets währenden Seeganges wacklig, und daher sei jeder Seefahrende darauf geeicht, auch die krakeligsten Handschriften entziffern zu können.

»Du mußt allerdings damit rechnen, einige Seiten Änderungs- und Verbesserungsvorschläge zu bekommen. Ich rate dir: folge ihnen. Der Admiral hat immer recht.«

So ging also mein Manuskript mit Caesar nach Deutschland.

»Meinst du«, fragte ich, »daß ich dem Admiral eins meiner Bilder schenken darf? Für seine Mühe?«

»Das würde ihn freuen.«

»Hm. Weiß nicht. Aber ich habe ja unlängst die britische Fregatte *HMS Arthur* aquarelliert, als sie beim großen Flottenbesuch im neuen Hafen lag …«

Das hängt also vielleicht bald im Haus des Admirals

a. D., dessen Namen ich dem Leser nicht verraten kann, weil ihn mir Caesar nicht genannt hat.

*

Ich kann also nicht nachschauen, ob ich es schon erzählt habe, daß Belmont seinerzeit, noch vor Kasparians Ära, nicht ungern durch die wilderen Gegenden der Insel streifte, dort draußen zum Fischen ging und mit der Spidara, der er die Fische brachte, ins Gespräch kam. Ob sie einander verstanden? Ob das amerikanisch gefärbte Italienisch Belmonts dem zahnlosen »Keltisch« der Spidara so ähnlich war, daß ein unvermutetes Verständnis entstand? »Doch, doch«, sagte Belmont, »wir verstehen einander ganz gut.«

»Und was redet ihr?«

»Über Gott und die Welt. Besser gesagt: über die Götter und die Welten. Nach Spidara gibt es von beiden mehrere. Sie weiß da sehr viel.« Meinte er das im Ernst? »Der Neptun, zum Beispiel, der lebt noch, und er war es, der den heiligen Paulus nach dem Schiffbruch vor Malta mit seinem Dreizack aus dem Meer gefischt hat.«

Als Belmont nach vielen Jahren wieder auf die Insel kam und, wie gesagt, als gesettelter Jungmensch bequemer in einer Residenza unten wohnte, besuchte er nicht nur mich, er streunte überall auf der Insel umher und suchte die Plätze auf, wo er als Kind und dann heranwachsend gespielt hat, so auch die alte Spidara in ihrer Hütte oder in ihren Hütten – gibt es das Wort *Gehütt* für eine unübersichtliche Anhäufung von Baufälligkeiten? Belmont war gar nicht erstaunt, als ich ihm sagte, daß die Spidara noch lebe. »Wieso nicht?« sagte er, »sie lebt ewig.«

Es war nicht nur so, daß Kasparian ausdrücklich befohlen hatte, vielmehr den Befehl übermitteln hatte lassen, daß die Spidara in ihrem »Gehütt« ungestört bleiben solle. Er ließ die Trennmauer an der Schmalstelle der Halbinsel, was gar nicht einfach war, so ausbuchten, daß das – ich verwende den Ausdruck noch einmal, er ist zu schön – Gehütt der Alten außerhalb blieb, sie also jederzeit in den Ort konnte oder wohin sie eben wollte, was mit sich brachte, daß der Zugang zu ihr wiederum für jeden offen war. Freilich war knapp hinter dem Gehütt der unüberwindliche Kasparians-Wall.

Erneut fragte ich mich, was den Mogul, der sonst, was man hört, nicht zimperlich in seinem Gebaren, vor allem Geschäftsgebaren sein soll, dazu bewog, diese komische Alte zu schonen? Ob es Aberglauben war, für den bekanntlich die härtesten Kommerzialisten besonders anfällig sind? Es hat ja der Irak-Krieg seinerzeit keinen solchen Kurseinbruch verursacht wie die für Börsenmakler notorisch gefährliche Opposition Jupiters im 4. Feld mit Merkur. Aber es hat sich auf Zompara leise auch etwas anderes herumgesprochen, und da es mir Don Difossa erzählt hat, glaube ich nicht, daß es ein Geschwätz ist. Kasparian ist heimlich mildtätig, so heimlich, daß er es sogar vor sich selber verbirgt, weil er diesen Charakterzug mit seiner Geschäftshärte für unvereinbar hält. So war es nicht der einzige monophysitische Scheck, der damals in die Hände Don Difossas gewechselt ist, und es ist nicht ausgeschlossen, sogar höchstwahrscheinlich, daß der gar nicht mit der, wenn man die Gerümpelansammlung überhaupt so nennen kann, Einrichtung harmonierende Kühlschrank im Gehütte der Spidara auf eine stille Remuneration seitens Kasparians zurückgeht. Vor allem aber, noch stiller und weit, weit größer dotiert, unterstützt er bedürftige armenische Landsleute und hat nicht vergessen, daß die Hälfte seiner Familie bei den Greueln der mohammedanischen Türken gegen die christlichen Armenier umgekommen ist, Greuel, die die Türken bis heute leugnen, geschweige denn bereuen, was sie somit aus dem Kreis anständiger Nationen ausschließt. –

Belmont ging nur so, nur schlendernd zur Spidara an jenem etwas dunstverhangenen Aprilabend. Es war schon dunkel, und die Spidara saß im Freien auf einem alten Stuhl und las beim Licht einer Kerze ein Stück Zeitung, das sie im Ort gefunden hatte. Belmont setzte sich zu ihr. Warum ging an jenem Abend Caterina zur Spidara? Ging sie öfters hin? Holte sie sich öfters Rat? War es so, daß, nach all den Jahren, eine Seelenkonstellation bei ihr eingetreten war, die sie von Kasparian wegdrängte und auf das vorbereitete, was dann, genau an dem Aprilabend geschah? Leitete diese Seelenkonstellation Caterinas nur scheinbar der Wunsch, von Spidara Rat zu erholen, was sie nun tun solle, weil sie es bei und mit Kasparian als versteckte Nebenfrau, als vergoldete Geheimodaliske nicht mehr aushielt? Führte sie unbemerkt für sie, für alle, das Schicksal, die Nemesis der Insel, die Gobbo beschworen hatte vor Jahren, der hier herüben seine Ziegen geweidet hatte? Gobbo, der bockbärtige Pan, längst tot. Wer weiß.

So saß also der große Belmont neben der kleinen, runzligen Spidara, sie schaute zu ihm auf, die Kerze flackerte, Caterina trat aus dem Schatten – lautlos, sie war barfuß – herzu. Male ich einmal das Bild, wie ich es mir in der Phantasie vorstelle? Das erste Mal Caterina nicht nackt – Cupido hatte sich, wie der Leser nun weiß, jahrelang Zeit gelassen für dieses Ziel. Aber jetzt schnellte der Pfeil von der Sehne.

Und traf!

XXIII

Die Folgen dieses Pfeilschusses waren für die Insel – mit Verzögerung – verheerend. Das ahnte an jenem warmen, fast schon sommerlichen Aprilabend freilich noch niemand. An den Abend kann ich mich genau erinnern, denn ausnahmsweise war nicht ich zu Horadam hinübergegangen, sondern Horadam mit einer aufregenden Nachricht zu mir gekommen. Gegen den Schlag, den die Nemesis oder wer immer gegen die Insel auszuholen angesetzt hatte, war die aufregende Neuigkeit, die zu erzählen Horadam förmlich platzte, ein Nichts. Es drehte sich um Lankenwitz.

»Caesar«, sagte Horadam, warf sich in einen Sessel, »wird es ihm gönnen.«

»Was? Aber vorweg: ein Bier?«

»Danke. Lankenwitz' Haus ist verkauft.«

»Ach?«

»Lankenwitz ist pleite. Er mußte verkaufen. Wer es gekauft hat, weiß ich noch nicht.«

»Wieso ist Lankenwitz pleite, ich dachte, er verdient unverdient Summen, wie Freund Caesar sagt, die bereits in den Begriff Unsummen hinüberspielen?«

»Stell dir vor – »

Und Horadam erzählte die Schauergeschichte, die damals die literarische Welt mehr erschütterte als der Verriß des neuen Günter-Grass-Buches seitens Reich-Ranicki. Lankenwitz hatte eine Dichterlesung bestritten, in Ludwigsburg. »Er tut's nicht gern unter Schlössern. *Tat* es nicht gern. Jetzt wird er froh sein ... und so weiter ...« Wie üblich signierte Lankenwitz danach seine Bücher. Da kam auch einer, der sagte zu ihm: »Bitte nur Ihren Namen, ohne Datum, danke, bitte, nur den Namen, hier.« Und Lankenwitz setzte seinen Namen auf das sonst leere sogenannte Vorsatzblatt. Und da ging jener hin und setzte mit Maschine geschrieben drüber: »Ich bekenne, Herrn ...« den Namen wußte Horadam nicht, »560000 € zu schulden, welcher Betrag am ...« ein nicht sehr fernes Datum »... zur Rückzahlung mit 8% Zinsen fällig ist. Ludwigsburg, am ...« Und darunter stand schön leserlich und unbestreitbar echt Lankenwitz' Unterschrift.

»Ich weiß schon«, sagte Caesar, als wir bei seinem nächsten Besuch darüber redeten, »warum ich Bücher nur auf dem Titelblatt signiere und auch das immer knapp unter den gedruckten Buchstaben.« Im sogenannten Urkundenprozeß, wußte Horadam, wurde Lankenwitz verurteilt, das ist ein besonderes Verfahren, bei dem man schneller zur Zahlung verurteilt ist, als man den zweiten Fuß in den Gerichtssaal nachzieht. Das, was jener Gauner, sauber aus dem Buch getrennt, im Prozeß vorlegte, war eine Urkunde im juristischen Sinn, und der einzige Einwand, der im Urkundenprozeß zieht, ist, daß die Unterschrift nicht echt ist. Und sie war nun einmal echt. Freilich gibt es ein Nachverfahren, bei dem alles mögliche überprüft werden kann, aber inzwischen rauschte die Zwangsvollstreckung auf Lankenwitz' Haupt hernieder, und bis der leichtsinnige Signierer zum Bundesgerichtshof hinauf- und wieder herunterprozessiert hat und die schlechteren Karten hat, ist er längst erledigt.

»Finanziell – menschlich, nun ja«, sagte Caesar, »beschleicht mich ein bedauerndes Rühren. Man weiß ja nie, was die Furien mit einem selber noch vorhaben, und die soll man durch zu laute Schadenfreude nicht wecken. Was die Literatur anbetrifft, so finde ich die Grube, die sich dieser Larkenwitz – »

»Lankenwitz«, sagte ich.

» … ich pflege meine Mißachtung nicht ungern dadurch auszudrücken, daß ich mir die Namen nicht richtig merke. Schon Goethe hat den ihm unangenehmen Maler Nerly mit konstanter Bosheit Nerling genannt. Was also die Literatur anbelangt, finde ich die Grube, die jener – gut, also Lankenwitz – sich selber gegraben hat und in die seine Hervorbringungen schriftlicher Art ohnedies früher oder später gehören, als angemessen.«

Das war vor drei Jahren. Bis heute hat man von Lankenwitz nichts mehr gehört, aber inzwischen hört man ja auf der Insel sowieso nicht mehr viel von den Vorgängen in der Welt. Lankenwitz' Haus kaufte zunächst ein Münchner Gemüsegroßhändler, der es als Ferienquartier nutzte und einmal eine dankenswert lebhafte Party veranstaltete, zu der auch wir Nachbarn eingeladen waren; dann aber übernahm eine touristische Agentur aus Deutschland das Haus und die Gäste dort wechselten wochenweise, wobei ein gewisser Abwärtstrend zu beobachten war, was das Niveau der Bewohner betraf, und jetzt steht das Haus leer. Indirekt hat dies, und damit kehre ich zu dem Abend, der mir so deutlich im Gedächtnis geblieben ist, zurück, hat dies, dieser Abstieg, dieser langsame, aber bald merkliche und danach immer raschere Abstieg mit dem zu tun, was an jenem Abend passierte, und was wir, Horadam und ich, erfuhren, denn ich hörte, nachdem mir Horadam die Lankenwitz-Neuigkeit erzählt hatte, draußen die Vespa knattern, die, das wußte ich freilich, sich Belmont für die Zeit seines Aufenthaltes gemietet hatte und mit der er auf der Insel herumfuhr. Ich ging – Horadam und ich saßen im Garten – ums Haus herum und hinaus auf den Weg und sah, daß hinten auf Belmonts Vespa verkehrswidrig, aber elegant mit seitlich übergeschlagenen Beinen niemand anderer und geringerer als Caterina saß. Horadam, neugierig wie eine Katze, kam hinterher.

»Ach«, sagte Belmont, »du hast Besuch.«

»Bin's nur ich«, sagte Horadam.

Es war dämmrig gewesen, als Horadam zu mir herüberkam, jetzt war es schon dunkel. Es mochte gegen zehn Uhr gewesen sein. (»Seit ich zu dir gekommen bin«, hätte Horadam nach seiner Zeitrechnung gesagt, »sind sechs *Pilsner Urquell* vergangen, es muß zehn Uhr sein.«)

»Kommt herein«, sagte ich, wahrscheinlich langsam, denn es begann sich in mir eine Ahnung abzubilden, was das hier bedeuten könnte.

»Nein, danke«, sagte Belmont, »wir fahren hinüber in die Mondschein-Bucht. Jetzt sind sicher keine Touristen mehr am Strand.«

»Dann viel Vergnügen«, sagte Horadam.

Belmont drehte auf, das Rad knirschte, das neue Glück flog, hatte ich den optischen Eindruck, davon. Warum war Belmont bei mir vorbeigekommen? Um mir das neue Glück zu zeigen? Ja, wahrscheinlich. Caterina hatte, sich festhaltend, ihren schönen, zarten Kopf, den ich so oft gezeichnet habe, zärtlich an Belmonts Rücken gelegt, ihr Haarschopf flatterte.

Ich ging wieder ums Haus herum in den Garten, setzte mich. Auch Horadam war nachdenklich geworden.

»Das kann«, sagte er, »einiges ändern.«

»Hm«, sagte ich.

»Eine Laune der jungen Leute? Nicht ernst zu nehmen?«

»Amerikaner sehen ihr ganzes Leben lang wie Babies aus. Belmont ist nur halber Amerikaner, also nur ein halbes Baby, die andere Hälfte erwachsen. Er sieht jünger aus, als er ist.«

»Wie alt ist er denn?«

Ich rechnete nach, war selber erstaunt: »Einundvierzig.«

»Und sie?« Auch Horadam rechnete, dann: »Nicht ganz dreißig, oder?«

»Caesar sagt«, sagte ich,« ›aber die Dummheit höret nimmer auf …‹, trotzdem, meinst du, daß es zwischen den beiden etwas Ernstes ist?«

»Ich meine nicht«, sagte Horadam, »ich *fürchte.«*

Er sollte recht behalten.

XXIV

Es war dies das letzte Mal, daß ich Caterina sah: auf Belmonts gemieteter Vespa sitzend, den Kopf an seinen Rücken gelehnt, in die Nacht davonfahrend in Richtung des Passo Cojota und zur Mondscheinbucht, wo sie, so ist zu vermuten, »Hochzeit feierten«. Irgendwann in der Nacht müssen die beiden dann den gleichen Weg zurückgekommen, an meinem Haus vorbeigefahren sein, denn es gibt keinen anderen. Das habe ich nicht mehr gehört, habe wohl schon geschlafen. Warum sie ihre »Hochzeit« nicht in Caterinas Apartement drüben über ihrer Boutique *Aurora* … gefeiert, vollzogen haben? Oder in Belmonts Hotel? Ich kann mir nicht vorstellen, daß jenes Hotel derartige moralische Hemmschuhe unterlegt, heutzutage. Eher kann ich mir denken – ich kenne ja nicht nur Caterinas Körper millimetergenau, ich kenne auch ihren Charakter –, daß sie sich innerlich von Kasparian sofort und messerscharf getrennt hat, die Behausung und alles, was sie von Kasparian bekommen hatte, nicht mehr als ihr gehörig betrachtete, nicht mehr anrühren wollte, nicht mehr mit ihrem Glück in Berührung bringen wollte. Ihr neues Glück – ihr neues Leben? – nicht damit beflecken wollte.

Oder war es nur die in der Mondscheinbucht zu erwartende schiere Romantik? Wer weiß.

Daß Belmont in den auf jenen denkwürdigen Abend folgenden Tagen nicht zu mir kam, war zunächst nicht auffallend. Er kam zwar oft zu mir, aber ganz unregelmäßig.

Dennoch machte ich mir dann Gedanken, und ich fragte in dem Hotel nach einigen Tagen nach und erfuhr, daß er abgereist war. Kurz danach aber meldete er sich am Telephon und sagte, daß er kommen wolle, um sich zu verabschieden. Das tat er dann wenig später. Er blieb über Nacht bei mir, und wir redeten viel. So erfuhr ich, als auf der Insel noch niemand etwas von dieser Sache ahnte, und noch bevor deren Folgen offensichtlich wurden, daß es zwischen Belmont und Caterina keine flüchtige Liebelei, nein, daß es den beiden ernst war.

*

Beim Steinmetz der Insel, dem mißmutigsten Menschen, dem ich je begegnet bin, der stets staubüberkrustet ist und, wenn man ihn bei Gino, wo er manchmal an der Bar steht, anredet, auf jede Frage nur »Porco miseria« oder »Sangue di San Gennaro« ausstößt, dabei heißt er mit Familiennamen Allegri und mit Vornamen Placido – bei ihm steht heute noch unter allen fertigen und halbfertigen Grabsteinen ein kleiner Obelisk aus rosarotem Marmor. Der Obelisk ist etwa einen Meter fünfzig hoch und vom Architekten Sch. für die Kasparian-Villa in Auftrag gegeben worden. In der Zeit war die Villa – das Schloß, *il Castello* – längst fertig und von Kasparian bezogen. Der Architekt kam nur noch ab und zu auf die Insel, um irgendwelche Änderungen kleinerer Art zu überwachen. Kasparian war, so erzählte Sch., bei allem Verständnis, ja aller Begeisterung für das übernommene Krisslersche Konzept doch auch ein kapriziöser Bauherr, dem alle möglichen Kuriositäten einfielen. So, zum Beispiel, mußte ein kugelförmiger Lift, zusätzlich zum anderen Lift eingebaut werden. Der kugelförmige bediente nur das oberste Stockwerk. Und der Obelisk: aus rosarotem Marmor mit einer eingearbeiteten Tafel auf der einen Seite, in die eine Schrift eingemeißelt werden sollte. »Was für eine Scheiß-Schrift?« brummte Placido Allegri. »Später«, sagte der Architekt Sch. Nur soviel verriet er, daß der Obelisk über dem Haupteingang angebracht werden sollte.

Er, der Obelisk, steht immer noch beim Steinmetz. Vor einigen Monaten wollte ihn Caesar kaufen: für sein Grabmal. Allegri wagte es nicht, ihn herzugeben. Der Respekt vor Kasparian wirkte noch, als dieser längst schon der Insel den Rücken gekehrt hatte.

*

Es fiel zunächst nicht weiter auf, daß die Boutique *Aurora* geschlossen blieb. Mir sagte es viel, ich behielt es für mich. Es fiel auch nicht auf, daß Caterina nicht mehr zu sehen war. Erstens fällt es in der Regel auf, wenn etwas geschieht, wenn etwas *nicht* geschieht, braucht es meist länger, bis es auffällt, und zweitens hatte sich Caterina, seit sie die – wie sage ich es am schicklichsten? – die *Favoritin* Kasparians geworden war, aus der Öffentlichkeit zurückgezogen.

Es war auch, wenn ich mich recht erinnere, in jenen Tagen, daß – eine tragische Ironie – in einer der bedeutendsten Architektur-Zeitungen Amerikas ein ganz großer, vielseitiger und vielfarbiger Bericht über Kasparians Villa erschienen war. Sie wurde als Meilenstein in der modernen Architektur gepriesen und hymnisch besungen. Der ohne Zweifel bedeutende Architekturkritiker des Blattes *verstieg* sich zum Vergleich der Villa Kasparian mit bahnbrechenden Entwürfen der Vergangenheit, nannte Notre-Dame in Paris, den Dogenpalast, die Bauten Gaudís und Versailles. Endlich, so das Fazit, sei die Architektur mit diesem Bau aus dem Bereich des bloßen, wenngleich achtbaren Kunsthandwerks in die Weihe der eigentlichen Kunstgeschichte zurückgekehrt. Und so in der Richtung. Ich sehe mich außerstande, die Villa in angemessener Weise zu beschreiben. Da sie aber die eigentliche, wenngleich stumme und unbewegte Hauptrolle in diesem meinem Roman spielt, erlaube ich mir, einige Skizzen und Abbildungen der Villa, die mir Herr Architekt Sch. dankenswerterweise zur Verfügung gestellt hat, nur für den Roman, sollte er je erscheinen, beizugeben. Sch. war, wie sich denken läßt, nicht glücklich darüber, daß Kasparian seine Insel und die Villa im Zorn zurückließ und die Gefahr besteht, daß dieses einmalige Bauwerk, die einzige Hinterlassenschaft des genialen Kuno Krissler, womöglich wieder abgerissen wird. Bis heute ist das aber nicht der Fall, aber wer weiß. Sch. kam auf die Insel, als ein Abgesandter Kasparians die Formalitäten erledigte, um die Villa zum Verkauf zu stellen. Der Abgesandte, es war keiner von denen, die man bisher kannte, war von verhaltenem Zorn, so als ob ihm die Geliebte davongelaufen wäre. Etwas von Kasparians tobendem Unmut hatte offenbar auf seinen Abgesandten abgefärbt.

»Bevor er mit einem überhaupt redet«, sagte Sch., »hat man den Eindruck, er hält seine Hand innerlich fest, daß er einem nicht eine Ohrfeige gibt.« Man kann sich also die Verwundung Kasparians, des Auftraggebers ausmalen, wenn schon sein Angesandter so reagiert.

Ich erzählte bei dieser Gelegenheit Sch., daß ich diesen Roman hier schreibe (ich war da etwa bis Seite 50 gekommen), und er gab mir also diese Skizzen. Ich bedanke mich bei ihm, und ich bin damit weit in der Zeit vorausgeeilt.

Jene Ausgabe der Architektur-Zeitschrift kursierte auf der Insel, obwohl, wie man sich denken kann, das Blatt sonst nicht viel Leser hier hat. Die Insel schwoll, wenn man so sagen kann, vor Stolz. Sie blähte sich auf vor Bedeutung. Zu allem Glanz der Promitäten kam nun hinzu, daß sie, wie es in dem Artikel hieß, »zum Mekka der modernen Archi-

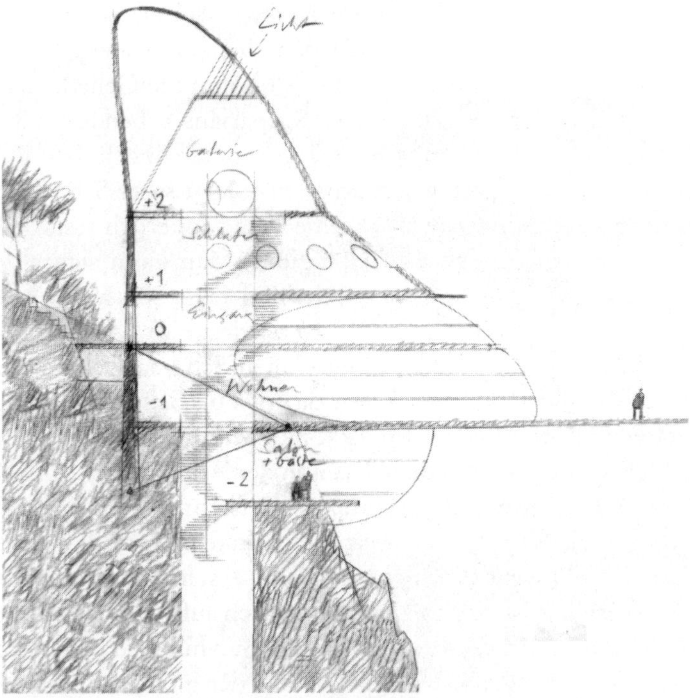
Galerie
+2
Schlafen
+1
Eingang
0
Wohnen
-1
Salon
+ Gäste
-2

tektur« geworden war. Man tat auf der Insel so, als sei das alles eigener Verdienst, dabei nagte der Wurm schon. Caterina war zu der Zeit schon von der Insel fort, Belmont bald danach. Er las den Artikel grade noch, als er das letzte Mal zu mir kam.

XXV

Das bedrohlicher klingende Gemunkel fing an, als die Boutique *Aurora* nicht nur nicht wieder geöffnet wurde, vielmehr ein handgeschriebener Zettel an der Tür hing: CESSAZIONE D'ATTIVITÀ – »Wegen Geschäftsaufgabe geschlossen«. Caterina blieb verschwunden. Angeblich wurde sie noch ein paarmal im Dorf gesehen, eilig und geschäftig, auf der Post, auf der Bank, im Gemeindeamt. Später sickerte durch, daß sie sich abgemeldet, ihr Konto bei der Bank gelöscht hatte. Sie wurde, hieß es, beobachtet, als sie mit der Fähre zum Festland fuhr. Alle diese Nachrichten waren ungenau, aber irgendwie in der Art muß sich der Abschied Caterinas von der Insel abgespielt haben. Ungenau, erinnere ich mich, war die Schilderung des Gepäcks, das Caterina bei dieser letzten Überfahrt dabei- oder eben nicht dabeigehabt hatte. Die einen kolportierten mächtige Überseekoffer von *Louis Vuiton,* die anderen wollen nur eine kleine Handtasche gesehen haben – und alle Variationen dazwischen.

In den folgenden Wochen stand ein junger Mann in der Boutique, der den Ausverkauf betrieb. Amanda kaufte einen Pullover in Kanariengelb mit der seltsamen eingewebten Aufschrift in Zierlettern quer über dem Busen: »Let's cultivate ideals«. Selbstverständlich kaufte Amanda diesen Pullover weder, weil Kanariengelb ihre Lieblingsfarbe war, noch wegen des günstigen Preises, noch weil sie entschlossen war, Ideale (welche?) zu kultivieren, sondern weil sie bei der Gelegenheit des Kaufes ausspionieren wollte, was da los war. Aber der junge Mann wußte entweder wirklich nichts oder er war von Caterina zu absolutem Stillschweigen verpflichtet, Amanda zog enttäuscht mit dem Pullover und ohne Erkenntnisse ab.

*

Etliche Jahre hatte das Verhältnis Caterinas mit Kasparian gedauert. Selbst wenn so etwas, wie im Fall des ohnedies unsichtbaren Kasparian, streng geheimgehalten wird, wenn die wenigen, die auf der Insel davon wußten, allen voran selbstverständlich Caterina selber aus eigenem Interesse oder aus Anstand stillhielten, sickert etwas durch. Dafür war die Zeit einfach zu lang.

Aber im Großen und Ganzen hielten die Zomparesen dicht. Es mag sein, daß viele die Nachrichten über Kasparians Liebesleben auf der Insel ohnedies nur für Gerüchte hielten, diejenigen, die daran glaubten, hielten den Mund. Der manchmal bis zur Angst gesteigerte Respekt vor Kasparian gebot Stillschweigen. Nicht zu Unrecht wurde er als Wohltäter der Insel betrachtet und durfte nicht verprellt werden. Freilich wurde hinter vorgehaltener Hand dies und jenes kolportiert, was auch zu den Promischaren durchdrang. Aber bezeichnend für die Haltung mehr oder minder aller Zomparesen war jene Antwort des Bürgermeisters auf eine indiskrete Frage einer deutschen Journalistin aus Hamburg:

»Wenn es so wäre, wüßte ich es. Wenn ich es wüßte, würde ich Ihnen nichts sagen. Ich würde es Ihnen nicht einmal sagen, wenn ich wüßte, daß es nicht stimmt.«

Die Antwort kenne ich, denn jene Journalistin gehörte zum entfernten Bekanntenkreis Caesars, der allerdings – eigentlich überflüssig zu sagen – keine erotischen Inklinationen zu der Dame hatte. Sie war weder adelig noch reich. Sie kam damals auf die Insel, um nach Kasparian zu schnüffeln, besuchte, um etwas zu erfahren, auch Horadam und mich, wohl auf Empfehlung Caesars. Mir sind lebhaft ihre großen Vorderzähne in Erinnerung, und daß sie nach Rom weiterreiste, um einen Bericht über den Vatican zu schreiben. Sie stellte mir, wohl in Vorbereitung ihres Berichts, die bemerkenswerte Frage: »Wie lang ist eigentlich die Amtsperiode des Papstes?« Sie war, wie gesagt, aus Hamburg.

Offen über Caterinas Verhältnis zu Kasparian geredet wurde erst dann, als es vorüber war. Eines der windigen Enthüllungsblätter, die es in Italien in Menge gibt, brachte etwa drei Wochen nach dem Erscheinen jenes handgeschriebenen Zettels an der Boutique *Aurora* einen selbstverständlich reißerisch aufgemachten Bericht, garniert mit unscharfen Bildern, auf denen angeblich Caterina im halben Bikini zu sehen war (die obere Hälfte fehlte, nicht die untere, immerhin), in inniger Umarmung mit einem tatsächlich Belmont ähnlich sehenden Mann in einem Schlauchboot. Von der Schreibweise von Belmonts Namen angefangen war alles so unscharf wie die Photographien, aber die Quintessenz der Geschichte war richtig: Der Großmogul hatte grollend die Insel verlassen.

Was bewegt einen Großmogul, der zu denen gehört, die wirklich die Welt regieren, dazu, in Groll auszubrechen, nur weil ein kleines Hühnchen sich seiner Gunst entzieht?

Ich weiß es. Niemand, fast niemand weiß es, aber ich weiß es. Ich weiß es von Kasparian selber. Nicht direkt selber, aber fast direkt selber. Der Leser erinnere sich an jene Gespielin Caesars, die den, wenn man so sagen kann, leibhaftigen Fra Angelico bei sich hatte.

Es gibt so Situationen, die ihre zwei grundverschiedenen Seiten haben. Es ist ähnlich der Vorstellung der Welt hinter dem Spiegel. In so einer Situation befand sich jene Dame im entscheidenden Moment. Nein, nicht im entscheidenden Moment, denn als diese Dame auf der Insel war (ihren Fra Angelico in der Pappschachtel mit der Aufschrift: KONDITOREI KREUTZKAMM), war alles schon entschieden, es zeigten sich aber die Auswirkungen der Entscheidungen, der entscheidenden Ereignisse kurz zuvor.

Der Aufenthalt der Dame, von dem hier die Rede ist, war nicht jener heimlich seitenspringende mit Caesar, es war ein späterer legal-ehelicher Aufenthalt, bei dem die Dame so tun mußte, als sei sie nie vorher auf der Insel gewesen, und bei dem sie ihre Gedanken, die sie vielleicht hatte, als sie verstohlen *dort* hinüberblickte, sorgsam verbergen musste – die Gedanken an die Welt, die jetzt von ihr aus gesehen hinter dem Spiegel lag. Ihr Mann, mit dem sie diesmal auf die Insel fuhr, ist ein Finanzmakler der obersten Gebührenklasse. Er ist steinreich (siehe Fra Angelico), wenn auch längst nicht so reich wie Kasparian, dessen Vermögenslage ja bereits im Außerbegrifflichen, im pekuniär Metaphysischen angesiedelt ist. (Man stelle sich den Höhenunterschied zwischen dem Vermögenszuschnitt jenes Finanzmaklers und unsereinem wie zwischen dem Eiffelturm und einem Einfamilienhaus vor. Und aber was ist der Eiffelturm gegen die andere Kategorie des Mont Blanc, sprich: Kasparian.) Der nur steinreiche Finanzmakler gehörte zu denjenigen, die wie Gott im Geheimen wirken. Kaum jemand außerhalb der Kreise, auf die es ankommt, kennt ihn. Er hat ein kleines, allerdings erstklassig geschmackvoll eingerichtetes Büro in bester Lage in Frankfurt vielleicht oder München, ein anderes in New York. Hier und dort eine verschwiegene Halbtagssekretärin, mehr nicht. Er achtet darauf, daß man seinen gedeckten Zweireihern nicht ansieht, was sie gekostet haben. In seinen kleinen Büros aber strömen die unsichtbaren Kraftströme der Weltfinanz zusammen, schwellen, brausen (unhörbar), verknoten sich, werden von dem gedeckten Zweireiher mit den gepflegten Händen wieder sorgsam auseinandersortiert und dorthin gelenkt, wo sie hin sollen. Keine öffentliche Macht der Welt, kein Minister, kein Parlament hat da irgend etwas zu suchen, schon weil die alle nichts von dem einen Wort verstehen, das den Lauf der Dinge lenkt, von dem Wort »mehr«. Ab und zu, freilich, versucht der eine oder andere sich hier einzunisten – in der Regel verbrennt er sich die Finger, und das ganze System ist überhaupt so unfaßbar wie die Wolken. Dazu gehört also der Ehegatte jener Fra-Angelico-Dame, und es läßt sich denken, daß von den goldenen Kraftströmen aus einem kleinen Zapfhahn angemessene Promille in die Westentasche des Steuermanns fließen.

Merkwürdig: Da gehört dieser also zu denen, die abseits oder über allen sichtbaren Instanzen die Welt wirklich regieren (die anderen *verwalten* höchstens), dem großökonomisch nicht das kleinste X für ein U vorgemacht werden kann, der den finalen Durchblick hat, und privat wird er von seiner Frau schamlos betrogen. Ist das die ausgleichende Gerechtigkeit?

Aber darüber wollte ich nicht schreiben, das hat auch mit der Sache nur insofern zu tun, als Kasparian sich der Dienste dieses Finanzmaklers in – so vermute ich – einigen seiner mehr oder minder dunklen Geschäfte bediente. Wahrscheinlich beschissen sie einander, was ich auch als ausgleichende Gerechtigkeit betrachte. Nicht uninteressant ist übrigens, was Don Difossa dazu sagte. Leichtsinnigerweise hatte die Dame seinerzeit, als sie seitlich ihrer Ehe auf der Insel weilte, ihren maßangefertigten Hermès-Koffer im Flur von Horadams Haus, in dem sie mit Caesar zu Gast war, stehen lassen, und an dem Koffer hing ein Namensschild. (Caesar sah darauf, daß wir von seinen Gespielinnen, soweit möglich, nur den Vornamen erfuhren.) Don

Difossa hatte ein kleines, aber sehr dickes rotes Buch, und nachdem er ungewollt den Namen gelesen hatte, schlug er den Namensindex auf, blätterte bis zum entsprechenden Buchstaben und sagte dann nur: »Aha.« Das Buch hieß *Annuario Pontificio.* Auch dahin also reichten die Tentakeln.

Vor allem aber gehörte der Finanzmakler zu denen, die die Villa Kasparian von innen kannten, und da sich in diesen Höhen Geschäftliches vom Privaten nicht trennen läßt, ja notwendig ineinander verknäult ist, begleitete einmal die Fra-Angelico-Eigentümerin ihren Mann zu Kasparian, wurde aus Rom oder Neapel mit dem Hubschrauber eingeflogen, der vielleicht eine Runde auch über Horadams Haus drehte – »Was ist?« fragte der Finanzherr, weil die Dame geseufzt hatte, stelle ich mir vor. »Nichts, nichts«, sagte sie, »es ist so schön hier.«

Sie kamen in einen Seelentrubel des Moguls Kasparian, der seinesgleichen suchte. So die spätere Erzählung der Dame, als sie sich einige Zeit danach mit Caesar hier auf der Insel vom Eheleben erholte. Es sei, so sagte sie, unglaublich, daß ein Mensch, der in den stählernen Regionen des Groß-Kommerzes, des Mega-Welt-Kommerzes angesiedelt sei und dort die Global-Hebel herumwerfe, an den Ventilen der Geldströme drehe, von *so etwas* aus der Bahn geworfen werden könne.

Kasparian habe getobt, erzählte Fernanda (ich habe den Namen jetzt erfinden wollen, um die Schilderung zu vereinfachen, nicht immer »die Dame, die Caesars Gespielin war, die mit dem Fra Angelico« hinschreiben zu müssen, aber ich glaube, sie hieß wirklich so, die Hand ins Feuer legen könnte ich aber nicht), er habe Verwünschungen ausgestoßen, dann habe er wieder geweint, sei mit dem kugelförmigen Lift hinaufgefahren …

(Ja, dabei erfuhr ich oder erfuhren wir, denn Caesar und Horadam hörten auch zu, was es mit diesem kugelförmigen Lift auf sich hatte, und auch, was mit meinen Bildern von Caterina geschehen war. Der Lift, zu dem nur Kasparian selber den Code kannte, der ihn in Bewegung setzte, führte in den sonst unzugänglichen obersten Stock, und in den waren seinerzeit die Bilder aus dem Pfarrhaus verbracht worden.)

... sei mit dem kugelförmigen Lift hinaufgefahren und stundenlang nicht wieder erschienen. Was er dort oben gemacht habe, habe man selbstverständlich nicht erfahren. Ihr Mann, so erzählte Fernanda, sei besorgt nach oben in den noch zugänglichen zweitobersten Stock gestiegen, habe gelauscht, aber es sei nichts zu hören gewesen. Entweder waren die Mauern zu dick oder Kasparian habe stumm gelitten.

»Wir haben zunächst überhaupt nicht gewußt, weshalb er sichtbar in Wahnsinn geglitten ist«, sagte Fernanda, »und Holo (so hieß ihr Mann) hat anfänglich an einen sonst noch geheimen Börsensturz lawinischen Ausmaßes geglaubt. Aber so einen Börsensturz oder ähnliches Desaster gibt es nicht, der einen eiskalten Spekulanten wie Kasparian in einen solchen Zustand versetzen könnte. Ein solches Desaster würde Kasparian nur zu stumm gefrorenen Entschlüssen bringen, um wie üblich das Desaster für sich in Gunst umzuwenden. Nein«, fuhr Fernanda fort, »wir ahnten, daß da ganz etwas anderes dahinter sein mußte.«

Genau zu rekonstruieren ist die Abfolge der Ereignisse nicht. Wie ich Caterina kenne, hat sie in dem Moment, in dem der Stern »Belmont« in ihrer Seele aufgegangen war, innerlich mit der ihr eigenen Geradlinigkeit das Tor für Kasparian zugesperrt. Ich glaube nicht, daß sie eine Zeitlang das Verhältnis mit Kasparian neben der neuen Liebe herlaufen ließ. Ob sie allerdings das »Aus« sofort dem Mogul ins Gesicht sagte, kann ich nicht beurteilen. Selbst wenn es keine Liebe, keine Große Liebe von seiten Caterinas war, eine solche Beziehung, die Jahre dauert, kann nicht ganz ohne außererotische Sympathien gewesen sein, jedenfalls nicht bei Caterina, die keine skrupellose Zynikerin war (und wohl noch ist). Gewisse Rücksichten dürfte sie genommen haben. Wie mag es gewesen sein? Hat sie in aller Ruhe dem Multi-Kasparian dargelegt, was zwischen ihr und Belmont passiert ist? Hat der versteinerte Kasparian nur stumm genickt, ist in seine Burg zurückgeschlichen – oder hat er erstarrt im grandiosen Zentrum des Kuno-Krissler-Baues in einem der originalen Partly-Dumberton-Sessel (New York 1922) gesessen und hat wortlos Caterina gehen lassen und erst nach einer Stunde, unglücklicherweise in Gegenwart der sohin alles mitkriegenden Fernanda und Holo den ganzen Umfang des Unglücks begriffen, das auf ihn niedergegangen war wie ein schwerer, alter, staubiger, alles bedeckender und verfinsternder Vorhang?

Möglich auch, das alles wußte Fernanda natürlich nicht, daß Kasparian zur Zeit der – um einmal diesen vorsichtigen Ausdruck zu verwenden – Abwendung Caterinas von ihm gar nicht auf der Insel war. Er war zwar oft hier, soweit man das überhaupt bemerkte, in den bewußten Jahren immer öfters, aber nicht ständig. Er mußte ja sein Imperium regieren, und das geht wohl nicht nur aus dem Windschatten von Zompara heraus. Und vielleicht hat er »es« aus ebenjenem unscharfen Zeitungsbericht erfahren, ist auf die Insel geeilt, hat Caterina gefragt: »Ist das wahr?« Und Caterina hat geantwortet: »Ja.« Oder allenfalls: »Ja, leider.«

Wer weiß. Am Ergebnis ändert das alles nichts. Vielleicht hat Caterina auch nur einen Brief geschrieben, einen ganz kurzen, lapidaren oder einen langen, um Verständnis bittenden – dort hingelegt, wo er und nur er ihn finden würde.

Nach einigen Tagen, erzählte Fernanda, habe sich Kasparian etwas beruhigt. Das war auch notwendig, denn inzwischen traf Kasparians Frau ein, und vor ihr mußte ja nun die Katastrophe verborgen werden. Die ab und zu ausbrechenden, offensichtlich nicht zu vermeidenden emotionalen Schüttelfröste, die Kasparian beutelten und die auch Frau Kasparian bemerkte, ging ja kaum anders, führte diese auf geschäftliche Zuckungen zurück. Denn zu ebender Zeit wurde in irgendeinem Staat Südamerikas, kann auch sein Afrikas, eine Militärdiktatur hinweggerafft, was leicht einen Einbruch in Kasparians Profitfluß verursachen konnte.

Bei der Gelegenheit erfuhren wir also auch von Frau Kasparian. Sie war, wenn möglich, noch unsichtbarer auf der Insel und auch überhaupt unsichtbarer als ihr Mann, wobei mir klar ist, wie ich das hinschreibe, daß unsichtbar eigentlich keinen Komparativ verträgt. Sie war die erste und einzige Ehefrau Kasparians, eine kugelförmig gewordene Armenierin mit dem Namen Hripsime, wurde von ihrem Mann Jenny genannt, legte aber selber Wert auf ihren richtigen Vornamen, denn die hl. Hripsime war die erste Märtyrerin und ist die Patronin Armeniens. Ob Kasparian aus alter Anhänglichkeit und altem Respekt vor der Mutter seiner Kinder, aus Rücksicht darauf, daß ihm Hripsime, aus dem Clan Schanazorian stammend, den Grundstock seines Vermögens als Mitgift beigebracht hat oder ob er aus allgemeiner Moral bei Hripsime/Jenny blieb oder sie bei sich behält, weiß nur er allein. Es ist auch hier nur insofern von Bedeutung, als er tatsächlich vorgehabt hatte, den zutreffenden dieser Gründe oder alle diese Gründe außer acht und sich scheiden zu lassen, um Caterina zu heiraten. Die Schrift, die in den rosaroten Obelisken gemeißelt werden sollte, wäre ihr Name gewesen. Kasparian vertraute dies in einer Dämmerstunde, in der nach einem Regentag sich die Wolken verzogen hatten, Holo und Fernanda an. Man saß auf der Terrasse. Frau Kasparian hatte sich infolge Migräne zurückgezogen. Die Sonne ging unter. Saß der gebeutelte Groß-Tyrann mit dem Rücken zum Sonnenuntergang und leuchteten seine Ohren golden? Das wußte Fernanda nicht zu erzählen, wohl aber, daß Kasparian unheimlich ruhig wurde. Er lachte in unregelmäßigen Abständen in sich hinein, aber es war, so Fernanda wörtlich, »ein salzüberkrustetes Lachen, wir meinten, beim nächsten Lachen würde Kasparian in kleine Kügelchen zerfallen. Es war schon Nacht und wir, mein Mann und ich, saßen starr und wußten nicht, was tun, da sagte Kasparian etwas auf Armenisch – ich nehme an, es war Armenisch, wir verstanden es nicht – und als Holo, also mein Mann, fragte: ›Wie bitte?‹, sagte er nur: ›Willst du das Haus hier kaufen?‹ Ich hatte den Eindruck, Kasparian hatte das Gefühl, das Haus würde ihm unter den Füßen abrutschen, die ganze Insel würde hinunterrutschen in die Tiefe. Ich glaube, er hatte in diesem Moment den Entschluß gefaßt, die Insel nie mehr zu betreten. Nein, das Gefühl, die Insel habe ihn ausgespien, stieß ihn in diesem Moment im übertragenen Sinn vom Sitz.«

XXVI

Wenn einmal der Deckel von einem Geheimnis gelüftet ist, kommt zutage, wieviel mehr Leute darum gewußt haben, als man ahnte. So auch auf der Insel. Die öffentliche Meinung teilte sich. Ein Teil der Leute zeigte oder heuchelte Verständnis für das junge Ding, das, nicht mehr im Bett des verfaulenden Greises dienstbar sein wollte, der größere Teil war besorgt über die Folgen, und das, noch ehe die Nachricht einschlug, daß Kasparian der Insel den Rücken gekehrt hatte. Gleichgültig blieb fast niemand, auch nicht ich, denn schon wenige Tage danach wurde auf Horadams Haus ein, wenngleich dilettantischer Brandanschlag verübt. Es war eine Verwechslung, das war klar. Der Anschlag galt mir, dem »Vater« des Verbrechers, der das Glückskind der Insel entführt hatte, welches man selber nicht mehr erreichen konnte.

»Ich zeige es nur wegen der Versicherung an«, sagte Horadam, »daß die Carabinieri den Täter fangen, kann ich mir nicht vorstellen. Ein achselzuckendes Protokoll, das ist alles. Aber das brauche ich, eben für die Versicherung. Ich glaube nicht, daß sie *die* überhaupt fangen *wollen,* stecken womöglich unter einer Decke mit ihnen.«

Ein Stuhl war beschädigt worden, der neben Horadams Haustür gestanden war, die Holzteile verkohlt, die Metallteile verbogen. Horadam bearbeitete ihn dann etwas mit Farbe und nannte das Objekt *So-Gold-Ohr.* Ich glaube, 15 000 Euro erzielte er dafür später. Aber insgesamt war es alles andere als lustig. Wer weiß, wann die Täter draufkommen, daß es das falsche Haus war und wo das richtige ist. Aber bald waren die Turbulenzen auf der Insel so heftig, daß man über anderen, größeren Sorgen die Rache vergaß.

Auch offiziell und die Form wahrend wurde ich mit der sich langsam zur Katastrophe ausweitenden Angelegenheit konfrontiert.

Wenn im öffentlichen Leben irgend etwas unvorhergesehen Einschneidendes passiert, eine Entführung, ein Erdbeben, ein Attentat, eine Überschwemmung, wird ein Krisenstab gebildet. Man hat das Gefühl, das ist das einzige, was den jeweils Verantwortlichen einfällt. Und sie aber beruhigt. Was tut ein Krisenstab? Er hält eine Krisensitzung ab. Sehr oft dauern die Krisensitzungen die ganze Nacht hindurch. Mit Vorliebe, habe ich den Eindruck, tagen die Krisenstäbe (trotz des Wortsinnes »tagen«) in der Nacht. »Der Krisenstab tagte bis in die frühen Morgenstunden …« Manchmal wird im Fernsehen gezeigt, wie aktentaschentragende Angehörige des Krisenstabes grauermüdet aus dem Krisenstabsgebäude wanken und in das Mikrophon mit letzter Kraft die Worte sprechen: »Es wird alles getan, um die Krise zu überwinden. Mehr kann ich im Moment nicht sagen.«

Was tut so ein Krisenstab die ganze Nacht? Sitzen die Krisenstäbler um den Tisch herum und sagen: »Und was machen wir?«

Allgemeines Ächzen.

Der Vorsitzende schreckt auf und fragt den Stellvertretenden Vorsitzenden: »Wie bitte? Haben Sie was gesagt?«

Der Stellvertretende Vorsitzende: »Nein. Ich habe mich nur geräuspert.«

Wieder von Ächzen durchwirkte Stille.

Endlich meldet sich eines der Mitglieder.

»Ja?!«

»Wie spät ist es?«

»Halb vier.«

Wieder Stille, bedrückte solche.

Um halb fünf Uhr: »Kann jemand einen Kaffee bringen?« – und so fort. So stelle ich mir die Sitzungen eines Krisenstabes vor. Wahrscheinlich komme ich damit der Wirklichkeit ziemlich nahe.

Es ist auch viel von Handlungsbedarf – der meist noch nicht vorliegt – und vom Handlungsspielraum – der meist eng ist – die Rede. Der Handlungsbedarf des Krisenstabes der Gemeinde Zompara aber war groß, und der Handlungsspielraum, wie sich bald herausstellte, betrug Null.

Der Krisenstab bestand aus dem Bürgermeister, dem Finanzassessor der Gemeinde, dem Tourismus-Manager (einem wildlockigen Spitzbart, der in Triest requiriert worden war) und drei, vier der wichtigsten Hoteldirektoren. Trotz des großen Handlungsbedarfs tagte man zu Tagesstunden, aber recht viel mehr als: »Und was machen wir jetzt?« kam auch bei diesem Krisenstab nicht heraus.

Auch mir wurde diese Frage vorgelegt. Ich wurde nämlich einmal dazugebeten. Es hatte, obwohl man sich um Höflichkeit bemühte, schon leicht den Eindruck eines Verhörs. »Sind halt a' so, die jungen Leut' –« zitierte ich, sinngemäß ins Italienische übersetzt.

»Das wissen wir auch«, sagte der Bürgermeister.

Mit nur verhaltenem Zorn fuhr es aus einem der Hoteldirektoren heraus: »Weiß denn Ihr Sohn nicht, was er damit anrichtet?«

»Erstens ist es nicht mein Sohn, sondern nur mein Stiefsohn, und selbst wenn er mein Sohn wäre, er ist einundvierzig Jahre alt, getauft, gefirmt, geimpft und volljährig.«

»Aber Sie könnten doch …«

»Was, bitte, könnte ich? Haben Sie schon einmal probiert, einem Menschen die Liebe, die Leidenschaft auszureden? Außerdem, was soll denn schon passieren? Geht Sie das Liebesleben Mister Kasparians etwas an?«

»Eccome! Und ob. Signor Kasparian verläßt die Insel. Ist Ihnen klar, was das bedeutet?«

»Ich kann mir vorstellen, was das bedeutet, aber woher wissen Sie, daß Signor Kasparian die Insel verläßt?«

»Von ihm selber. Also nicht ganz direkt. Aber doch ...«

Eine Abordnung war zur Villa gepilgert. Sie wurde sogar vorgelassen, wartete in einem großen Foyer (»Wie ein Weltraumschiff«, sagte der Carabinieri-Maresciallo, der die Abordnung begleitet hatte) und wurde dann mit dem kargen Bescheid, überbracht von einem Sekretär oder Haushofmeister, entlassen: »Es ist der unumstößliche Beschluß Mister Kasparians, die Insel zu verlassen. Er wird nie wieder einen Fuß auf sie setzen. Das Haus steht ab sofort zum Verkauf.«

»Ich fürchte«, sagte ich, »ich kann Ihnen nicht helfen. Und nur, weil ein Kasparian, der sowieso sozusagen unsichtbar die Insel verläßt –«

»Nur?!« schrie jetzt der Bürgermeister, ich hatte ihn noch nie so rot gesehen, »nur?! nur?!« Er verschluckte sich fast an seinem eigenen Zorn. Der Situation angemessen und literarisch einzig zu vertreten, wäre eine eines Cato oder Cicero würdige Rede, etwa:

»Wehe! Was schwätzt du, Fremder und Nichtwissender von *Nur?!* Weißt du, welches Unheil, welches zähnefletschendes Entsetzen in diesem so klein und harmlos klingenden *nur* steckt? Der Drache des Verderbens ist dabei, sich auf die Insel niederzulassen, und seine Flügel verfinstern jetzt schon unsere Gemüter, und das mit Recht, denn was soll werden? Was soll werden, wenn jener, den du *nur* Kasparian nennst, der Goldumglänzte, der Heilträchtige, der Segenspender, den Fortuna selber, ihr Füllhorn freigiebig ausschüttend der Insel gesandt hat, dieser zürnend den Rücken kehrt? Die Nacht bricht herein! Du törichter Nichtversteher, die Kälte des Nordpols ist nichts gegen das Eis, das den Wohlstand der Insel und uns, seine bislang froh den Segen genießende Bewohner zu elenden Lemuren gefrieren lassen wird …« und so fort.

Aber zu solcher Rede war der Bürgermeister nicht in der Lage. Er stotterte nur seine Hilflosigkeit in Floskeln heraus, die ungefähr dies bedeuteten, was ich eben geschrieben habe. In der Tat war mein »nur« unangebracht. Es ist kaum zu glauben, wie schnell der Kommerz reagiert. Ich erfuhr es bei diesem »Verhör«: Keine vierundzwanzig Stunden waren vergangen seit jener gescheiterten Delegation zu Kasparians Villa, da zog ein großes Tourismuskonsortium den Antrag für die Baugenehmigung des sechzehnten Hotels zurück. Ohne Begründung natürlich, aber es war klar, warum … Woher jene den, wenn man so sagen kann, Fluch des Kasparian erfahren hatten, wurde als Rätsel bezeichnet. Allzu rätselhaft erschien es mir nicht, waren doch genug von denen, die auf der Insel das Sagen haben, bei der Delegation dabei. Der Zorn des Bürgermeisters war auch nur zum Teil, zum kleineren Teil wohl, auf seine Fürsorgepflicht gegenüber dem Gemeinwohl zurückzuführen. Abgesehen davon, daß längst schon von regelmäßigen Remunerationen seitens Kasparians für den Bürgermeister gemunkelt wurde, gehörten ihm eins der Hotels und der Mehrheitsanteil an der Gesellschaft, die die Fähre betrieb.

»Wo ist das Luder?« fragte der Tourismus-Manager.

Ich log: »Ich weiß es nicht. Woher auch?«

»Aber Sie haben doch … es ist doch … die Zeichnungen …«

»Es geht eigentlich niemanden etwas an«, sagte ich, »aber nachdem die Sache länger zurückliegt, kann ich es sagen. Ja, Caterina war eine Zeitlang mein Modell. Ja, nackt, ich sage es, bevor Sie peinlich herumfragen. Das ist nicht unüblich bei Malern. Und, ob Sie es glauben oder nicht, es war sonst nichts zwischen ihr und mir. Und das letzte Mal, daß sie mir Modell gestanden hat, ist Jahre her. Ich weiß weder, was sie vorhat noch wo sie sich aufhält.«

Ich wußte es, Belmont hatte mir alles erzählt. Einige Tage war Caterina drüben in der Provinzhauptstadt in einer unauffälligen Pension untergeschlüpft, dann waren sie und Belmont nach Neapel zu einer Tante Caterinas gezogen. Von dort aus besuchte er mich, sagte mir, daß sie in den nächsten Tagen nach Rom übersiedeln würden, wo eine andere Tante lebe (kann sein: Onkel, ich weiß es nicht mehr genau).

»Und was weiter?« fragte ich.

»Das wissen wir noch nicht.«

Es liegt nahe anzunehmen, daß Belmont und Caterina vorhatten, nach Amerika, in Belmonts halbe Heimat zu gehen, wo er ja im Oktober eine neue Stelle anzutreten im Begriff war. Das sagte ich auf die Frage des Bürgermeisters, ob ich wisse, wo mein Stiefsohn sich aufhalte.

XXVII

Der Zusammenbruch kam selbstverständlich nicht auf einen Schlag. Es war letzten Endes auch gar kein totales Verhängnis. Touristen kamen weiterhin, auch mehr als vor der Knall-Zeit, aber der Glanz war weg, und der allgemeine Touristenschwund in Italien – die Leute haben weniger Geld für den Urlaub übrig seit dem *Euro* – erfaßte nun auch Zompara. Vorher hatte die, wenngleich sozusagen überirdische Anwesenheit Kasparians den Schwund nicht nur ausgeglichen. Zompara war in der Welt vorhanden, war, wie man so sagt, »in« gewesen. Jetzt »out«. Kein Starlet kannte mehr den Namen, von den Stars zu schweigen.

Seinerzeit war *ein* Geschäftszweig hellhörig geworden und hatte sich sofort auf der Insel etabliert: die chinesischen Restaurants. Vier davon gab es zuletzt. Und sie waren auch die ersten, die sozusagen wortlos ihre Lokale schlossen und verschwanden, und danach, ganz wie damals als die zweiten, den Chinesen Auf-den-Fuß-Folgern, die Banken. Eine schmächtige Filiale des *Banco di Roma* und eine etwas größere der *Cassa Rurale* blieben übrig. Statt *Dolce & Gabbana* zog *Oviesse* oder *Standa* in die Läden ein, sofern sie nicht überhaupt leerstanden wie die Boutique *Aurora*, an der ein langsam vergilbender Zettel hing: »Zu vermieten« mit der Telephonnummer eines Maklers, die auch schon bald obsolet wurde, weil er sein Büro dichtmachte.

War es ein Zeichen des Niederganges, daß der Bürgermeister wieder Ginos Bar frequentierte? Die Bar drüben hatte Gino zugesperrt, bediente jetzt wieder selber herüben in seinem alten Betrieb. Der junge Gino hatte die Insel verlassen. Er arbeite jetzt, hieß es, auf dem Festland, im Norden irgendwo.

In Ginos alter Bar erfuhr ich vom Bürgermeister, der am Tresen lehnte, daß man Caterinas Aufenthaltsort herausgefunden hatte. Das war nicht sehr schwer, denn sie mußte ja, um ihr Geschäft aufzulösen, behördliche Schritte unternehmen, und die waren bis vor ihre und Belmonts Tür in Neapel und dann in Rom zu verfolgen.

Der Bürgermeister redete nur mit zäher Höflichkeit mit mir. Man schrieb mir immer noch einen Teil der Schuld zu – nun gut, Schuld nicht, aber Ursache stimmt schon in gewisser Weise. Dabei war der Bürgermeister selber hin- und hergerissen zwischen Resignation und Tobsucht, denn von vielen Zomparesen wurde ihm zugeschrien (im übertragenen Sinn): »Tu doch was!« »Ja, was denn?« konnte er nur zurückschreien. »Irgendwas! Für was haben wir dich zum Bürgermeister gewählt!«

Es war nicht er, von dem ich erfuhr, daß eines Tages zwei Herren des Krisenstabes vor Caterinas Tür standen. Caterina – ich erfuhr es, von wem wohl? von Amanda – ließ die beiden gar nicht in die Wohnung, fertigte sie durch den Türspalt hindurch ab. Man habe, berichtete Amanda, Caterina mit unverhohlener Drohung vorgehalten, was sie, nichts als »einer Laune des Unterleibes folgend« (so der Bürgermeister wörtlich), anrichte, das Glück von tausenden von Menschen opfernd. Sie solle gefälligst reumütig zu Kasparian zurückkehren, andernfalls ... »Was andernfalls?« habe Caterina keck gefragt. »Eben andernfalls!« Wenn sie, man habe beim Sekretär Kasparians vorgefühlt, ganz zerknirscht Kasparian um Verzeihung bitten würde ...

Daraufhin habe Caterina mit einer Bemerkung, die

selbst des bocksgerüchigen Gobbo Wortschatz' ungeläufig sei, die Tür zugeschlagen.

Als Caterina dann schon in Rom war, kam die Delegation das zweite Mal. Diesmal mit Schmeicheln. Die Schmeichelei bestand in dem Angebot, ihr auf Lebenszeit ein Drittel der Erträge der Kurtaxe zu überlassen und außerdem ein Grundstück in Spitzenlage.

Sie schlug wieder die Tür zu.

»Was ist ein Grundstück«, sagte ich zum Bürgermeister, »was sind die Erträge einer Kurtaxe gegen Amors Pfeil?«

*

Die Verzweiflung trieb die Verantwortlichen Zomparas zu Geistesblüten, die man vorher nicht für möglich gehalten hätte. Auch dabei muß ich wieder einmal etwas weiter ausholen. Walter Larch, ein freundlicher und umgänglicher sowie kontaktfreudiger Mann, kam mehrmals als Tourist auf die Insel, einige Jahre lang; ob regelmäßig oder nur gelegentlich, weiß ich nicht, jedenfalls öfters. Er war Kaufmann der Textilbranche, was und wie genau, hat er nicht erzählt. Es interessierten ihn andere Dinge, jedenfalls im Urlaub. Er stammte aus Sterzing in Südtirol und daher zweisprachig. »Eigentlich dreisprachig«, sagte er, »wenn man das Tirolerische dazurechnet.«

Larch war ein Vielleser. Seine im Übrigen sehr ansehnliche Begleiterin klagte einmal, daß im Flugzeug bei Ferienreisen immer Übergepäck bezahlt werden müsse, weil Walter immer Berge von Büchern mitschleppe, ständig in Angst, es könne ihm auf der Reise der Lesestoff ausgehen. Sie selber allerdings war eher eine Wasserratte, schwamm stundenlang in unserem bekannt sauberen Meer rund um Zompara, sodaß ihrem Walter viel Zeit zum Lesen blieb. Aber er las natürlich nicht ununterbrochen, ab und zu erholte er seine Augen in einer Bar, unter anderem bei Gino. So kam ich ins Gespräch mit ihm. Er fragte mich, ich weiß nicht mehr was, auf italienisch, und ich sagte:

»Es ehrt mich, daß Sie mich für einen Einheimischen halten, aber Sie können deutsch mit mir reden.«

Ich traf ihn dann ein paarmal, und irgendwie kam die Rede darauf, daß ab und zu Heribert Caesar auf der Insel zu Besuch ist. Larch war elektrisiert. Er hatte fast alles gelesen, was Caesar geschrieben hat, und nicht genug damit: Larch war auch eine der Stützen des Theaters in Sterzing und hatte vor einigen Jahren die Hauptrolle in Caesars seinerzeit oft gespielten schwarzen Komödie »Von 11 abwärts« gespielt. Ich habe das Stück nie gesehen, aber Caesar hat es mir zu lesen gegeben. Es handelt davon, daß einem einer, der ihm Böses will, eine offene Postkarte schickt, auf der – offensichtlich aus einer Zeitung ausgeschnitten – die Zahl »11« aufgeklebt ist. Sonst steht nichts geschrieben. Auch die Adresse ist in der Art oder Unart anonymer Briefe aus ausgeschnittenen Buchstaben geklebt. Zunächst merkwürdig, empfindet es der Empfänger als bedrohlich, als nach sechs Wochen eine weitere Postkarte kommt, auf der die Zahl »10« geklebt ist. Der Empfänger wird zunehmend nervös, denn in noch dazu grausam unregelmäßigen Abständen kommen die Karten »9«, »8« und so weiter. Das Opfer der Tücke nicht eines Objekts, sondern eines unbekannten Subjekts unternimmt zunächst Nachforschungen nach dem, der ihn quält, schaltet die Polizei ein, alles ohne Erfolg. Hat er die erste Karte noch achtlos als einen dummen Scherz weggeworfen, rütteln die Karten ab »7« so an seinen Nerven, daß er seine Familie, seine ganze Umgebung terrorisiert. Ab Karte »5« ist er zu keinem anderen Gedanken als der Angst vor der nächsten Karte fähig, mit jedem Tag, den sie nicht kommt, steigt die Angst. Wie gesagt: die Karten kommen unregelmäßig; in dem Sinn von

»Du weißt nicht den Tag noch die Stunde«. Kurze Erholung ist dem Opfer nur in den ersten Stunden gegönnt, nachdem der Briefträger da war und heute die nächstniedrige Karte *nicht* gebracht hat. Aber schon der Abend ist von der Furcht vor der Post am nächsten Tag vergiftet.

Ab Karte »4« ergreift das Opfer Schüttelfrost, ab Karte »3« bricht er in Weinkrämpfe aus, Karte »2« löst einen Tobsuchtsanfall aus, die Karte »1« erreicht ihn nicht mehr, denn er erliegt einem Herzinfarkt. Das Opfer dieser Heimtücke, eine Paraderolle, hatte bei der Liebhaberaufführung in Sterzing Walter Larch gespielt. Ich erzählte Caesar gelegentlich seines nächsten Aufenthalts davon, und der eitle Caesar äußerte gnädig den Wunsch, den Mann kennenzulernen. Die Gelegenheit fand sich tatsächlich bald, und Larch und Caesar trafen einander beim Mittagessen bei Amanda in der Trattoria *Vittoria.* Auch Horadam und ich waren dabei, und nach dem Espresso und einem Averna spielte Larch, der die Rolle noch vollkommen beherrschte, auf Bitten Caesars die Wahnsinnsszene nach Karte »2« vor.

Es war großartig. Es war gigantisch. Larch gab sein bestes, nur als zufällig der spitzbärtige Tourismus-Manager in die Trattoria kam, weiteten sich dessen Augen vor blankem Schreck, und er floh, wie von Furien gepeitscht. Amanda lief ihm nach, holte ihn zurück, lachte und erklärte alles, worauf des Tourismus-Managers Schrecken in Begeisterung umschlug. Kurz und gut: Larch wurde vom Manager verpflichtet, beim *Bunten Abend* im Hotel *Splendid* mitzuwirken, und es blieb gar nicht bei diesem einen Auftritt. Larchs Darbietungen wurden, sooft er nur auf der Insel Urlaub machte, zum Höhepunkt der Gästeunterhaltung. So war es nur natürlich, daß Larch vom Tourismus-Manager auch mit der Gestaltung der Wahl der »Miss Zompara« betraut wurde. Sie fand etwa vierzehn Tage vor Bekanntwerden der Katastrophe statt.

Walter Larch löste auch alle Probleme der Miss-Wahl zur allgemeinen Zufriedenheit. Es war ein in jeder Hinsicht glänzender Abend. Caesar ließ sich zu der Bemerkung herab: »Ich habe nicht gewußt, daß es so viel versteckte weibliche Schönheit in diesem Winkel der Erde gibt.« Zur ersten und leider letzten »Miss Zompara« wurde eine gewisse Giuditta Giacomini gewählt, die neunzehnjährige Tochter des Tapezierermeisters, der seinen Laden in der Krach- und Knallzeit zu einem Antiquitätengeschäft aufgeplustert hatte. Und jene zugegebenermaßen außerordentlich attraktive Giuditta wollten die verzweifelten Verantwortlichen – auf welch absurde Ideen man kommt, wenn das Wasser bis zum Hals steht – dem Kasparian als Ersatz für Caterina anbieten. Ich mußte die Schönheitskönigin malen, nackt selbstverständlich, in öffentlichem Auftrag, so öffentlich, daß sogar der Bürgermeister, der Tourismus-Manager, der Vater Tapezierermeister und noch ein paar andere bei den Sitzungen anwesend sein wollten. Da dies Giuditta offenbar nichts ausmachte, war's mir recht. Ob Giuditta nur dem Befehl der Verantwortlichen und des Vaters folgte oder ob sie sich tatsächlich Chancen ausrechnete, anstelle Caterinas von Kasparian vergoldet zu werden, weiß ich nicht. Ich habe kaum mit dem Mädchen während der Sitzungen gesprochen. Sie war auch kein gutes Modell, trotzdem wurde das Bild passabel. Es hängt jetzt im Büro des Bürgermeisters als »Italia«. Und photographiert wurde sie auch. Man scheute keine Kosten, um diesen Rettungsanker auszuwerfen. Besser gesagt: für diesen Strohhalm, der selbstverständlich die Hoffnung weder trug noch hielt oder wie man sagen soll. Nicht einmal mehr dem Sekretär Kasparians stand es dafür, auf das Angebot zu antworten.

*

Wer wollte so etwas kaufen wie die Villa Kasparian auf Zompara? Ein maßgeschneidertes Haus für die Bedürfnisse eines Einzelnen. Sie sei weit unter Wert angeboten worden, war zu erfahren. Aber selbst, wenn man sie geschenkt bekommt, sind die Erhaltungskosten so enorm, das könnte sich nur ein Millionär leisten. Zucken die Millionäre, angeblich astrologiegläubig und abergläubisch vor dem Unglück zurück, das über der Villa wie ein böser Dämon schwebt? Eine Zeitlang hieß es, das Ministerium für Handelsmarine – wie oft kreuzt das noch meinen Lebenshorizont? – habe Interesse gezeigt: als Seniorenheim für Kapitänswitwen oder so ähnlich, hat aber dann doch wohl aus Etatgründen Abstand genommen. Für ein Hotel eignet sich die Villa überhaupt nicht, es sei denn, man baut sie so um, daß es schon ein Umkrempeln bedeutete, und das wäre teurer als ein Neubau. Vor ein paar Tagen ist ein Russe gekommen. Er hatte eine Frau dabei, die aussah wie eine goldbehängte ehemalige Traktoristin des Kombinats »Vorwärts mit Lenin«, und benahm sich entsprechend. Ich sah die beiden bei Amanda, bewacht von vier Leibwächtern, denen erst auf den zweiten Blick anzusehen war, daß sie Menschen waren. »Schon erstaunlich«, sagte Horadam, »wie schnell sie den Kapitalismus gelernt haben.«

Der Russe wollte die Villa als Feriendomizil kaufen, rutschte aber, noch bevor er sie betreten hatte, auf der untersten Stufe des Eingangs aus und verstauchte sich den Knöchel. Ich glaube, es war der linke. Daraufhin verfluchte er das Haus und reiste ab. Liegt wirklich ein Fluch drauf?

Die Villa ist aber nicht ganz unbewohnt. Das Gehütt der Spidara brannte, das war wenige Tage, nachdem dem Krisenstab unverrückbar klar geworden war, daß sie ihre Sitzungen beenden konnten. Ob ein Zusammenhang zwischen diesem und jenem bestand, weiß man, jedenfalls ich nicht. Machten einige auf der Insel Spidara für das Unheil verantwortlich, »die alte Hexe«? Es ist gut möglich, daß man von den Besuchen Caterinas und denen Belmonts bei der Alten wußte. Und die Gunst, die die Spidara bei Kasparian genoß, wobei dieser Ausdruck selbstverständlich übertrieben ist, denn die Spidara sah den Tycoon so wenig wie die übrigen Zomparesen, aber immerhin stand sie irgendwie unter seinem Schutz, wo er ihr doch gestattet hat, mit ihrem Gehütt an Ort und Stelle zu bleiben und sogar seine Mauer um sie herum gezogen hatte.

Alle rannten hinaus, um das Gerümpel brennen zu sehen. Nicht *alle,* aber viele, darunter Amanda, selbstverständlich, standen in einiger Entfernung, nicht wenige erwarteten, schwarze oder rote Dämonen aus den Flammen herausschießen zu sehen. Eher widerwillig kam die Feuerwehr mit dem neuen Löschwagen, notabene einer Stiftung Kasparians, und löschte, was allerdings inzwischen nicht viel mehr als das Befeuchten der schwelenden Trümmer war. Die Carabinieri durchstocherten dann den verkohlten Rest, irgendwie rechnete man ja mit einem Todesfall unter diesen unnatürlichen Umständen, und es war also mit einem Interesse der Staatsanwaltschaft zu rechnen. Man fand nichts, nahm also an, die Alte sei in den Trümmern restlos verbrannt.

Noch ehe die Staatsanwaltschaft auf den Plan trat, tauchte die Spidara im Dorf auf. Ausgerechnet die Frau des Bürgermeisters war es, der sie als erster begegnete.

»Ein Gespenst, dachte ich«, sagte die Frau des Bürgermeisters später zu Amanda, »jetzt, wo wir gehofft haben, wir sind sie los, dachte ich, fängt sie an als Gespenst zu erscheinen.«

»Am hellichten Tag?« gab Amanda zu bedenken.

»Die sind grad die Schlimmsten, die am hellichten Tag erscheinen. Aber dann habe ich mir gesagt: das kann nicht sein. Ein Gespenst stinkt nicht. Unmöglich. Das weiß ich von meiner Großtante, die sich mit so etwas ausgekannt hat. Gespenster tun alles Mögliche, stinken tun sie nicht. Und die Spidara hat gestunken wie immer. Und außerdem hat sie in der Woche darauf auf der Post ihre Rente abgeholt. Das tun Gespenster auch nicht.«

Sie war, wenn man so sagen kann, in Kasparians Villa übersiedelt. Möglich also, daß sie selber ihr Gehütt angezündet hatte.

Horadam, von Natur aus nicht indiskret, aber neugierig, ließ diese Nachricht nicht ruhen. So kam ich doch noch in Kasparians gepanzertes Haus. Es war immer noch nicht einfach, denn nach wie vor bewachte ein Kustode im Auftrag entweder noch Kasparians oder – ich erfinde das jetzt, aber so könnte sie geheißen haben – der *Kasparianschen Verwaltungs-GmbH,* oder des Maklers das Anwesen und das Grundstück. Aber mit dem Kustoden ließ sich reden, von ihm erfuhren wir sogar, daß der Spidara »von ganz oben« gestattet worden sei, in die Villa zu übersiedeln.

Der Kustode ging mit. Ich hatte das Gefühl, er wollte darauf achten, daß wir nicht zu lang in der Villa blieben und nicht herumschnüffelten. Wir ließen es dann auch bei einem Blick in den großen Saal bewenden. Die hohen Glaswände waren verschmutzt und verstaubt, Dämmerung bei sonnigem Tag draußen. Alles aber war voll seildicken, schiffstaudicken Spinnweben, so wie ich es nie in meinem Leben gesehen habe. Steinerne Stiegen führten hinauf und hinunter ins Dunkle. In einer Ecke das Gerümpel der Spidara wie ein Zigeunerlager. Es fiel mir ein, woran mich der Anblick erinnerte: an die *Carceri* von Piranesi.

Wir gingen bald – zur Beruhigung des Kastellans –, und ich habe keine Lust, den Besuch zu wiederholen.

»Wo ist die Spidara?« frage ich den Kustoden.

»Wenn jemand kommt (ab und zu, selten, führte der Kustode Kaufinteressenten hierher), macht sie sich unsichtbar wie eine Katze.«

XXVIII

Es sind seitdem drei Jahre vergangen.

Ganz Zompara sieht jetzt – im übertragenen Sinn – so aus wie die *Carceri* von Piranesi. Die Knall- und Krach- und Glanz-Zeit, besser Talmi-Glanz-Zeit hat Zompara so verformt, daß es nachher nicht einmal mehr zur früheren Menschlichkeit zurückfand. Es ist eine Neubau-Ruine, nicht einmal romantisch. Zum Glück berührt es uns, Horadam und mich, hier heroben nicht so stark. Auch Amandas Trattoria gibt es immerhin noch und auch Ginos Bar, wenngleich er statt *Illy* jetzt nur noch *Segafredo* verwenden muß, vielleicht das deutlichste Zeichen des Abstieges.

Einen Tourismus-Manager gibt es nicht mehr auf Zompara. Der Spitzbart hat sich nach einer anderen Arbeit umgesehen. Das bißchen Tourismus, das die Kurzarm-Hemden entfalten, die pauschalgebucht noch auf die Insel kommen, »managt« die Schreibkraft des Bürgermeisters. Die großangelegte Werbekampagne »Zompara, das Paradies, das Kasparian geschätzt hat« erwies sich als eher kontraproduktiv.

Auch mein Vorschlag, den ich in Ginos Bar vorbrachte, man solle ja einen Kasparian-Doppelgänger suchen und ihn auf der Insel herumlaufen lassen, wurde nicht angenommen. Nur Horadam aber sitzt wie eh und je halbnackt auf seiner Terrasse, streckt seine kartoffelgroßen Zehen in die Sonne und reicht auch mir ein *Urquell.* Wir trinken auf

Don Alfredo Difossa, der unten am Friedhof liegt. Amanda legt ab und zu eine Blume aufs Grab.

*

Ich rechne nicht damit, daß dieser »Roman« irgendwann einmal erscheint. Noch weniger rechne ich damit, daß er ins Italienische übersetzt wird. Und am allerwenigsten rechne ich damit, daß er auf der Insel gelesen wird. Dennoch unterlasse ich es niederzuschreiben, was ich davon weiß, wo sich Belmont und Caterina heute aufhalten. Ich habe es auf Umwegen erfahren, ich erfahre auch heute noch auf diesen Umwegen die eine oder andere Neuigkeit. Daß Belmont und Caterina nie mehr hierherkamen und auch wohl nie mehr kommen werden, läßt sich denken. Vielleicht dereinst als Greise, auf der Goldenen Hochzeitsreise? Zur Insel des Mannes mit den goldenen Ohren, der dann längst zu den Ewigen Öltürmen versammelt ist? Felix, habe ich auf so einem Umweg erfahren, heißt Belmonts und Caterinas Sohn, der vor etwas über einem Monat geboren wurde, Felix, wie ich. Horadam hatte, als ich ihm das gestern erzählte, Tränen in den Augen, Tränen der Rührung.

Oder war's das sechste *Urquell?*

Das Leben ist merkwürdig. Veracci habe ich noch immer nicht erschlagen, und ich überlege, ob

Felix Mahr starb am 19. Februar 2008 im Haus des Malers und Objektkünstlers Horadam auf Zompara. Horadam hat Mahr in den letzten Tagen zu sich genommen, da sich Mahr geweigert hatte, in ein Krankenhaus auf dem Festland verbracht zu werden. Ein Transport nach Deutschland war zu dem Zeitpunkt schon nicht mehr möglich.

Heribert Caesar war schon das Jahr zuvor sozusagen standesgemäß im Hotel Adlon in Berlin verstorben. Man fand ihn im Foyer tot in einem Sessel zusammengesunken, vor sich auf dem niedrigen Tisch ein Glas Moët et Chandon, zur Hälfte ausgetrunken.

Der Hausstand Mahrs auf Zompara wurde von den Unterfertigten aufgelöst, wobei das Manuskript des vorliegenden Buches auftauchte, das auf Seite 247 mitten im Satz abbricht (Teile davon auf Diskette geschrieben, Teile nur handschriftlich). Nunmehr, zum achtzigsten Geburtstag Felix Mahrs, haben sich die Unterfertigten entschlossen, das Manuskript (auf eigene Kosten) drucken zu lassen. Ob das Buch geeignet ist, den Maler Felix Mahr, unseren Vater, dem unverdienten Vergessen zu entreißen, bleibt abzuwarten.

Linda Pauckner geb. Mahr
Lewina Gersdorf geb. Mahr

